Folterknecht

Von Tom Davids

Liebe Merve,
Vielen Dank für Dein Interesse an meiner Leserunde und herzlichen Glückwunsch zu Deinem Buchgewinn. Ich wünsche Dir spannende Lesestunden mit „Folterknecht" und bin schon sehr gespannt auf Dein Feedback.

Tom Davids

Folterknecht

Von Tom Davids

tom-davids@gmx.de
www.tom-davids.de

© 2024 Tom Davids

1. Auflage

Umschlaggestaltung, Illustration: Tanja Müller

Herstellung und Verlag: BoD – Books on Demand, Norderstedt.

ISBN Paperback: 9 783758 314216

Das Werk, einschließlich seiner Teile, ist urheberrechtlich geschützt. Jede Verwertung ist ohne Zustimmung des Verlages und des Autors unzulässig. Dies gilt insbesondere für die elektronische oder sonstige Vervielfältigung, Übersetzung, Verbreitung und öffentliche Zugänglichmachung.

Bibliografische Information der Deutschen Nationalbibliothek:
   Die Deutsche Nationalbibliothek verzeichnet diese Publikation in der Deutschen Nationalbibliografie; detaillierte bibliografische Daten sind im Internet über http://dnb.d-nb.de abrufbar.

Über den Autor

Tom Davids wurde im Jahr 1981 in Forchheim geboren.
Er lebt mit seiner Frau und seinen beiden Söhnen im Landkreis Bamberg.

Die Leidenschaft für das Schreiben von Geschichten entdeckte Tom Davids im Alter von 18 Jahren durch das Verfassen von Song-Texten.

Nach ersten jugendlichen Gehversuchen im Genre Fantasy feierte er unter seinem zweiten Pseudonym Jonas Philipps mit humorvollen Romanen regionale Erfolge und beschloss daraufhin, sich unter dem Pseudonym Tom Davids auf die Bereiche Drama und Krimis zu fokussieren.

Nach einigen Kurzgeschichten ist „Folterknecht" Tom Davids´ erste Romanveröffentlichung.

Liste der Veröffentlichungen von Tom Davids:
  2016: Kurzgeschichte „Der Preis der Freiheit"
  2021: Kurzgeschichte „Der Luftballon"
  2021: Kurzgeschichte „Die Außenseiterin"
  2021: Kurzgeschichte „Ein fränkischer Bier Thriller"
  2021: Kurzgeschichte „Die Hände des friedfertigen Mannes"
  2024: Roman „Folterknecht"

Liste der Veröffentlichungen (Pseudonym Jonas Philipps):
  2017: Roman „Sonntagsschüsse"
  2018: Kurzgeschichte „Das Gold der Franken"
  2018: Roman „Wer probt hat's nötig"
  2021: Roman „Sonntagsschüsse II"
  2021: Kurzg. „Die Odyssee der vom Winde verwehten Klöse"

Inhaltsverzeichnis

Prolog	9
Kapitel 1	10
Kapitel 2	11
Kapitel 3	14
Kapitel 4	17
Kapitel 5	20
Kapitel 6	24
Kapitel 7	27
Kapitel 8	34
Kapitel 9	36
Kapitel 10	40
Kapitel 11	44
Kapitel 12	49
Kapitel 13	52
Kapitel 14	55
Kapitel 15	59
Kapitel 16	64
Kapitel 17	68
Kapitel 18	72
Kapitel 19	77
Kapitel 20	81
Kapitel 21	84
Kapitel 22	87
Kapitel 23	88
Kapitel 24	94
Kapitel 25	100
Kapitel 26	105
Kapitel 27	108
Kapitel 28	114
Kapitel 29	117
Kapitel 30	122
Kapitel 31	125

Kapitel 32	132
Kapitel 33	139
Kapitel 34	140
Kapitel 35	142
Kapitel 36	144
Kapitel 37	145
Kapitel 38	147
Kapitel 39	149
Kapitel 40	153
Kapitel 41	154
Kapitel 42	158
Kapitel 43	168
Kapitel 44	169
Kapitel 45	172
Kapitel 46	177
Kapitel 47	179
Kapitel 48	181
Kapitel 49	187
Kapitel 50	190
Kapitel 51	195
Kapitel 52	200
Kapitel 53	206
Kapitel 54	210
Kapitel 55	214
Kapitel 56	216
Kapitel 57	220
Kapitel 58	222
Kapitel 59	225
Kapitel 60	230
Kapitel 61	232
Kapitel 62	233
Kapitel 63	235
Kapitel 64	238
Kapitel 65	242

Kapitel 66	244
Kapitel 67	245
Kapitel 68	247
Kapitel 69	248
Kapitel 70	250
Kapitel 71	252
Kapitel 72	254
Kapitel 73	256
Kapitel 74	257
Kapitel 75	260
Kapitel 76	264
Kapitel 77	265
Kapitel 78	267
Kapitel 79	268
Kapitel 80	272
Schlusswort & Danksagung	274

Prolog

Der fahle, wolkenverhangene Schein des Mondes tauchte den Mann in düsteres Zwielicht. Das Grinsen auf seinem Gesicht hatte etwas Dämonisches. Genüsslich sog er den Duft der nackten Frau in seine Nase ein. Sie roch nach Angst.

Voller Vorfreude leckte er sich über die Lippen und griff nach dem Käfig, den er quietschend auf ihrem Bauch abstellte. Dann bückte er sich, öffnete die am Boden abgestellte Schachtel und hob die zappelnden Ratten heraus.

Panik loderte in den Augen der wehrlosen Frau, als er die Tiere in den nach unten offenen Käfig setzte und die Käfigtür schloss. Sie verkrampfte, begann, sich zuckend zu winden. Doch die Fesseln saßen zu straff. Ein Wimmern drang aus ihrer Kehle. Ihre Verzweiflung war wie Musik in seinen Ohren, getragen vom erbarmungslosen Takt des prasselnden Regens.

Tränen tropften von ihrer Wange auf den kalten Beton, als sie hoffnungslos die Augen schloss. Die Frau wurde ruhig, lethargisch. Sie hatte sich aufgegeben.

Lächelnd beobachtete er, wie sie auf ihre Atmung achtete, tapfer gegen die Furcht ankämpfte. Der Käfig hob und senkte sich mit jedem ihrer Atemzüge. Das reibende Geräusch des Feuerzeugs übertönte das Trommeln des Regens. Ihr Atem wurde schneller. Die ersten Flammen des Grillanzünders züngelten aus den Maschen des Käfigs. Das panische Schaben, Kratzen und Kreischen der Ratten vermischte sich mit den erstickten Schreien der Frau. Dabei hatte die Tortur doch gerade erst begonnen ...

Kapitel 1

Erschöpft öffnete Michael Schäfer die Augen. Seufzend tastete er nach dem Wecker. *Erst 6 Uhr!* Es war Sonntag. Und er hatte den Schlaf dringend nötig. Schäfer setzte sich auf und streckte gähnend die Arme von sich. Er fühlte sich wie gerädert. Er konnte nicht einmal sagen, er habe schlecht geschlafen. Denn an jedem verdammten Morgen war es das Gleiche.

Es war gespenstisch still im Schlafzimmer. Kein Laut. Keine Regung. Leblos wie der Rest der Wohnung. Langsam wanderte sein Blick hinüber zu dem Nachttisch, ruhte auf der unscheinbaren hölzernen Schublade. Er hatte sich geschworen, es zu vermeiden. Doch die Gewohnheit warf jeden Tag aufs Neue die guten Vorsätze über den Haufen. Er kam nicht dagegen an, obwohl er das Ritual fürchtete und verabscheute. Jeden Morgen landeten seine zitternden Finger wie von selbst auf dem Griff der Schublade.

Bis auf zwei alte Papierstücke war die Schublade leer. Schäfer schloss die Augen. Dann strichen seine Fingerspitzen über die beiden Zeitungsausschnitte, nahmen sie behutsam aus ihrem Versteck wie einen verfluchten Schatz. Gedankenverloren starrte er auf die schwarzweiß gedruckten Bilder. Schäfers Augen wanderten über die Texte, die er schon in- und auswendig kannte. Und doch verfehlten sie niemals ihre Wirkung. Seine Gesichtszüge veränderten sich. Er wirkte älter, abgeschlagen, traurig.

Einen Augenblick lang überlegte er, die beiden Papiere in tausend Fetzen zu zerreißen. Aber er brachte es nicht übers Herz. Sanft bettete er die Zeitungsausschnitte wieder auf den glatten Holzboden der Schublade und schloss den Nachttisch. Und die Gespenster ruhten. Bis zum nächsten Morgen.

Schäfer quälte sich aus dem Bett und schlüpfte in eine Jeans und ein sportliches T-Shirt. Dann ging er barfuß in das Badezimmer und betrachtete sein Gesicht im Spiegel. *Ich werde alt,* dachte er. Wachsame, aber müde blaue Augen musterten ihn kritisch. Er war 45 Jahre alt, und erste sorgenvolle Falten durchzogen sein Gesicht. Die eine oder andere graue Stelle hatte sich in sein kurz geschnittenes dunkelbraunes Haar eingeschlichen. Aber ansonsten war er eigentlich noch ganz fit, fand er. Schlank und drahtig wie vor zehn Jahren.

Er drehte den Wasserhahn nach rechts und spritzte sich eisiges Wasser ins Gesicht. Das kühle Nass belebte seinen Kreislauf und vertrieb die Geister der Nacht.

Kapitel 2

Das Klingeln der Haustür zerriss so plötzlich die einsame Stille seiner Wohnung, dass Schäfer zusammenzuckte. Lächelnd schlenderte er zur Tür. Julia Kersten grinste ihn gut gelaunt an. Ihr hübsches strahlendes Gesicht wischte die letzten Reste der grimmigen Gedanken beiseite.

„Wow, Michael, das riecht ja wieder lecker", rief Julia voller Vorfreude und trat in die Wohnung. Sie war Ende dreißig, klein und zierlich. Schäfer überragte sie mit seinen 1,81 um mehr als einen Kopf. Ihre Bewegungen strahlten Selbstsicherheit und Athletik aus. Man merkte ihr an, dass sie nahezu jeden Abend im Fitnessstudio verbrachte. Ihr unbekümmertes Geplapper vertrieb von einer Sekunde auf die andere die stoische Stille aus Schäfers Wohnung.

„Du hast dir ja wieder eine Arbeit gemacht", staunte sie und schüttelte beeindruckt ihr halblanges blondes Haar.

Schäfer erwiderte nichts. Aber der Anflug eines Lächelns huschte über sein Gesicht, als er sich bückte, um den köstlich duftenden Braten mit der knusprigen Kruste aus dem Ofen zu holen. Er bestückte die beiden Teller mit fränkischen Klößen, Blaukraut und der dickflüssigen, fettigen Soße und verteilte schließlich den Krustenbraten. Es schmeckte hervorragend.

„Wie war dein Abend gestern?", erkundigte sich Schäfer. Er selbst hatte nicht viel zu erzählen. Sein eigenes Wochenende war trostlos wie immer gewesen. Julia wusste, dass er sich nach der

Arbeit in die Ruhe seiner vier Wände zurückzog. Für ihn endete die soziale Interaktion mit dem Arbeitstag. Er verbrachte die Nächte einsam zuhause auf seinem Sessel, wo er bei einer Flasche Bier oder einem guten Glas Wein Bücher las. Sobald er sich nicht in die Indizien eines Mordfalls verbeißen konnte, war das der einzige Weg, sich von den quälenden Gedanken abzulenken, die in der Einsamkeit seiner spartanischen Wohnung lauerten.

„Es war schön. Ich war mit ein paar Freunden aus dem Fitnessstudio in einer neuen Bar in der Sandstraße. War ein lustiger Abend."

Schäfer runzelte die Stirn. Julia war wie eine kleine Schwester für ihn. Er kannte sie zu gut, um den unterschwelligen Ton in ihrer Stimme nicht zu bemerken. Die gute Laune wirkte aufgesetzt. Geduldig wartete er ab, bis sie von selbst mit der Sprache herausrückte.

„Es ist schon wieder vorbei", begann sie niedergeschlagen. Schäfer hatte das Gefühl, dass sie dringend mit jemandem reden musste. Er war ein gutmütiger Zuhörer. Hart war er nur zu sich selbst.

„Was ist denn passiert?"

Julia rang mit sich. Er konnte ihr die Verzweiflung förmlich ansehen. „Es hat einfach nicht gepasst. Wir haben uns ständig nur in die Haare gekriegt."

„Worum ging es denn?"

„Ach, es macht mich fertig, dass wir nicht mal fünf Minuten in einer Kneipe sind, ehe er schon wieder das nächste junge Ding anbaggert."

Schäfer blickte sie ruhig an, ließ ihr Zeit, die angestaute Wut zu verarbeiten.

„Warum treibt es mich immer zu solchen Scheißkerlen?"

„Wie lang wart ihr denn zusammen?"

Julia blickte betreten zu Boden. Ein tiefer, frustrierter Seufzer entwich ihrer Kehle. „Vier Wochen."

Schäfer nickte verständnisvoll. Er konnte es nicht verstehen, dass eine herzensgute Seele wie Julia eine Enttäuschung nach der anderen erlebte.

„Warum gerate ich immer an diese Typen, die sich nicht für etwas Ernstes interessieren?"

„Hast du dir schon mal überlegt, dass Bars und Diskotheken womöglich nicht der richtige Ort für dich sind, um den Mann fürs Leben kennenzulernen?"

Julia nickte. Tränen schimmerten in ihren Augen.

Nachdenklich saßen die beiden auf ihren Stühlen und nippten an ihren Getränken. Schließlich brach Julia das Schweigen.

„Was hast du morgen für uns geplant?"

Schäfer war dankbar für den Themawechsel. Er war jederzeit gern für Julia da. Doch er konnte sich keinen miserableren Berater für Beziehung, Liebesleben und Familie vorstellen als sich selbst.

Die Frage war nicht schwer zu beantworten. Sie hatten schon seit Wochen keinen Mord mehr in Bamberg gehabt. Das Team hatte sich inzwischen an die langweilige Aktenwälzerei gewöhnt. „Im Archiv weitermachen, was sonst?", grinste er verwegen.

Julia rollte die Augen. „Wenn ich damals gewusst hätte, wie langweilig es in der Mordkommission sein kann ..."

„Ich weiß. Und trotzdem hoffe ich, dass es noch möglichst lange so bleibt", erwiderte er ernst.

Sie setzten sich auf das Sofa und plauderten noch eine Weile. Dann machte sich Julia auf den Heimweg.

„Vielen Dank nochmal für das leckere Essen. Es war wie immer spitze. Und fürs Zuhören natürlich auch. Für alles, Michael!"

Lächelnd umarmte Schäfer seine Freundin und öffnete ihr die Tür.

Sobald die Tür ins Schloss gefallen war und Julia die Wohnung verlassen hatte, kehrte die bedrückende Stille zurück. Mit einem Mal wirkten die Räume wieder leblos. Wie von einer traurigen Melancholie überzogen.

Schäfer ging ins Schlafzimmer, holte sich sein Buch und setzte sich auf den Sessel im Wohnzimmer. Julias krampfhafte Suche nach der großen Liebe beschäftigte ihn. Sie hatte mehr verdient als diese oberflächlichen Beziehungen mit aufgepumpten Schönlingen. Er konnte sich noch genau daran erinnern, wie er sie unter seine Fittiche genommen hatte, als die blutjunge Kommissarin zu ihrem Team gestoßen war. Wie viele Fälle hatten sie inzwischen aufgeklärt? Zu viele! Schäfer hatte in seinem Leben bereits zu viel Blut und Tod gesehen. Archivarbeit war ein geringes Übel. Er betete zu Gott, dass es noch lange so blieb. Aber Schäfer hatte das dumpfe Gefühl, dass sich seine Hoffnungen nicht erfüllten.

Kapitel 3

Kreidebleich taumelte der junge Streifenpolizist aus dem Rohbau. Den unablässig prasselnden Regen nahm er nicht einmal wahr. Würgend rutschte er in einer sumpfigen Pfütze aus und landete im Schlamm, wo er sich jämmerlich erbrach.

Der große, breitschultrige Kommissar Götz würdigte den elenden Streifenbeamten keines Blickes. „Die Jungpolizisten sind einfach nichts mehr gewohnt", kommentierte er brummig und stapfte mit schweren Schritten auf den Rohbau zu.

„Wir waren auch mal jung", erwiderte Schäfer kopfschüttelnd und half dem Streifenpolizisten wieder auf die Beine. „Alles in Ordnung?"

„Ja. Nein. Ich weiß nicht. So etwas habe ich noch nie gesehen!", stammelte der junge Mann. Schäfer konnte die Angst in seinen Augen erkennen.

Ich glaube dir, dachte er verbittert. *Es gibt viele Dinge in unserem Beruf, die man niemals hätte sehen sollen, die lieber verhindert als aufgeklärt worden wären.* Aufmunternd klopfte er dem Polizisten auf die Schulter, reichte ihm ein Taschentuch, damit er sich das Erbrochene aus dem Gesicht wischen konnte, und folgte schließlich Götz in den Rohbau.

Als er zu seinem raubeinigen Partner aufgeschlossen hatte, fragte Schäfer: „Meine Güte, Rainer, was sollte das denn?" Sie befanden sich nun im ersten Zimmer des Rohbaus. Es duftete nach einer Mischung aus Staub und feuchtem Beton. Die Wände waren bereits hochgezogen. Die Stahlbetondecke des Erdgeschosses hielt den prasselnden Regen fern. Eine Biertischgarnitur, ein halbvoller Kasten Bier und einige herumliegende Werkzeuge deuteten darauf hin, dass regelmäßig an der Baustelle gearbeitet wurde.

„Diese Frischlinge gehen mir auf die Nerven. Zu nichts zu gebrauchen", brummte Götz. Hartgesotten, erfahren und mit einem ausgezeichneten Gespür für die Analyse von Tatorten, war Rainer Götz ein fähiger Ermittler, auch wenn nicht alle Kollegen mit seiner barschen Art zurechtkamen.

Schäfer war angespannt. *Noch wissen wir nicht, was sich hinter der nächsten Wand verbirgt.* Seine feine Nase nahm die erste Brise eines beißenden verbrannten Geruchs wahr. *Kein guter Vorbote!* Zwei Kollegen der Spurensicherung hasteten in ihren weißen Overalls an Schäfer und Götz vorbei. Ihre versteinerten Mienen verhießen ebenfalls nichts Gutes.

Und tatsächlich drehte sich Schäfer beinahe der Magen um, als er um die nächste Ecke bog. Ein bestialischer Gestank drang ihm entgegen. Ein Seitenblick zu seinem hünenhaften Partner verriet ihm, dass selbst der nur schwer aus der Fassung zu bringende Götz mit dem Ekel rang. Das waren die Momente, in denen Schäfer am liebsten umkehren wollte. Einzig sein Pflichtgefühl ließ ihn mit langsamen Schritten weiter auf die grausam zugerichtete Leiche zugehen.

In dem Rohbau wimmelte es von emsigen Mitarbeitern der Spurensicherung. Stille. Betretene Mienen. Leichenblasse Gesichter.

Wie angewurzelt stand Schäfer in der Mitte des Raumes. Kreidebleich ließ er den blutgetränkten Tatort auf sich wirken, saugte jedes noch so kleine Detail auf. Das Blut. Das Klebeband.

Den Käfig. Die Fesseln. Die Ratten. Er wollte diesen Täter schnappen, diese gottlose Bestie!

Verzweifelt kämpfte er gegen den ekelerregenden Gestank an.

Schwer atmend trat Schäfer neben den Gerichtsmediziner, der den Bauchraum des Opfers inspizierte. Die Frau lag nackt auf dem Rücken, war an einen Tisch gefesselt. Ein tiefes Loch klaffte in der Bauchhöhle. Als hätte sich ein Monster mit messerscharfen Reißzähnen durch Haut, Muskeln und Gedärme gefressen. Abwesend nickte der Pathologe dem Kommissar zu.

„Können Sie uns bereits was sagen?"

„Ja, einiges. Eine weibliche Leiche, etwa zwischen vierzig und fünfzig Jahre alt. Sie ist vermutlich vor ca. sechs bis acht Stunden verblutet."

Schäfers Blick schweifte über die schreckliche Szene. „Was hat das alles zu bedeuten?"

„Details kann ich Ihnen erst nach der Obduktion sagen. Aber es sieht ganz so aus, als habe der Täter das Opfer an den Tisch gefesselt und mit dem Klebeband geknebelt. Es gibt Anzeichen von oberflächlichen Verbrennungen, die jedoch nicht ausschlaggebend waren. Der Bauchraum ... die Ratten haben ganze Arbeit geleistet!"

Die Ratten. Schäfer starrte angewidert auf die verkohlten Rattenkörper, die neben dem Tisch im Staub lagen. Sie waren blutverschmiert und angesengt, als wären sie mit Feuer in Kontakt gekommen. Plötzlich war der ekelerregende Geruch nach verbranntem Fell allgegenwärtig, stach aus dem Gestank von Blut, Gedärmen und Tod heraus. Mitgenommen wandte Schäfer die Augen ab.

„Haben Sie so etwas schon mal gesehen?"

„Nein. Aber ich glaube, dass ich irgendwo gelesen habe, dass man sowas im Mittelalter gemacht hat."

Schäfers Blick blieb an dem Käfig hängen. Es war ein engmaschiges, kuppelförmiges Metallgestell ohne Boden. An den

Seiten wies der Käfig schwarze Flecken auf. Wie Ruß. Spuren von Feuer.

„Wissen wir schon, was genau er angezündet hat?"

„Da müssen Sie die Spurensicherung fragen. Ich kümmere mich nur um die Leiche."

„Wer hat sie gefunden?"

„Eine junge Frau. Sie baut mit ihrem Mann dieses Haus und wollte offenbar was holen oder nachsehen. Sie wurde mit einem schweren Schock ins Krankenhaus gebracht."

„Kein Wunder. Danke."

Schäfer wandte den Blick ab. Seine Augen suchten den Kontakt zu seinem Partner Götz. Der bärenhafte Kommissar redete eindringlich auf den Teamleiter der Spurensicherung ein. Mit besorgter Miene schnappte Schäfer einige Wortfetzen auf. „ ... noch keine verwertbaren Spuren ... tun, was wir können ... keinen Fingerabdruck gefunden ..."

Dann hörte er Götz ungehalten lospoltern. „Es muss hier irgendwo Fingerabdrücke geben! Einen Anhaltspunkt! Irgendetwas! Finden Sie es, verdammt nochmal!"

Kapitel 4

Bedrückende Stille erfüllte das geräumige Büro. Das unablässige Trommeln der Fingerkuppen auf dem penibel sauberen Schreibtisch brachte Schäfer beinahe um den Verstand. Sein Vorgesetzter Markus Tietz war sichtlich nervös.

„Wir müssen behutsam vorgehen, aber den Fall schnell aufklären!"

Schäfer nickte stumm. Brutale Morde wie diese waren eine Gratwanderung. Sie mussten alles daran setzen, den Mörder schnellstmöglich aus dem Verkehr zu ziehen. Auf der anderen Seite wollten sie die Presse nicht unnötig aufscheuchen.

„Wir brauchen einen erfahrenen Kommissar, der die Ermittlungen leitet." Schäfer wand sich unter seinem Blick. „Und ein effizientes, schlagkräftiges Team."

Ein eisiger Schauder jagte Schäfer über den Rücken. Es war nicht so, dass er den Mörder nicht finden wollte. Dennoch sträubte sich tief in ihm etwas gegen die Übernahme der Ermittlungen. Sein Instinkt sagte ihm, dass dieser Mord mehr war als eine grauenvolle Bluttat. Er sollte die Finger von der Geschichte lassen.

„Lechner und seine Einheit haben aktuell keinen Fall."

Tietz' Augen verengten sich zu Schlitzen. „Lechner?"

„Er ist ein erfahrener Mann. Und seine Mannschaft hat gute Kontakte zur Presse. Vielleicht gelingt es ihnen, die blutigen Details aus den Medien rauszuhalten."

„Der Fall ist zu groß für Lechner."

„Er hat sich bisher immer bewiesen. Seine Leute sind jung, hungrig und ambitioniert. Dieser Fall ist genau richtig für sie."

Nachdenklich schüttelte Tietz den Kopf. „Und das ist das Problem", murmelte er. „Sie wollen diesen Fall. Um sich zu beweisen. Um den Ruhm zu ernten, wenn sie den spektakulärsten Mord Bambergs in den letzten Jahrzehnten aufklären. Nein, wir müssen das anders lösen."

Schäfer schwieg und schloss resignierend die Augen. Er wusste, worauf die Unterhaltung hinauslief. Doch er wollte das nicht. All seine Instinkte waren in Alarmbereitschaft. Er spürte, dass ihm dieser Fall nicht guttun würde.

„Sie und Götz waren zuerst am Tatort", erwähnte Tietz.

„Wir hatten Bereitschaft. Das ist unser Job", antwortete Schäfer trocken.

Tietz blickte seinen Ermittler schneidend an. „Warum wehren Sie sich eigentlich so gegen den Gedanken, diesen Fall zu übernehmen, Schäfer?"

„Weil ich schon zu viel gesehen habe. Weil wir das volle Ausmaß dieses Abgrunds noch nicht kennen. Weil ich das Gefühl habe, dass dieser Fall tiefer geht!"

„Wovor genau haben Sie denn Angst? Vor einer Mordserie? Hier im beschaulichen Bamberg? Machen Sie sich doch nicht lächerlich!"

Aber Schäfer war nicht zum Lachen zumute. Seine Eingeweide zogen sich zusammen. Er fühlte, dass er diesem Fall nicht gewachsen war. Und er fürchtete sich davor, erneut in einem entscheidenden Moment seines Lebens zu versagen. Als er verzweifelt die Augen schloss, sah er die grausamen Bilder wieder vor sich. Der Fall ging ihm schon jetzt an die Nieren, noch ehe sie sich durch den blutigen Schlamm gewühlt hatten. Kalter Schweiß rann seine angespannte Wirbelsäule hinab. „Wir haben nicht das Team, um diesen Fall zu bearbeiten!"

„Sie haben Götz und Kersten."

„Ja. Und auf die beiden kann ich mich blind verlassen. Aber das Team ist zu klein für einen Fall dieser Größenordnung. Und wir haben zu wenig Kompetenz in der Internetrecherche."

Tietz runzelte die Stirn. „Dann bekommen Sie eben noch einen Kollegen."

„Und wen?"

„Wie wäre es mit Weber?"

„Weber?"

„Ja, Andreas Weber."

„Aus der K5?"

„Genau. Der hat bei der Sache mit der Einbruchserie einen echt guten Job gemacht. Speziell bei der Internetrecherche!"

Schäfer schüttelte besorgt den Kopf. „Bei aller Liebe, wir haben es hier nicht mit einem Einbruch zu tun. Für so einen Fall brauche ich erfahrene Leute aus der K1!"

„Weber ist sowieso an einem Wechsel in die K1 interessiert. Er hat bis vor ein paar Wochen in Niedersachsen bei der Mordkommission gearbeitet. Bringt viel Erfahrung mit, nur eben nicht hier in Bamberg. Er bringt alles mit, was Sie brauchen. Außerdem haben wir niemand anderen."

Schäfer seufzte. Er konnte das eigene Blut in seinen Ohren rauschen hören. „Ich möchte diesen Fall nicht übernehmen."

Tietz nahm seine Brille ab und fuhr sich mit offen zur Schau gestellter Ungeduld über die Schläfen. Dann trat er plötzlich einen Schritt auf Schäfer zu und blickte ihn mit eisigen Augen an. „Nur für den Fall, dass Sie meine Bitte falsch interpretieren ..." Die bedrohliche Ruhe seiner Stimme ließ Schäfer das Blut in den Adern gefrieren. „Meine Entscheidung ist getroffen. Es ist Ihr Fall, Schäfer! Und nun machen Sie sich an die Arbeit!"

Schäfer nickte geschlagen und drehte sich in Richtung Tür.

„Schäfer!", rief Tietz ihm warnend hinterher und knallte mit lautstarkem Effekt drei Bilder vom Tatort auf den Tisch. „Achten Sie darauf, dass die nicht bei der Presse landen. Panische Anruffluten sind das Letzte, was wir jetzt gebrauchen können!"

Schäfers Blick ruhte auf den Bildern, bis die blutverschmierten Szenen vor seinen Augen verschwammen. Dann machte er kehrt und eilte in sein Büro.

Kapitel 5

Götz hatte bereits eine Pinnwand besorgt und war mit dem Aufhängen der ersten Bilder vom Tatort beschäftigt, als Schäfer niedergeschlagen den Raum betrat. Die Analyse des Tatorts war Götz' Steckenpferd. Was das betraf, konnte ihm hier in Bamberg niemand das Wasser reichen. Er achtete auf jedes Detail, vermochte Hinweise und Anhaltspunkte zu finden, wo andere das Foto entnervt zur Seite legten.

„Hast du die Leitung?"

Schäfer nickte stumm. Nach dem Gespräch mit seinem direkten Vorgesetzten Tietz hatte er noch eine erste Diskussion mit Staatsanwalt Hirscher gehabt, der federführend für das Ermittlungsverfahren zuständig war.

„Gut so. Du bist genau der Richtige für den Fall", kommentierte Götz und pinnte das nächste Bild an die Wand.

Wenige Augenblicke später öffnete sich die Tür zu ihrem Büro. Julia Kersten betrat das Zimmer, gefolgt von einem untersetzen Mann mit lichtem Haar und Brille.

Julia trat an die Pinnwand und betrachtete die aufgehängten Fotos. Schäfer beobachtete seine Kollegin und Freundin mit besorgter Miene. Es dauerte nur wenige Sekunden, bis jegliche Farbe aus ihrem Gesicht gewichen war. Geschockt stieß sie alle Luft aus ihren Lungen und ließ sich in den nächstgelegenen Bürostuhl fallen. Ungläubig schüttelte sie den Kopf. Dann wanderten die Blicke ihres Begleiters über die blutigen Bilder. Er wirkte gefasster als Julia, aber auch an ihm gingen die grausigen Fotos nicht spurlos vorüber. Schweißperlen bildeten sich auf seiner Stirn, als er dem unvorstellbaren Ausmaß der Gewalt gewahr wurde.

Schäfer reichte ihm die Hand. „Sie müssen die Unterstützung aus der K5 sein."

„Andreas Weber", erwiderte der neue Kollege den starken, selbstbewussten Händedruck.

„Michael Schäfer. Das ist mein Kollege Rainer Götz. Willkommen im Kommissariat 1."

Götz grüßte den neuen Polizisten mit gehobener Hand und vertiefte sich sogleich wieder in das aufmerksame Studium des Tatorts.

„Ist das unser Fall?", fragte Weber ungläubig.

„Sie sind nicht zufällig ein Experte für mittelalterliche Geschichte?", entgegnete Schäfer.

Weber blickte ihn verwundert an. „Nein, Geschichte und Mittelalter sind nicht gerade mein Metier."

„Das werden wir ändern müssen", murmelte Schäfer.

„Wir haben eine weibliche Leiche, 44 Jahre alt. Der Name der Frau ist Maria Schütte. Sie wurde in einem abgelegenen Rohbau am Bamberger Stadtrand gefunden. Es konnten noch keine verwertbaren Spuren gesichert werden."

„Was ist denn mit ihrem Bauch passiert?"

„Ratten", schaltete sich Götz plötzlich ein.

„Der Gerichtsmediziner hat etwas von einer mittelalterlichen Foltermethode erzählt. Das wird Ihre Aufgabe sein, Herr Weber. Finden Sie alles darüber heraus. Wir brauchen den genauen Ablauf dieser Folter, um den Tathergang zu rekonstruieren. Dann gleichen wir die zu erwartenden Verletzungen mit dem Obduktionsbericht ab. Zusätzlich brauchen wir mehr Hintergründe über mittelalterliche Folter an sich. Wer hat sie wann angewendet? Welche Methoden gab es noch? Und vor allen Dingen: Wer interessiert sich heutzutage dafür? Warum könnte jemand auf die Idee kommen, eine Frau auf derart abartige Art und Weise umzubringen?"

Weber nickte. Er hatte den Auftrag verstanden. „Wird an der Universität Bamberg Geschichte gelehrt?"

„Ich glaube ja", antwortete Julia.

„Gute Idee. Statten Sie dem zuständigen Professor einen Besuch ab."

„Und lassen Sie sich eine Liste der Studenten geben, die sich mit mittelalterlicher Geschichte beschäftigen", warf Götz ein.

Weber wirkte sichtlich beeindruckt, wie schnell die Kollegen erste mögliche Täterkreise ausloteten. In der Regel war Schäfer stolz auf das effiziente Ermittlungsgeschick seines Teams. Aber nun hatte ihnen diese Stärke einen Fall eingebrockt, den er um nichts in der Welt hatte annehmen wollen. *Warum nur habe ich so ein schlechtes Gefühl bei der Sache?*

Wenigstens hatte er einen positiven Eindruck von dem neuen Kollegen. Tietz hatte nicht übertrieben, als er ihn als schlagkräftige Verstärkung verkauft hatte. Es war einmal mehr der Beweis, dass man von einem unspektakulären Äußeren nicht auf die Fähigkeiten eines Menschen schließen sollte. *Wenn er so weiter macht, ist er die perfekte Ergänzung in unserem Team. Eine gute*

Idee, die Internetrecherchen durch einen Besuch bei der Universität abzurunden. Und gut für unser Team, wenn sich ein neuer Kollege gleich in den ersten Minuten aktiv einbringt, anstatt in der Ecke zu sitzen und auf Anweisungen zu warten.

„Julia", wandte sich Schäfer an seine Kollegin. „Wir müssen den Eigentümer des Rohbaus und vor allen Dingen seine Frau oder Lebensgefährtin befragen. Sie hat die Leiche gefunden und wurde mit einem Schock ins Krankenhaus gebracht. Finde mehr über die Bauherren heraus. Warum wurde der Mord gerade in diesem Rohbau verübt? Kannten sie das Opfer? In welcher Beziehung standen sie zueinander? Aber bitte geh sehr behutsam vor. Die Frau wird sich noch nicht von dem Schock erholt haben, dieses Blutbad auf ihrer Baustelle vorgefunden zu haben!"

Julia nickte. Sie war eine erfahrene Polizistin mit einem einfühlsamen Gespür für heikle Vernehmungen. Rainer Götz war für diese Aufgaben nur wenig geeignet. Er war eher der Mann für die harten Verhöre. Schäfer arbeitete schon sehr lange mit ihm zusammen und kannte seine Stärken genau.

„Wir brauchen möglichst schnell den Obduktionsbericht. Das ist deine Aufgabe, Rainer. Mach der Gerichtsmedizin Druck. Wir brauchen Fakten! Und wenn wir schon beim Druck machen sind: Ein kleiner Besuch bei der Spurensicherung kann sicher auch nicht schaden. Es kann nicht sein, dass ein Täter bei einer solchen Bluttat keine Spuren hinterlässt. Kitzle das Letzte aus den Jungs heraus! Anschließend fasst du bitte deine Erkenntnisse vom Tatort in einem Bericht zusammen. Sobald Herr Weber die historischen Recherchen abgeschlossen hat, könnt ihr euch zusammensetzen und eure Ergebnisse zu einem Täterprofil zusammenführen."

„Wer informiert die Angehörigen des Opfers?", wollte Julia wissen.

„Die Information und Befragung der Angehörigen übernehme ich", antwortete Schäfer schweren Herzens.

Kapitel 6

Die junge Frau war ein Nervenbündel. Unruhig wanderten ihre furchtsamen Augen von der Wanduhr zum Fernseher, dann auf den mit Kaffeetassen gedeckten Tisch. Nach einem kurzen Blickkontakt mit Julia starrte sie erneut auf die leise tickende Wanduhr. Die Wohnung war klein, alt und unaufgeräumt. Der Duft nach starkem Kaffee übertünchte den Geruch von Angst. Julia nippte an ihrer Tasse.

„Sagt Ihnen der Name Maria Schütte etwas?", fragte sie mit sanfter Stimme.

Die Frau schüttelte den Kopf. Sie hatte Tränen in den Augen und stand noch unter dem Einfluss leichter Beruhigungsmittel. Ihr Name war Sonja Eger, eine hübsche, zierliche junge Frau Ende zwanzig, die gemeinsam mit ihrem Verlobten Harald Steiner ein Grundstück am Bamberger Stadtrand gekauft hatte und dort ein Einfamilienhaus baute.

Julia fragte sich zum wiederholten Male, ob es die richtige Entscheidung gewesen war, Herrn Steiner auf einen kurzen Spaziergang zu schicken. Sie wollte die Zeugin allein befragen. Aber seit ihr Verlobter die Wohnung verlassen hatte, wirkte Frau Eger noch unsicherer und verschlossener.

Julia legte ein Bild auf den Tisch, das sie zuvor im Internet gesucht und ausgedruckt hatte.

„Haben Sie diese Frau schon mal gesehen?"

Tränen liefen über Sonja Egers Wangen. „Ist sie das?" Ihre Stimme war kaum mehr als ein Wispern.

Julia nickte. „Haben Sie sie nicht erkannt?"

„Ich weiß nicht. Sie sah anders aus. Älter. Und das Klebeband. Ich bin mir nicht sicher."

„Können Sie sich daran erinnern, diese Frau vorher schon mal gesehen zu haben?"

Die Zeugin schüttelte unsicher den Kopf. Stumme Tränen liefen über ihre Wangen. „Ich glaube nicht. Aber ich kann es nicht genau sagen."

„Das ist okay." Julia legte beruhigend ihre Fingerspitzen auf Frau Egers zitternd zusammengefaltete Hände.

„Warum waren Sie heute Morgen in dem Rohbau?"

„Ich habe nach dem Rechten gesehen." Schluchzend verbarg sie das Gesicht in ihren Händen. „Die Getränke für die Arbeiter." Aufgeregt schnappte sie nach Luft.

„Ganz ruhig. Lassen Sie sich Zeit."

„Ich wollte nachsehen, ob noch genügend Getränke für die Arbeiter da sind, oder ob wir Getränke auffüllen müssen."

Frau Eger atmete tief aus und ein. „Sie machen das gut. Wir haben alle Zeit der Welt. Ist alles in Ordnung?"

Die Zeugin blickte sich panisch in der Wohnung um. Aber dann nickte sie Julia tapfer zu.

„Was haben Sie gemacht, als Sie die Leiche gefunden haben?"

Die Zeugin wimmerte. Ihr leerer Blick war ein Spiegelbild ihrer gequälten Seele. Solche Bilder ließen einen nie wieder los. Julia wusste das nur zu gut.

„Ich wollte schreien. Aber ich konnte nicht. Ich stand einfach nur da. Alles hat sich gedreht. Haben Sie die Leiche gesehen?"

„Nein", antwortete Julia ruhig. „Ich kenne sie nur von den Fotos. Meine Kollegen waren vor Ort. Was haben Sie dann gemacht?"

Frau Eger schüttelte verzweifelt den Kopf. „Ich bin nach draußen gerannt. Habe mich übergeben. Dieser Gestank. Ich kann ihn immer noch riechen, wenn ich daran denke. Wann hört das auf? Wann hört das endlich auf?"

Besorgt blickte Julia auf das Nervenbündel. Frau Eger starrte auf den Tisch und wippte ihren Körper zitternd vor und zurück. „Wollen wir eine kurze Pause machen?"

„Nein. Ich möchte es hinter mich bringen."

„Haben Sie die Polizei verständigt?"

„Nein. Ich wusste nicht, was ich tun soll. Diese Bilder. Es hat mich völlig aus dem Gleichgewicht gebracht. Ich habe Harald angerufen. Ich konnte nicht mehr klar denken. Verstehen Sie?"

„Natürlich. Das verstehe ich."

„Harald hat die Polizei gerufen."

„Und dann ist er zu Ihnen gefahren?"

„Ja. Genau."

Julia machte eine kurze Pause. Der heiße Kaffee breitete eine wohlige Wärme in ihrem Körper aus. Sie nutzte die Unterbrechung, um ihre Gedanken zu sortieren. Die nächsten Fragen waren heikel. Das wusste sie. Aber es war wichtig und musste sein.

„Haben Sie eine Idee, warum die Tat in Ihrem Rohbau verübt wurde?"

Sonja Eger war kreidebleich. Ihr starrer Blick fixierte die Wanduhr. „Ich weiß es nicht!", schluchzte sie aufgelöst. „Wie soll ich denn jetzt jemals in dieses Haus ziehen? Diese Bilder ... Das wird mich doch nie mehr loslassen! Ich kann da nicht einziehen! Was sollen wir denn jetzt machen? Wir haben so viele Schulden aufgenommen. So ein Grundstück kauft doch jetzt keiner mehr. Es war alles umsonst! Alles umsonst!"

Julia gönnte ihr einen Moment, um sich zu sammeln. Die arme Frau musste sich beruhigen. Julia konnte sie verstehen. Sie hatte schlimme Dinge gesehen. Wer wollte schon sein Leben in einem Haus verbringen, dem die ständige Erinnerung an diese schreckliche Bluttat anhaftete? Das Grundstück war verbrannte Erde. Für Sonja Eger und ihren Verlobten war das ein harter Schicksalsschlag.

„Können Sie sagen, wo Sie am Sonntagabend waren?"

„Ich ... wir waren ... Sie meinen doch nicht ...?"

Verständnisvoll legte Julia ihre Hand auf Sonja Egers zitterndes Knie. Diese Frage kam nie zum richtigen Zeitpunkt. Dennoch musste sie gestellt werden.

„Nein, das meine ich nicht. Trotzdem müssen wir diese Frage allen Personen stellen, die in irgendeiner Form mit dem Fall zu tun haben."

Frau Eger schluckte schwer. Sie rang sichtlich um Fassung.

„Wir waren zuhause", antwortete sie schließlich mit leerem Blick. „Wir hatten uns einen Film ausgeliehen. Dann sind wir kurz vor Mitternacht ins Bett gegangen."

„Welchen Film hatten Sie sich ausgeliehen?"

„Ziemlich beste Freunde."

Julia nickte. Sie hatte die wichtigsten Informationen bekommen. Mehr Fragen wollte sie dem überstrapazierten Nervenkostüm der Zeugin nicht zumuten.

„Okay. Vielen Dank. Sie haben das sehr gut gemacht. Ich denke, wir warten jetzt auf Ihren Verlobten. Er müsste gleich zurück sein."

Kapitel 7

Andreas Weber war zufrieden mit sich. Seine ersten Recherchen waren ergiebig gewesen. Zwei Stunden hatte er damit verbracht, im Internet nach Informationen über Folter im Mittelalter zu suchen und die Kernpunkte in einem Dokument zusammenzufassen. Ungeduldig blickte er auf seine Armbanduhr. Er hasste es, wenn man ihn so lange warten ließ. Aber auf der anderen Seite war der Besuch in der Bamberger Universität eine willkommene Abwechslung zu den Internetrecherchen.

Beeindruckt blickte er aus dem Fenster des alten Gebäudes, wo die Sonne verspielt auf der Wasseroberfläche der Regnitz glitzerte. Ein Schiff legte gerade am Kranen an, wo bereits eine beachtliche Menschenmenge auf die nächste Rundfahrt zum Hafen wartete. Er trat näher an das Fenster und lugte nach links, wo das farbenfroh bemalte alte Rathaus majestätisch zwischen den zwei belebten Brückenhälften aus dem tosenden Wasser ragte. Bamberg war definitiv eine sehenswerte Stadt.

Die Tür öffnete sich und riss Weber aus seinen Gedanken. Ein großer hagerer Mann mit lichtem Haar reichte ihm die Hand. Abschätzend musterte der Professor den Polizisten durch altmodische runde Brillengläser.

„Weber. Kriminalpolizei."

„Professor Dr. Strehle. Kommen Sie bitte herein."

Weber folgte dem Professor in sein geräumiges, penibel aufgeräumtes Büro. Strehle setzte sich und blickte den Kommissar erwartungsvoll an: „Wie kann ich Ihnen helfen, Herr Weber?"

„Wir arbeiten im Moment an einem Mordfall. Im Rahmen unserer Ermittlungen ist es für uns von sehr großer Bedeutung, mehr über das Mittelalter, insbesondere die Folter im Mittelalter, herauszufinden."

Der Professor legte die Stirn in Falten. Sein Interesse war geweckt. „Darf ich nach dem genauen Tathergang fragen?"

Weber zögerte kurz. „Leider kann ich Ihnen aktuell keine detaillierten Informationen zum Tathergang geben."

„Ich verstehe", murmelte der Professor. Sein Tonfall machte Weber unmissverständlich klar, dass der Akademiker es gar nicht schätzte, keine Hintergrundinformationen zu bekommen, während man von ihm Unterstützung erwartete.

„Ich habe im Internet zu dem Thema recherchiert und habe meine Ergebnisse in einem Dokument zusammengefasst. Könnten Sie vielleicht damit beginnen, meine Zusammenfassung gegenzulesen? Ich bin mir nicht sicher, ob sie vollständig und korrekt ist."

Der Professor nickte stumm und nahm das dreiseitige Papier entgegen. Mit einem lauten Knarren lehnte er sich in seinem schweren schwarzen Bürostuhl zurück und studierte den Text.

„Keine wissenschaftliche Arbeit, aber im Grunde eine passable kompakte Zusammenfassung", lautete sein Urteil.

„Gibt es irgendetwas Essentielles, das ich vergessen oder falsch beschrieben habe?"

„Der Informationsgehalt ist gut. Allerdings haben Sie bei der Zusammenfassung teilweise die etwas naiven Vorstellungen übernommen, die im Internet kursieren."

„Dann lassen Sie uns doch zunächst über die verschiedenen Arten von Folter sprechen."

„Die haben Sie an sich schon gut erfasst, Herr Weber. Für die meisten Laien ist Folter gleich Folter. Sie haben den grundlegenden Unterschied zwischen Folter- und Bestrafungsmethoden aber gut herausgearbeitet."

„Mit meinen eigenen Worten würde ich also sagen, dass die eigentliche Folter dazu diente, einem Verdächtigen ein Geständnis zu entlocken. Die Bestrafungen wiederum wurden dann angewandt, um den Geständigen ihre Strafe zuzufügen."

„Korrekt", bestätigte Dr. Strehle.

Weber rief sich die Bilder aus dem Internet ins Gedächtnis. „Die Zeichnungen zu den Foltermethoden sehen ja wirklich schmerzhaft aus. Würden Sie sagen, dass mittelalterliche Foltermethoden wie Daumenschrauben oder mit Dornen übersäte Befragungsstühle effizienter waren als heutige Vernehmungen?"

Der Professor schüttelte entschieden den Kopf. „Das ist ein Trugschluss."

„Inwiefern?"

„Brutalität ist kein Ersatz für Wahrheitsdrogen und Lügendetektoren. Sie diente einer schnellen Verurteilung. Aber nicht der Wahrheitsfindung. Meist haben die Opfer alles gestanden, um den unvorstellbaren Schmerzen zu entrinnen."

„Warum hat man dann nicht effizientere Verhörmethoden angewandt?"

„Wollte man das denn?"

„Ziel eines Verhörs ist doch letzten Endes die Wahrheitsfindung…"

„Ziel der Folter war ein Geständnis, auch wenn es unter so qualvollen Schmerzen erzwungen wurde, dass die mutmaßlichen Täter alles gestanden hätten, nur um die Qualen zu beenden."

„Aber hat das denn niemand durchschaut?"

Strehle lachte sarkastisch. „In Kirchenkreisen hieß es, Gott würde dem Unschuldigen die Kraft geben, der Folter zu widerstehen. Wie bequem für die mittelalterliche Kirche, das Ergebnis eines Prozesses schon im Voraus selbst bestimmen zu können."

„Und dann wurden die Geständigen blutig bestraft ..."

„Nicht nur blutig. Es gab auch andere Bestrafungen. Das ist ein Detail, das Sie Ihrem Dokument noch hinzufügen sollten."

Geduldig wartete Weber, bis der Professor von selbst fortfuhr.

„Es wurde zwischen Ehrenstrafen, Leibesstrafen und Hinrichtungen unterschieden."

„Ehrenstrafen?"

„Wenn ich Ihnen Beispiele nenne, kennen Sie das bestimmt. Der Pranger oder der Keuschheitsgürtel haben beispielsweise die Ehre der Verurteilten in Mitleidenschaft gezogen. Man wurde öffentlich Spott und Häme ausgesetzt."

„Ja, den Pranger kenne ich natürlich. Und bei den Leibesstrafen wurde es dann blutig?"

„Genau. Öffentliches Auspeitschen, das Abtrennen von Körperteilen wie Ohren oder Händen, oder auch das Blenden waren gängige Formen der Leibesstrafen. Mit extremen körperlichen Schmerzen oder gar Verstümmelungen war man im Mittelalter nicht zimperlich."

Weber runzelte die Stirn. „Und besonders schwere Vergehen wurden dann mit dem Galgen bestraft ..."

„Der Galgen ist wohl eine der bekanntesten Hinrichtungsmethoden. Es ging aber auch noch barbarischer. Pfählen, Scheiterhaufen – der Phantasie des Menschen sind ja bekanntermaßen keine Grenzen gesetzt."

„Bei einer Foltermethode, die ich im Internet gefunden habe, ist mir die Zuordnung zwischen Folter und Bestrafung schwergefallen", begann Weber, das Gespräch in die gewünschte Richtung zu lenken.

„Und die wäre?", fragte Dr. Strehle. Er blickte Weber durchdringend an. Der intelligente Mann spürte sofort, dass der Kommissar endlich zum Punkt kam.

„Die Rattenfolter."

„Die Rattenfolter …", murmelte der Professor mehr zu sich selbst. Weber glaubte, eine leichte Blässe um Strehles Nasenspitze zu erkennen. „Diese Foltermethode wurde von den Scharfrichtern nur sehr selten angewendet."

„Warum?"

„Als Verhörmethode war die Rattenfolter sehr effektiv und führte schnell zum erwünschten Geständnis. Jedoch war das Risiko sehr hoch, dass der Verhörte bei der Folter umkam. Als Hinrichtungsmethode war sie bei den Scharfrichtern nicht sehr beliebt. Es gab sauberere, elegantere Möglichkeiten."

„Was macht diese Folter so grausam?"

Professor Strehle erklärte Weber den genauen Ablauf der Rattenfolter.

„Eine schlimme Art zu sterben", endete er nachdenklich.

Weber nickte andächtig mit dem Kopf.

„Kennen sich viele Ihrer Studenten so gut und detailliert mit der mittelalterlichen Folter aus?"

Der Professor bedachte Weber mit einem skeptischen Blick. „Nein. Sicher nicht", erklärte er ruhig. „Die Folter ist nur ein Teilaspekt des Mittelalters. Das Mittelalter war eine interessante, wenn auch dunkle und raue Epoche der europäischen Geschichte. Es gibt viele Facetten, mit denen man sich befassen kann."

„Fallen Ihnen spontan Studenten ein, die aktuell ein großes Interesse, oder gar eine Faszination für die Folter hegen?"

Die Augen des Professors verengten sich zu bedrohlichen Schlitzen. „Glauben Sie im Ernst, dass einer meiner Studenten der Täter ist?"

Die Atmosphäre im Büro änderte sich schlagartig. Das anfangs ruhige, interessierte Gespräch wurde von einer plötzlichen Spannung in der Luft überschattet.

„Noch glauben wir gar nichts. Aber wir müssen in alle Richtungen ermitteln."

„Dann stelle ich die Frage anders", erwiderte Dr. Strehle scharf. „Haben Sie einen konkreten Verdacht gegen einen meiner Studenten?"

„Nein."

Der Professor nickte missbilligend. Es gefiel ihm sichtlich nicht, mit seinem Fachbereich im Fokus der Ermittlungen zu stehen. „Dann seien Sie bitte vorsichtig mit der Richtung, in die sich dieses Gespräch entwickelt!"

Weber zog irritiert eine Augenbraue nach oben. „Wir stehen noch ganz am Anfang, Herr Professor. Es ist unser Job, uns einen Überblick zu verschaffen. Und dazu müssen wir alle Möglichkeiten in Betracht ziehen." Der Kommissar machte eine kurze Pause. Die gezwungene Ruhe in seiner Stimme wirkte drohend und gefährlich: „Beantworten Sie nun meine Frage, oder muss ich sie noch einmal wiederholen?"

„Die Studenten müssen regelmäßig wissenschaftliche Arbeiten zu diversen historischen Themen schreiben. Natürlich sind bei den Kursen zur mittelalterlichen Geschichte auch Arbeiten dabei, die das Thema Folter touchieren."

„Können Sie mir eine Liste Ihrer Studenten geben und darauf markieren, wer sich in letzter Zeit mit dem Thema Folter beschäftigt hat?"

Der Professor blickte genervt auf seine Uhr. Er machte keinen Hehl daraus, dass er Webers Ermittlungen als eine wenig zielführende Vergeudung seiner kostbaren Zeit erachtete.

„Bitte besorgen Sie sich die Liste meiner Studenten im Sekretariat."

Doch Weber beharrte auf seiner Anfrage: „Das werde ich tun. Kann ich anschließend noch einmal bei Ihnen vorbei kommen, damit Sie mir die Studenten markieren, die sich mit dem Thema Folter beschäftigen?"

„Die Folter gehört zum Mittelalter dazu, Herr Kommissar. Natürlich gibt es dann auch Studenten, die sich aus wissenschaftlichen Gründen mit diesem Thema befassen. Sind sie Ihrer Meinung nach deswegen sadistisch veranlagt?"

„Nicht zwangsläufig, Herr Professor. Aber es wird auch kein Laie eine mittelalterliche Foltermethode aus dem Hut zaubern, um einen Menschen zu töten. Ein gewisses Grundinteresse können wir denke ich schon annehmen."

„Glauben Sie denn wirklich, dass jemand folternd und mordend durch Bamberg läuft, nur weil er sich aus wissenschaftlichen Beweggründen für Folter im Mittelalter interessiert?"

„Können Sie es ausschließen?"

Strehle wirkte gereizt: „Sie sollten lieber mal die Nutzer von diesen mittelalterlichen Rollenspielen im Internet unter die Lupe nehmen. Bei diesen virtuellen Folterknechten werden Sie sicher eher fündig. Für meine Studenten lege ich die Hand ins Feuer!"

Obwohl Weber eine geistige Notiz von dem hilfreichen Hinweis machte, ging er nicht weiter auf die Bemerkung des Professors ein. „Wenn Ihre Studenten nichts zu verbergen haben, sollte ja nichts dagegensprechen, dass Sie mir eine Liste zur Verfügung stellen, welche Studenten sich in den vergangenen beiden Jahren näher mit dem Mittelalter befasst haben. Wissenschaftliche Arbeiten, Referate, … Sie wissen schon …"

„Das ist doch wohl nicht Ihr Ernst!"

Weber fixierte den Professor mit kaltem Blick. „Das ist mein völliger Ernst!"

„Dann wenden Sie sich bitte an das Sekretariat."

Weber verzog keine Miene. Er hatte die Faxen satt. „Ich wende mich an Sie, Herr Professor! Und wenn Sie nicht kooperieren, kann ich gern mit einer richterlichen Vorladung zurückkommen."

Strehles Kopf hatte eine tiefrote Farbe angenommen. Doch er erwiderte nichts. In stiller Wut starrte er Weber an.

„Sind Sie die nächste Stunde noch in Ihrem Büro? Dann können wir die Liste Ihrer Studenten noch gemeinsam durchgehen und markieren, wer sich explizit mit dem Thema Folter beschäftigt hat."

„Habe ich eine andere Wahl?", stöhnte Dr. Strehle kopfschüttelnd.

„Vielen Dank. Ich weiß Ihre Hilfe wirklich zu schätzen", antwortete Weber kühl und ließ den Professor mit seiner Aufgabe allein.

Kapitel 8

„Sagt Ihnen der Name Maria Schütte etwas?", fragte Julia den von seinem Spaziergang zurückgekehrten Harald Steiner. Der Verlobte der noch immer aufgelösten Sonja Eger war ein gutaussehender, athletischer Mann Ende zwanzig.

Langsam schüttelte er den Kopf. „Nein, ich denke, der Name sagt mir nichts. Nein."

„Haben Sie diese Frau schon einmal gesehen?"

Steiner hatte seinen Arm beschützend um seine blasse Verlobte gelegt und starrte nachdenklich auf das Bild.

„Zuerst wollte ich sagen nein, aber irgendwie kommt mir die Frau bekannt vor."

Julias Herz schlug schneller.

„Haben Sie eine Idee, warum oder woher?"

„Ich muss nachdenken", erwiderte Steiner zögerlich.

„Sie hat sich verändert. Ist älter geworden", sagte er schließlich. „Aber ich glaube, ich kenne diese Frau von früher. Aus meinem Ferienjob während dem Studium. Das ist aber schon sieben Jahre her."

„Und Sie haben die Frau seitdem nicht mehr gesehen?"

„Nein", überlegte Steiner sichtlich angestrengt. „Nein, ich denke nicht."

Julias Gedanken überschlugen sich. *Das Opfer kannte also flüchtig den Bauherrn des Tatorts ... Interessant!* Wäre nicht so ein langer Zeitraum dazwischen gelegen, hätte sie eine erste heiße

Spur gehabt. Aber wo war der Zusammenhang zwischen einem Ferienjob vor sieben Jahren und dem brutalen Mord an Maria Schütte? Oder war es ganz einfach Zufall? Aber Rohbaugebäude gab es im Bamberger Umland wie Sand am Meer. Warum hatte sich der Mörder diesen Rohbau ausgesucht? *Was verbindet den Ferienjob, das angehende Brautpaar und Frau Schütte?*

„Fällt Ihnen irgendein Grund ein, warum der Mörder diese Frau gerade auf Ihrer Baustelle ermordet hat?"

Harald Steiner überlegte sichtlich angestrengt. Er wirkte verwirrt und hatte offenbar noch nie an einen Zusammenhang zwischen ihm und dem Tatort gedacht.

„Ich kann mir beim besten Willen keinen Grund vorstellen."

„Wo haben Sie damals Ihren Ferienjob gemacht?"

„In Hirschaid. Beim Möbelland."

„Wissen Sie, ob Maria Schütte bis zu ihrem Tod noch dort gearbeitet hat?"

„Nein. Keine Ahnung."

„Wo waren Sie am Sonntagabend?"

„Wir haben einen Fernsehabend gemacht. Glauben Sie im Ernst, dass ich …"

„Nein, nein", beschwichtigte Julia rasch. „Aber wir müssen diese Frage allen Zeugen stellen. Wann sind Sie ins Bett gegangen?"

Steiner dachte einen Moment nach: „Ich weiß nicht genau. Zwischen halb 12 und halb 1 vielleicht."

„Und welchen Film hatten Sie sich ausgeliehen?"

„Ziemlich beste Freunde."

Julia machte sich ein paar Notizen mit den Eckpunkten des Gesprächs. Die Aussagen passten zusammen. Sie hatte zu keinem Zeitpunkt den Eindruck gehabt, dass das Paar die Unwahrheit sagte. Sie wirkten beide geschockt, auch wenn Herr Steiner sich etwas mehr im Griff hatte als seine nervlich fragil wirkende Verlobte. *Kein Wunder, bei diesem grausigen Fund*, dachte Julia mitfühlend.

Sie hatte nur eine Spur: das Möbelland in Hirschaid. Ein Zusammenhang war im Grunde nahezu ausgeschlossen. Und doch war es der einzige kleine Anhaltspunkt, dem sie nach den Gesprächen mit Sonja Eger und Harald Steiner nachgehen konnte.

Ohne viel Hoffnung auf nennenswerte Erkenntnisse beschloss Julia, dem Möbelhaus einen kurzen Besuch abzustatten.

Kapitel 9

Missmutig stand Schäfer vor der Haustür der Doppelhaushälfte im Süden Bambergs. Er hasste diesen Teil seiner Arbeit. Niemand überbrachte Eltern gern die Nachricht vom Tod ihres Kindes. In jenen Momenten überkam Schäfer das Gefühl, dass sein Leben eine Einbahnstraße ohne Ausweg war. Es hatte ihn in eine Richtung verschlagen, die ihm öfter einen eisigen Schauder über den Rücken jagte, als ihm lieb war. Aber etwas anderes hatte er nicht gelernt. Und er war zu gut in seinem Job, um damit aufzuhören.

Seufzend drückte Schäfer auf die Klingel. Seine Recherchen hatten ergeben, dass Maria Schütte geschieden war. Er war zu ihrer Wohnung gefahren und hatte dort geklingelt. Entweder ihr aktueller Lebensgefährte war nicht zuhause, oder sie lebten nicht zusammen. Vielleicht war Maria Schütte auch alleinstehend. Das wäre eine plausible Erklärung, warum anderthalb Tage nach dem Mord noch keine passende Vermisstenanzeige eingetroffen war.

Die Tür öffnete sich. Eine kleine Frau Anfang siebzig mit ergrautem Haar und altmodischer Brille blickte ihn fragend an.

„Michael Schäfer. Kriminalpolizei." Er zeigte der Dame seinen Dienstausweis. „Darf ich hereinkommen?"

Nickend trat die Frau zur Seite und sah ihn mit ängstlichem Blick an. Schäfer betrat den engen Flur der Wohnung. Der Duft nach fruchtigem Tee und alten, staubigen Keksen hing in der Luft.

„Ist etwas passiert?"

„Wollen wir uns nicht setzen?", fragte der Polizist mit ruhiger Stimme, die seinen Seelenzustand ganz und gar nicht widerspiegelte.

Zitternd ließ sich die alte Frau auf einen Stuhl nieder. Dem Kommissar wurde schwer ums Herz. *Sie weiß, dass etwas Schlimmes geschehen ist.*

Schäfer schluckte. „Wir haben am Sonntag Ihre Tochter ermordet aufgefunden."

Der ausdruckslose Blick der alten Dame verlor sich in der Ferne. Ihr Mund öffnete sich. Sie wollte etwas sagen. Aber kein Wort verließ ihre Lippen. Aschfahl starrte sie Schäfer einfach nur an, bis sich ihre Augen mit Tränen füllten.

„Aber ... aber ... Was ist denn passiert?"

Einfühlsam redete Schäfer der erschütterten Frau zu, gab ihr Zeit, die bitteren Nachrichten zu verdauen, ohne die blutigen Details preiszugeben, an denen die arme Frau für immer zerbrochen wäre.

„Wer bringt denn meine Maria um?", stammelte sie.

„Sie müssen uns helfen, das herauszufinden. Haben Sie irgendeine Idee, wer so etwas Schreckliches getan haben könnte? Hatte Ihre Tochter Feinde?"

„Feinde? Sie ist doch so ein liebes Mädchen ..."

Schäfer gönnte der schluchzenden Mutter eine kurze Pause. Unruhig wippte sie vor und zurück. Ihr Kopf zuckte hektisch von links nach rechts, doch der leere Blick ihrer panischen Augen schien die Welt um sie herum nicht mehr wahrzunehmen. *Kein Wunder*, dachte Schäfer verbittert.

„Hatte Ihre Tochter einen Lebensgefährten?"

„Nein, ich glaube nicht."

„Was ist mit ihrem Ex-Mann?"

„Der lebt nicht mehr in Deutschland."

„Wissen Sie, wo er aktuell wohnt?"

Wie vom Schlag getroffen starrte sie Schäfer an: „Glauben Sie denn etwa ..."

„Nein", versicherte Schäfer rasch. „Wir möchten uns nur einen Überblick über das Umfeld Ihrer Tochter verschaffen. In vielen Fällen kommen die Täter aus dem persönlichen Umfeld der Opfer."

„Ich kann mir nicht vorstellen, dass ein Bekannter meine Maria ... nein, das kann nicht sein. Sie war doch so ein herzensguter Mensch! Wie ist ... wie ist sie gestorben?"

„In einem Rohbau", antwortete Schäfer ausweichend. Er wollte der aufgewühlten Mutter keine grausigen Details über die bestialische Bluttat nennen. Das Wissen, unter welchen Höllenqualen ihre Tochter zu Tode gekommen war, würde ihr das Herz brechen. Aufmerksam beobachtete Schäfer die tapfere alte Frau. Er vermochte nicht einzuschätzen, ob sie sein Ausweichmanöver richtig gedeutet und begriffen hatte, dass es besser für sie war, nicht alle Details zu kennen. Vielleicht hatte sie ihre Frage in den Wirren der niederschmetternden Nachrichten auch einfach wieder vergessen.

„Wissen Sie, wo Marias Ex-Mann aktuell lebt?"

„Ich weiß es nicht genau. Irgendwo in Skandinavien, glaube ich."

Schäfer nickte stumm und machte sich eine kurze Notiz. Sie würden den Ex-Mann überprüfen.

„Hatte Ihre Tochter Kinder?"

„Nein."

„Und Sie? Haben Sie weitere Kinder, oder war Maria ein Einzelkind."

„Maria war unser Ein und Alles!"

„Und Ihr Mann?"

Wieder füllten sich die Augen der armen Frau mit Tränen. „Er ist vor drei Monaten gestorben. Der Krebs hat ihn geholt."

Schäfer senkte betroffen den Blick, gab der gramgebeugten Frau einen Moment Zeit für sich.

„Wie war das Verhältnis Ihrer Tochter zu ihrem Ex-Mann? Nach der Scheidung, meine ich."

„Sie hatten noch manchmal Kontakt, haben sich noch ganz gut verstanden."

„Die Scheidung war also ohne Rosenkrieg verlaufen?"

„Ja, alles geschah im gegenseitigen Einvernehmen."

„Wie ging es Ihrer Tochter finanziell?"

„Normal denke ich."

„Hatte sie Schulden?"

„Nein, ich glaube nicht."

„Wo hat sie gearbeitet?"

„Beim Möbelland in Hirschaid."

„Hatte sie in letzter Zeit mit irgendjemandem Streit?"

„Nein, sie hat mir nichts von einem Streit erzählt."

„Wirkte sie in den vergangenen Wochen anders als sonst?"

„Anders?"

„Gehetzter vielleicht? Zerstreut oder abwesend? Nervös oder ängstlich? Ist Ihnen irgendetwas Ungewöhnliches an Ihrer Tochter aufgefallen?"

„Nein, ich glaube nicht", antwortete sie langsam nach einer kurzen Pause.

Schäfer nickte. Bis auf den Ex-Mann in Skandinavien hatte ihm das Gespräch nicht viel weitergeholfen. Es ließ sich kein Motiv erkennen. Selbst der Ex-Mann wirkte einerseits aufgrund der räumlichen Distanz und andererseits wegen der im Guten geschiedenen Ehe nicht wirklich verdächtig. Es würde sich schnell prüfen lassen, ob er sich vergangene Woche in Deutschland aufgehalten hatte. Vermutlich konnte man ihn dann rasch von der Liste streichen.

Schäfer blieb noch eine Weile. Er hatte das Gefühl, dass er die arme alte Frau nach diesem zweiten Schicksalsschlag binnen weniger Monate nicht allein lassen durfte. Geduldig schlürfte er seinen heißen Tee.

„Wissen Sie, sie hatte noch so viel vor", schwelgte die arme alte Frau in Erinnerungen. Ihre Stimme brach. „Sie hat zwei Jahre auf ihre Weltreise gespart. Mit dem Möbelland war schon alles abgeklärt. Wie heißt das noch gleich?"

„Ein Sabbatjahr?"

„Ja, genau." Sie nippte von ihrer Teetasse und blickte traurig aus dem Fenster. „In zwei Monaten wäre sie nach Australien geflogen. Das hatte sie sich schon als kleines Mädchen gewünscht."

Schäfer hörte ihr einfach nur zu, wie sie sich den Schmerz von der Seele redete. Als er endlich vom angeforderten Seelsorger abgelöst wurde, wollte er bereits nachdenklich in sein Auto einsteigen. Aber sein Kopf schwirrte von den endlosen Abgründen aus Verlust und Trauer, die jeder Mord aufriss. Er hasste diese Seite seines Berufs. Denn er hatte schon zu viel davon gesehen. Und es brach ihm immer wieder aufs Neue das Herz.

Kurzentschlossen steckte er den Autoschlüssel zurück in seine Hosentasche und schlenderte in den angrenzenden Theresienhain. In der weitläufigen Parkanlage gönnte er sich fünfzehn ruhige Minuten im Schatten der Baumwipfel. Eine kurze Auszeit von einer erbarmungslosen Welt. Ein Moment des Friedens, ehe wieder Blut und Tod sein Leben dominierten. Dann fasste sich Schäfer ein Herz, kehrte zu seinem Auto zurück und fuhr zur Dienststelle.

Kapitel 10

Mit missmutigem Gesicht stapfte Rainer Götz in das Büro von Holger Schmidtlein. Der Leiter der Spurensicherung sah irritiert von seinem Schreibtisch auf.

„Götz, Anklopfen haben Sie nicht nötig, oder?"

Der hünenhafte Kommissar brummte nur kurz und musterte interessiert die beiden Kollegen, die ihrem Chef gegenüber im Büro saßen. Offenbar war er mitten in eine Besprechung geplatzt. Aber das war ihm egal. Der Anruf bei der Erlanger Gerichtsmedizin, der außer den bereits bekannten Verletzungsmustern keine hilfreichen Spuren zutage gebracht hatte, lag ihm schwer im Magen.

„Was wollen Sie? Sie sehen doch, dass wir zu tun haben."

„Habt ihr schon was für uns?"

Seufzend schüttelte Schmidtlein den Kopf. „Leider nicht viel. Wir haben noch nichts Verwertbares gefunden. Der detaillierte Bericht ist noch in Arbeit."

„Kommt schon, Leute. Das kann doch nicht euer Ernst sein!", schnaubte Götz ungehalten.

„Sie haben leicht reden. Wenn uns nicht ständig ungeduldige Ermittler in unsere Besprechungen platzen, dann könnten wir auch ungestört arbeiten."

Einer der beiden Kollegen von Schmidtlein kicherte kurz. Götz trat mit bedrohlicher Miene einen Schritt auf ihn zu. Das Kichern verstummte. Der Kommissar wusste, dass seine imposante Statur einschüchternd wirkte. Deshalb hatte Schäfer ihn geschickt.

„Es muss doch irgendwelche Spuren geben."

„Das ist nicht so einfach, wie Sie sich das vorstellen."

Götz konnte förmlich spüren, wie sein Blutdruck in Wallung geriet. *Sind wir hier denn die Einzigen, die dieses Monster zur Strecke bringen wollen?* Angesichts der Brutalität des Mordes glaubte er nicht daran, dass es keine Spuren am Tatort gab. Irgendwie musste das Opfer ja in den Raum gekommen sein. Der Täter hatte sie festgebunden. Der Käfig, die Ratten, …

„Keine Fingerabdrücke?"

„Doch. Eine ganze Menge."

„Na also."

„Ich kann Ihnen die Daten gerne zukommen lassen."

„Aber?"

„Aber an allen Utensilien, die der Täter im Rahmen des Mordes verwendet hat, befinden sich keine Spuren. Gar nichts. Anhand der Staubschichten auf den anderen Gegenständen in dem Raum können wir sagen, dass der Mörder seine Sachen erst kurz vor der Tat dort reingeschafft hat."

„Und wo habt ihr Fingerabdrücke gefunden?"

„An den Baumaterialien, Geräten und so weiter. Dort, wo jeder normale Handwerker seine Finger im Spiel hat. Glauben Sie mir, Sie werden da nur die Handwerker der Baustelle finden."

„Wie können Sie so sicher sein?"

„Warum soll der Täter an Material und Werkzeugen Spuren hinterlassen, wenn wir an den Mordutensilien keine Spuren gefunden haben?"

„Er hat mit Sicherheit Handschuhe getragen", warf der andere Mitarbeiter von Schmidtlein ein.

Götz schüttelte resigniert den Kopf. Waren die Kollegen auch wirklich sorgfältig genug vorgegangen? Oder hatten sie etwas übersehen? *Warum kann man nicht alles selbst in die Hand nehmen?*

„Schicken Sie mir die Daten trotzdem sofort", knurrte er übellaunig. „Wir müssen jeder Spur nachgehen."

Schmidtlein nickte ihm zu und konzentrierte sich wieder auf seine beiden Mitarbeiter.

„Fußspuren?"

Seufzend wandten sich die drei Kollegen wieder dem penetranten Kommissar zu.

„Eine ganze Menge!"

„Und?"

„Was glauben Sie denn? Es ist eine Baustelle. Da laufen den ganzen Tag Arbeiter durch die Gegend."

„Irgendwas Auffälliges im Umkreis des Mordopfers?"

„Nein. Die gleichen Fußspuren wie an den anderen Stellen im Rohbau auch."

„Habt ihr das sorgfältig abgeglichen?"

Schmidtlein stieß hörbar die Luft aus den Lungen. „Wir sind keine Amateure, Götz!"

„Was ist mit dem Käfig, dem Klebeband, den Stricken, mit denen er sie an den Tisch gefesselt hat?"

„Er hat nichts dem Zufall überlassen. Das ist alles handelsübliche Ware. No-Name. Das können Sie in jedem Baumarkt kaufen."

„Wisst ihr schon, wie er das Feuer in dem Käfig angezündet hat?"

„Wir vermuten, dass er ein normales Feuerzeug verwendet hat. Und er hat offenbar Grillanzünder als Brandbeschleuniger benutzt."

„Grillanzünder ...", murmelte Götz nachdenklich. „Konntet ihr herausfinden, aus welchen Materialien die zusammengesetzt waren?"

„Die Analyse läuft noch. Aber auch da gibt es zig Produkte mit der gleichen Zusammensetzung. Das wird euch nicht weiterhelfen."

„Wir brauchen irgendeinen Anhaltspunkt, Leute! Bis wann ist die Analyse des Grillanzünders denn abgeschlossen?"

„Die Details finden Sie bald in unserem Bericht."

Götz baute sich zu seiner vollen Größe auf und verlieh seiner tiefen Stimme einen rauen, bedrohlichen Unterton. „Schmidtlein, seh ich aus, als hätte ich Zeit, auf euren Bericht zu warten? Wir brauchen Ergebnisse. Und das schnell!"

Der Leiter der Spurensicherung wollte gerade zu einer hitzigen Erwiderung ansetzen, als Götz' Telefon klingelte.

Skeptisch betrachtete Götz das Display. Dann huschte der Anflug eines freudigen Lächelns über sein Gesicht. Seine bedrohliche Körperhaltung entspannte sich, während er das Gespräch annahm.

„Hey, Sportsfreund. Alles klar?" Die brummige Stimme war plötzlich freundlich und hatte die einschüchternde Wirkung verloren.

„Nein, das geht leider nicht. Hier ist mal wieder die Hölle los!"

...

„Beim nächsten Spiel bin ich auf jeden Fall wieder dabei. Okay?"

...
„Also, bis dann, Großer!"
Schmidtlein betrachtete Götz amüsiert. „Hey, Dr. Jekyll. Dürfen wir uns jetzt wieder auf unsere Arbeit konzentrieren?"
„Ich erwarte euren Bericht morgen früh!", donnerte Götz und stapfte aus dem Büro. „Sonst steh ich um halb 8 wieder hier!"
Als die Tür lautstark hinter ihm zuknallte, wusste Götz, dass er bekommen würde, was er angefragt hatte.

Kapitel 11
Julia schloss die Tür zu ihrer Wohnung auf. Sogleich verflogen die schaurigen Bilder der entstellten Leiche aus ihrem Kopf. Die Gedanken über den neuen Fall wurden von Vorfreude und Neugier verdrängt. *Hoffentlich hat meine gestrige Nachtschicht am Notebook schon erste Früchte getragen.*
Das Gespräch mit Michael hatte sie zum Nachdenken angeregt. Vielleicht ging sie ihr Liebesleben wirklich komplett falsch an. Womöglich waren Bars und Diskotheken nicht der beste Ort für eine Begegnung mit dem Mann fürs Leben. Von Fitnessstudios ganz zu schweigen. Lange hatte sie gegrübelt, wie sie einen Rahmen schaffen konnte, der sie vor dem Drang bewahrte, alles zu überstürzen. *Distanz.* Dieses Wort war ihr am Sonntagabend wie Schuppen von den Augen gefallen. Sie musste einen Weg finden, einen Mann behutsam kennenzulernen, der sich aus der Distanz für sie als Person interessierte, und nicht nur für ihren betörenden Körper.
Das Profil auf der Datingseite im Internet war schnell erstellt gewesen. Julia hatte gestern vor dem Schlafengehen ein hübsches Bild hochgeladen, das ihre schlanke, durchtrainierte Figur betonte und bei dem sie ihr süßestes Lächeln aufgesetzt hatte. Es war ihr Lieblingsbild, umrahmt von der sanften Frühlingssonne in einer kleinen Waldlichtung. Morgens vor dem Weg zur Arbeit hatte Julia einen letzten Blick in ihren Posteingang auf der Seite

geworfen. Und tatsächlich hatte sie ein Mann aus der näheren Umgebung angeschrieben. Interessiert hatte Julia sein Profilbild studiert. Er war kein Brad Pitt, sah aber auch nicht unattraktiv aus. Julia schätzte ihn ein bis zwei Jahre älter als sich selbst. Um die vierzig Jahre alt. Er wirkte sanft und freundlich, lächelte gutmütig in die Kamera. Warum war ein Mann wie er nicht verheiratet? Julia hatte den Gedanken beiseite gewischt. *Warum bin ich nicht verheiratet? Du musst dein Misstrauen hinter dir lassen, wenn du das ernsthaft versuchen möchtest!*

Julia hatte die Mail des Mannes zweimal gelesen, ehe sie ihre Antwort in die Tastatur eingeklimpert hatte. Er hatte ihr viele Fragen gestellt, aber wenig über sich selbst erzählt. Dabei hatte er explizit auf die kargen Angaben in ihrem Profil Bezug genommen. Es war also offensichtlich keine Standardnachricht, die er an alle Frauen seines Alters im Umkreis von zwanzig Kilometern verschickte. Machte ihn das nicht sympathisch? Als sie die Nachricht abgeschickt hatte, war sie zur Arbeit gefahren und hatte an diesem rasanten Tag nicht mehr an die Datingseite gedacht. Nun aber war sie zum Zerreißen gespannt.

Ungeduldig startete Julia ihr Notebook. Sie konnte es nicht fassen, wie sehr sie darauf brannte zu erfahren, ob er ihre Nachricht beantwortet hatte. War sie wirklich schon so verzweifelt, dass sie sich so vehement an diesen kleinen Strohhalm klammern musste?

Angespannt biss sich Julia auf die Lippe, während sie die Adresse der Internetseite eintippte und Benutzername und Passwort eingab. Sie hatte zwei neue Nachrichten in ihrem Postfach. Eine von einem unbekannten Mann, der unsympathisch und überheblich in die Kamera grinste. Sie löschte die Nachricht ungelesen und widmete sich dann Falke71.

Hallo Julia,

ich habe mich wirklich sehr gefreut, dass du meine Nachricht beantwortet hast.

Um ehrlich zu sein, komme ich mir immer ein bisschen blöd vor, wenn ich jemanden anschreibe.

Aber auf deinem Bild siehst du so süß aus, und dein Profil wirkt nett und ehrlich. Ich musste es einfach versuchen.

Du bist ja ganz schön sportbegeistert. Da kann ich nicht ganz mithalten. Ich bin zwar auch im Fitnessstudio angemeldet, aber öfter als zweimal im Monat zieht es mich dort nicht hin. Deinen Enthusiasmus hätte ich auch gern ;-)

Was machst du sonst so, wenn du nicht gerade im Fitnessstudio trainierst? Hast du weitere Hobbys? Was machst du eigentlich beruflich, wenn ich fragen darf ...

Ich selbst arbeite im deutschen Vertrieb eines kanadischen Unternehmens. Nicht sehr einfallsreich, aber dafür habe ich viele Freiheiten: Ich kann meine Arbeitszeit recht flexibel gestalten, und ich habe viel mit Menschen zu tun. Das finde ich spannend und abwechslungsreich.

Ich freue mich schon auf deine Antwort und bin gespannt, mehr über dich zu lesen.

Liebe Grüße,
    Falke

Angestrengt legte Julia die Stirn in Falten, während sie über ihre Antwort an Falke71 nachdachte. Wie viel sollte sie von sich preisgeben? Er wirkte sympathisch und ehrlich. Warum hatte sie trotzdem Bedenken? *Du musst dich darauf einlassen, ansonsten wirkst du sofort desinteressiert. Dann kannst du es auch gleich lassen.*

Hallo Falke,

auch ich habe mich sehr über deine Nachricht gefreut.

Vertrieb hört sich doch auch spannend an. Da kommst du doch sicher viel herum, oder?

Ich arbeite bei der Polizei.
In den letzten Wochen haben wir vorwiegend Akten gewälzt. Ganz schön langweilig. Aber wir haben ein wirklich gutes Team. Das macht echt Spaß. Und du weißt ja schon, dass ich so gerne Sport mache. Bei der Polizei habe ich die Möglichkeit, an vielfältigem Betriebssport teilzunehmen. Alles in allem keine schlechte Sache.

Das Fitnessstudio macht mir einfach nur Spaß. Ich liebe es, mich so richtig auszupowern. So kann ich am besten abschalten.

Womit lenkst du dich von deinen stressigen Kundenterminen ab?

Freue mich schon, wieder von dir zu lesen.

Liebe Grüße,
  Julia

Ein letztes Mal überflog sie die geschriebenen Zeilen. Dann drückte sie auf den Senden-Knopf. Sie musste lächeln. Es war ein wildfremder Mann. Sie hatten sich noch nicht über mehr als Belanglosigkeiten ausgetauscht. Und doch freute sie sich, setzte große Hoffnungen in diese Datingseite. War sie naiv? Oder einfach nur romantisch? In jedem Falle war Julia neugierig geworden.

Schäfer betrat nachdenklich seine Wohnung. Es war ein langer, harter Tag gewesen. Die Bilder vom Tatort ließen ihn in den ersten Stunden selten los. *Wie kann man eine unschuldige Frau derart quälen?* Schäfer konnte es einfach nicht verstehen, was in den Köpfen dieser Psychopathen vorging. Die seelischen Abgründe seines Jobs waren unvorstellbar.

Die Stille umschloss ihn wie ein Schutzwall. Oder ein Gefängnis? Die Wohnung war sauber, frisch renoviert und geschmackvoll eingerichtet. Und doch wirkte sie leblos. Ohne Bilder. Ohne Persönlichkeit. Ein Mittel zum Zweck, um die Nächte nicht einsam und verlassen unter einer Brücke verbringen zu müssen.

Gedankenverloren griff Schäfer nach einem Buch und setzte sich in den gemütlichen Sessel, das einzige Einrichtungsstück, das ihm etwas bedeutete. Hier konnte er manchmal abschalten. Mit verzweifelter Willenskraft versuchte er, sich in seinem Roman zu vergraben. Doch es war ein hoffnungsloses Unterfangen. Immer wieder verloren seine Augen den Fokus. Die Gedanken schweiften ab. Die gedruckten Buchstaben begannen zu verschwimmen. Und die Bilder kehrten zurück in seinen Kopf.

Schäfer hatte schon viele Leichen und Morde gesehen. Es war schwer, einen erfahrenen Mitarbeiter der Mordkommission zu schockieren. Aber die perfide Brutalität dieser Tat jagte ihm einen kalten Schauder über den Rücken. Wie musste es sich anfühlen, eine vor dem Feuer flüchtende Ratte auf dem Bauch sitzen zu haben, für die es nur einen einzigen Fluchtweg gab? Gefesselt. Unfähig sich zu bewegen. Während die Ratte kratzt, nagt und beißt, sich unaufhaltsam ihren Weg durch die eigenen Eingeweide frisst. Gnadenlos und effizient. Schmerzhaft, blutig und tödlich.

Seufzend schloss Schäfer die Augen. Er wollte diesen Fall nicht. Das war erst der Anfang! Er spürte es. Die fehlenden Spuren am Tatort waren kein Zufall! Sie hatten es mit einem gewieften Mörder zu tun, der keine Tat im Affekt begangen hatte. Nein, es war ein wahnsinniger Sadist. Ein Mensch, der Spaß am Töten hatte, der sich am Leiden seiner Opfer weidete.

Unwillkürlich erhob sich Schäfer aus dem Sessel und ging in sein Schlafzimmer. Er wollte das nicht, versuchte, den Drang zu kontrollieren. Aber er war nicht stark genug. Seine zitternden Finger tasteten nach der Schublade neben dem Bett. Öffneten sie. Griffen wie von selbst nach den schwarz-weißen Zeitungsausschnitten. Nachdenklich starrte Schäfer die beiden Relikte seiner Vergangenheit an. Die Überschriften stachen ihm sofort ins Auge. Er wollte diesen Fall nicht! Er hatte schon zweimal Schuld auf sich geladen, wenn es darauf ankam. Und er hatte das dumpfe Gefühl, dass ihm nun das dritte große Versagen in seinem Leben bevorstand.

Kapitel 12

„Welche Rolle hatte Frau Schütte in Ihrer Abteilung?", fragte Schäfer den Leiter der Küchenabteilung im Möbelhaus Möbelland in Hirschaid.

„Sie war eine meiner Verkäuferinnen."

Schäfer und Julia machten eine kurze Pause, als warteten sie auf weitere Erklärungen. Doch der Abteilungsleiter schien nicht daran zu denken, noch mehr Details mit ihnen zu teilen.

„Können Sie mir ihren Arbeitsplatz zeigen?"

„Da werden Sie nicht viel finden. Wir haben an sich keine persönlichen Gegenstände am Arbeitsplatz."

„Wir möchten es uns trotzdem gerne ansehen", erwiderte Schäfer bestimmt. Er grübelte, ob der rundliche Abteilungsleiter mit der Halbglatze die Aufforderung bewusst oder unbewusst als Bitte aufgefasst hatte.

„Da wären wir. Ich sagte ja, es wird Ihnen nicht viel helfen."

Julia machte sich an der Schreibtischschublade zu schaffen. Sie war verschlossen.

„Haben Sie einen Schlüssel?", wollte Schäfer wissen.

Der Verkaufsleiter nickte und kramte umständlich einen kleinen Schlüssel mit schwarzem Plastik aus seiner Hosentasche.

„Danke", sagte Julia und öffnete den Schreibtisch. Darin befanden sich nur ein paar Kugelschreiber und Ersatzpapier für den Drucker. Enttäuscht schloss sie die Schublade wieder.

„Die Verkäufer sitzen häufig gemeinsam mit Kunden am Tisch. Deshalb versuchen wir, persönliche Gegenstände so weit wie möglich zu vermeiden."

„Was können Sie uns sonst noch über Frau Schütte erzählen?"

„Nichts Besonderes. Eine normale Küchenverkäuferin eben."

„Was wissen Sie über Frau Schütte als Person? War sie eine gute Verkäuferin? Gab es Probleme, Streit in ihrem Team?"

„Es wird doch niemand wegen eines kleinen Streits auf der Arbeit oder zwischen Kunde und Verkäufer einen Mord begehen", antwortete der Abteilungsleiter kopfschüttelnd. „Das kann ich mir beim besten Willen nicht vorstellen."

„Ihre Vorstellungskraft interessiert mich gerade nicht", entgegnete Schäfer scharf. „Wir müssen uns ein Bild von Frau Schüttes Umfeld, zu möglichen Motiven verschaffen. Und Sie würden sich wundern, wegen welchen Belanglosigkeiten Menschen getötet werden. Und nun erzählen Sie uns bitte von Frau Schütte, ohne dass wir Ihnen jedes Wort aus der Nase ziehen müssen!"

Missmutig grummelte der Abteilungsleiter etwas Unverständliches in sich hinein.

„Oder möchten Sie das Gespräch auf der Polizeiwache weiterführen?", fügte Schäfer kurzentschlossen hinzu, um jede weitere Form des Protests im Keim zu ersticken.

„Was soll ich schon sagen? Sie war eine gute Verkäuferin. Ihre Zahlen haben gepasst."

„Wie würden Sie sie denn beschreiben? Charakterlich ..."

„Freundlich und umgänglich", überlegte der Abteilungsleiter nachdenklich. „Keine Person, mit der man leicht in Streit gerät."

„Können Sie sich in den vergangenen Tagen oder Wochen an einen Vorfall erinnern? Eine Meinungsverschiedenheit, einen Streit, eine Zurechtweisung? Irgendetwas, das jemanden aufgebracht oder verärgert haben könnte?"

„Nein, es war eigentlich alles in Ordnung. Keine besonderen Vorkommnisse."

„Nun gut. Das war es für den Moment. Wären Sie bitte so nett, uns die anderen Kollegen aus Ihrer Abteilung noch vorbeizuschicken?"

Der Abteilungsleiter seufzte. Es ging Schäfer gehörig gegen den Strich, dass er sich mehr darum scherte, dass seine Kunden umgehend bedient wurden, als bei der Aufklärung am Mord an seiner Mitarbeiterin behilflich zu sein.

„Natürlich", überspielte der Verkaufsleiter seinen offensichtlichen Widerwillen.

Julia und Schäfer teilten sich die Mitarbeiter des Küchen-Verkaufsteams auf und arbeiteten parallel. Behutsam vernahmen sie die betroffenen Kollegen von Maria Schütte, ohne zu viele Details über die Brutalität des Mordes preiszugeben. Sie wirkten ehrlich geschockt. Mit geübtem Auge beobachteten die beiden Kommissare ihre Gesprächspartner. Sie waren überrascht. Traurig. Mitgenommen. Entweder sie hatten es mit extrem guten Schauspielern zu tun, oder man konnte sie allesamt als potenzielle Täter ausschließen. Als die Vernehmungen zu Ende waren, trat Schäfer kopfschüttelnd hinter Julia.

„Meine Güte, und ich dachte immer, Verkäufer sind redselige Menschen. Denen musste man ja alles aus der Nase ziehen."

„Das kannst du laut sagen. War bei dir was Ergiebiges dabei?"

Schäfer legte die Stirn in Falten. Er war sich nicht sicher. War das eine ernstzunehmende Spur? „Eine Kleinigkeit vielleicht. Aber wir sollten nicht zu viel davon erwarten."

„Die beiden Praktikanten aus der Montage?"

Schäfer nickte. Also hatten sich die Erzählungen der Verkäufer gedeckt. Eigenartig, dass der Abteilungsleiter überhaupt nichts davon mitbekommen hatte. Verschwieg er es bewusst vor ihnen? Oder maß er dieser Kleinigkeit einfach zu wenig Bedeutung bei?

„Frau Schütte muss entgegen ihrer Art ganz schön aus der Haut gefahren sein."

„Kann ich aber auch verstehen", erwiderte Julia. „Wenn du eine Küche für 30.000 Euro verkaufst, und dann richten die Monteure beim Aufbau so viel Schaden an, dass der Auftrag am Ende storniert wird ..."

„Lass uns was essen gehen. Ich habe den letzten Verkäufer gebeten, herauszufinden, wann die beiden Studenten heute mit ihrem Nebenjob beginnen. Vielleicht wissen wir nach dem Mittagessen mehr."

Julia nickte dankbar. Sie war am Verhungern. Und ein kleiner Hoffnungsschimmer war immer noch besser als gar keine Spur.

Kapitel 13

Götz und Weber kamen aus dem Kopfschütteln nicht mehr heraus. „Es scheint sogar Museen für mittelalterliche Foltermethoden zu geben."

Weber hatte es auch schon gesehen: „Ja, zum Beispiel in Prag. Direkt neben der Karlsbrücke ... Und in der Toskana auch."

„Das kann man wirklich gar nicht glauben, was die Menschen früher für Ideen hatten." Der bärenhafte Götz war sichtlich geschockt.

„Wenn es um krankhafte Brutalität geht, kennt der Mensch keine Grenzen."

„Dir ist aber schon klar, dass wir nach einer Nadel im Heuhaufen suchen?"

„Hast du eine bessere Idee?", konterte Weber.

„Nein", musste der hünenhafte Götz zugeben. Dann legte er sein unzufriedenes Brummen auf: „Solange diese Pfeifen aus der Spurensicherung und der Gerichtsmedizin nichts Vernünftiges finden, werden wir es wirklich sehr schwer haben."

Weber unterdrückte ein Kichern. Er mochte den Kollegen Götz. Er schien sehr kompetent zu sein. Weber hoffte inständig, nicht selbst einmal Opfer der bissigen Beschwerden zu werden. Götz war ein Mann, der seine eigene Professionalität auch von allen anderen Kollegen erwartete. Bislang hatte Weber ihn offenbar noch nicht enttäuscht.

„Das Internet ist groß und unübersichtlich. Aber wenn man Glück hat, kann man das eine oder andere Körnchen Gold finden."

„Dein Wort in Gottes Ohr."

Die beiden Kommissare vertieften sich wieder in ihre Recherchen. Weber hielt einen Augenblick inne, nahm seine Brille ab und rieb die müden Augen. Es war eine Sisyphusarbeit, vor allem, wenn man nicht wusste, wonach man eigentlich suchte. Gähnend vertiefte er sich wieder in die Trefferliste der Suchmaschine.

„Rainer, komm mal bitte!"

„Hast du was gefunden?"

„Ich weiß es nicht. Aber es sieht interessant aus."

Neugierig eilte Götz hinter seinen Kollegen und starrte gebannt auf den Bildschirm. Hastig überflog er die markierte Zeile.

„Die Gilde der Folterknechte?", murmelte er nachdenklich.

„Lies mal weiter. Sollten wir uns das nicht näher ansehen?"

„Die Ritter werden verehrt. Die Könige werden bewundert. Doch wir Folterknechte werden gefürchtet!"

Skeptisch schüttelte Götz den Kopf. „So ein Unsinn. Die haben doch einen Vogel! Was soll das sein? Könige, Ritter, Folterknechte. Sind die übergeschnappt?"

„Sieht nach einer Community aus einem Internetspiel aus", schätzte Weber.

„Klick es doch mal an."

Weber klickte auf den Link, und eine schwarze Seite mit blutuntermalter Schrift öffnete sich. „Die gefürchtetste Gilde bei Mittelalter-Wars … Alle hassen uns. Wir sind der Abschaum. Aber eure Furcht verleiht uns grenzenlose Macht! … Die größte Mittelalter-Wars-Community im süddeutschen Raum …"

„Sagt dir dieses Mittelalter-Wars etwas?", erkundigte sich Götz.

„Nein, ich spiele solche Onlinespiele auch nicht. Hört sich aber nach einem Rollenspiel an. Wer ist denn hier bei euch für IT- und PC-Analysen zuständig?"

„Das Kommissariat 8. Wir können es aber auch an einen externen Dienstleister geben."

„Sollen wir es dann dem K8 melden, damit sie mehr über das Spiel rausfinden?"

Energisch schüttelte Götz den Kopf. „K8", brummte er abfällig und winkte ab. „Das nehmen wir selbst in die Hand. Sonst warten wir wieder tagelang auf Ergebnisse."

„Willst du oder ich?"

„Alter vor Schönheit", grinste Götz.

Weber tippte die Adresse www.mittelalter-wars.com in den Browser ein. „Registrieren", murmelte er.

„Knochenbrecher83?", wunderte sich Götz.

„Wollen wir möglichst schnell in die Gilde der Folterknechte aufgenommen werden oder nicht?"

Götz nickte zustimmend. Weber gab seine private E-Mail-Adresse ein und wählte schließlich als gewünschte Rolle „Folterknecht" aus. Wenige Minuten später hatte er den neuen Account auf Basis der Aktivierungs-Mail aktiviert und wühlte sich zielsicher durch die Seiten. Götz war sichtlich beeindruckt.

„Machst du sowas öfter?"

„Ich hab´s dir ja gesagt: Das Internet ist eine ergiebige Quelle. Wenn man Glück hat!"

„Das Forum ist gesperrt? Obwohl du dich registriert hast?"

„Es ist nur für Mitglieder der Gilde der Folterknechte. Mich würde schon mal interessieren, was die selbsternannten Folterknechte so an Gewaltfantasien in ihrem geschützten Forum austauschen."

Weber füllte sein Beitrittsgesuch zu der Gilde aus. Nach kurzer Abstimmung mit Götz klickte er auf Senden.

„Jetzt heißt es wohl warten …"

Kapitel 14

Ungeduldig tigerten Schäfer und Julia durch die weitläufigen Flure des Möbelhauses. An einem Stand mit plakatgroßen Bildern von spektakulären Naturereignissen, Tigern und sonstigen schönen Fotos blieb Julia stehen. Schäfer runzelte amüsiert die Stirn und sah ihr zu, wie sie mit geübtem Blick die Zeichnungen durchforstete.

„Suchst du neue Accessoires für deine Wohnung?"

„Nein, eher ein Geschenk für dich, wenn du mich das nächste Mal zum Essen einlädst. Ein paar Bilder an den Wänden würden deiner Wohnung auch nicht schaden", konterte Julia schlagfertig. Doch sie sollte es sogleich bereuen, als sie sah, wie Schäfers neckische Miene sich urplötzlich verfinsterte. Er sagte nichts, versuchte, den Umstand routiniert zu überspielen, dass er Julias Bemerkung nicht lustig fand. Aber es gelang ihm nur schlecht.

Julia biss sich auf die Lippen. Sie kannte Schäfer lange genug, dass sie hätte wissen müssen, dass sie bei der Erwähnung von Bildern an seinen Wänden einen wunden Punkt touchierte. Sie wusste, dass seine Frau vor Jahren an Krebs gestorben war. Und sie interpretierte die fehlenden Fotos in der unpersönlichen Wohnung so, dass Schäfer nicht an diese schmerzlichen Tage erinnert werden wollte. Dennoch glaubte Julia nicht, dass das die ganze Wahrheit war. Immer wenn sie Schäfer besuchte, fühlte sich die Atmosphäre seltsam an. Und ihr Gefühl sagte ihr, dass es dabei nicht nur um den Tod seiner Frau ging. Hinter dieser traurigen, hilflosen Melancholie lag mehr verborgen. Aber noch hatte sie es nicht gewagt, ihren verschlossenen Freund darauf anzusprechen.

„Was hältst du von unserem neuen Kollegen?", fragte Schäfer.

„Ich hatte bei der ganzen Hektik noch gar keine Zeit, ihn näher kennenzulernen." Es war ein plumper Versuch, von dem düsteren Thema abzulenken. Aber Julia war ihm dankbar dafür.

„Andreas ist okay", antwortete sie. „Wir kennen uns von früher."

„Echt jetzt?", wunderte sich Schäfer.

„Ja, wir waren auf der gleichen Schule."

„Und ich hatte mir noch gedacht, dass sein Norddeutsch ab und zu einen fränkischen Schlag hat", schmunzelte Schäfer.

„Das stimmt. Ihn hatte es nach der Schule nach Bremen verschlagen. Aber seit er zurück ist, kommt das Fränkische manchmal wieder durch."

Das Klingeln von Schäfers Handy riss Julia jäh aus ihren Erinnerungen an die alten Schultage.

„Schäfer? ... Ja, bitte im Büro des Abteilungsleiters ... Allein ... Das hört sich gut an. Danke."

Erwartungsvoll schaute Julia Schäfer an.

„Die beiden Studenten sind nun da. Wir können uns im Büro des Abteilungsleiters und im Nachbarbüro mit ihnen unterhalten."

„Willst du sie getrennt befragen?"

Schäfer überlegte kurz. „Ja, lass uns wieder parallel arbeiten. Die Spur ist nicht besonders heiß. Und es ist schon spät geworden. Ich möchte wissen, ob Götz und Weber was Interessantes herausgefunden haben. Lass es uns rasch durchziehen und dann zur Lagebesprechung ins Büro fahren."

„Wie lange arbeiten Sie schon hier?"

„Vier Monate", erwiderte der junge Mann mit dem kurz geschnittenen braunen Haar mit zitternder, belegter Stimme. Julia suchte seinen Blick. Doch der Jugendliche wich ihr unsicher aus.

„Was studieren Sie?"

„Geschichte. Im dritten Semester."

Julia machte sich eine kurze Notiz. Stefan Schuster wirkte sonderbar. So schüchtern, ohne jedes Selbstbewusstsein. Die in sich zusammengesunkenen Schultern ließen ihn schmächtig, klein und unscheinbar wirken. Nervös fummelte er mit den Fingern herum. Das kratzige, reibende Geräusch seiner Jeanshose verriet Julia, dass er unter dem Tisch aufgeregt mit den Beinen auf und ab wippte. Ein Nervenbündel. Hatte er etwas zu verbergen? Oder schüchterte ihn nur die plötzliche Drucksituation ein?

„Vor einigen Tagen hatten Sie einen Disput mit Frau Schütte aus der Küchenabteilung. Ist das richtig?"

Schuster starrte apathisch auf die Tischkante. „Sie hat uns ganz schön zur Sau gemacht", wisperte er mit einer eigenartigen Mischung aus schüchterner, zurückhaltender Stimme, in der doch Gift und Galle mitschwangen. Er schien die Zurechtweisung durch Frau Schütte sehr persönlich zu nehmen. *Interessant!*

Entspannt lehnte sich Tristan Vogel zurück und verschränkte die Arme hinter dem Kopf. Der Anblick des überheblichen Grinsens brachte Schäfers Blut in Wallung. Vogel war ein gutaussehender junger Bursche, das musste man ihm lassen. In seinen sündhaft teuren Markenklamotten, die er mit einer Arroganz zur Schau trug, die Schäfer abgrundtief verabscheute. Er blickte den Kommissar offen an, so als wollte er ihn herausfordern.

„Was zum Teufel wollen Sie eigentlich von mir?", fragte er in einem herablassenden Ton, der es offenbar gewohnt war, Befehle zu erteilen und Freund wie Feind zu schikanieren.

Aufmerksam musterte Schäfer den jungen Studenten. War er der Typ, der einen brutalen Mord beging? Aus purer Lust am Töten? Oder eher derjenige, der andere zu Taten anstiftete, die er selbst nicht auszuführen wagte? Oder einfach nur ein verwöhnter junger Schnösel, den der gute alte Rainer Götz mal in einer Vernehmung so richtig hart rannehmen sollte?

„Erzählen Sie mir doch bitte von Ihrem Disput mit Maria Schütte."

„Maria Schütte", spie Tristan Vogel angewidert aus. „Diese Fotze! Bildet sich was drauf ein, dass sie eine 30.000 Euro Küche verkauft hat. Und macht uns dann dafür verantwortlich, dass dieses Gelump nichts taugt."

„So gute Monteure könnt ihr ja nicht sein, wenn ihr beim Aufbauen die gesamte Küche ruiniert", merkte Schäfer mit einer bewussten Provokation an, mit der er den jungen Mann aus der Reserve locken wollte.

Aber sein Gegenüber war bei aller Überheblichkeit clever. Er lächelte Schäfer überlegen an, und der Kommissar war sich sicher, dass sein plumper Versuch durchschaut worden war.

Für einen kurzen Augenblick hob Stefan Schuster den Kopf und blickte Julia an. Seine Pupillen rasten ruhelos von links nach rechts. Die Augen hatten etwas Feindseliges. Dann senkte er scheu den Blick.

„Wir haben es einfach über uns ergehen lassen", raunte er schließlich.

„Ganz ohne Widerworte? Ich dachte, ihr habt euch ungerecht behandelt gefühlt. Dass es nicht euer Fehler gewesen war."

„Ich brauche diesen Job für mein Studium. Warum soll ich das aufs Spiel setzen, indem ich mich mit einer etablierten Festangestellten anlege?"

„Hassen Sie Frau Schütte für diese Standpauke?"

Stefan Schuster wippte nervös mit den Beinen und erwiderte nichts.

„Tut es Ihnen denn nicht leid, dass Frau Schütte getötet wurde?"

„Warum sollte mir das leidtun?"

„Aus Menschlichkeit?"

„Ich kannte die Frau nicht. Hatte nur einmal mit ihr zu tun. Und dabei hat sie uns auch noch zur Sau gemacht."

Schäfer erwiderte nichts. Er setzte eine bewusste Pause ein, um den Jugendlichen weiter unter Druck zu setzen. Er wollte, dass er weitersprach. Mehr von sich preisgab. Und das Schweigen war eine effektive Waffe.

„Macht mich das nun verdächtig?", fragte Tristan Vogel mit höhnischer Stimme.

Dir wird dein Grinsen noch vergehen, dachte Schäfer bissig. Es würde ihm eine Freude sein, diesen arroganten Kerl auseinanderzunehmen, sobald sie mehr Indizien hatten, mit denen sie ihn konfrontieren konnten.

„Was ging in Ihnen vor, als Frau Schütte Sie zur Sau gemacht hat?"

„Das ging mir eigentlich am Arsch vorbei."

„Ein eitler junger Mann lässt sich kommentarlos von einer einfachen Verkäuferin belehren?"

„So wird das Spiel nun mal gespielt. Ich bin nur ein Student, der einen kleinen Nebenjob hat. Was diese Hexe mir zu sagen hatte, ging zum einen Ohr rein und zum anderen wieder raus."

„Wo waren Sie in der Nacht von Sonntag auf Montag?"

Der Versuch, den Jugendlichen mit der plötzlichen Frage nach einem Alibi zu überrumpeln, schlug erneut fehl. Vogel war eine harte Nuss. „In meinem Bett natürlich, Herr Kommissar. So wie es sich für zielstrebige Studenten geziemt, die am nächsten Tag frühmorgens in die Uni müssen. Alles Weitere fragen Sie bitte den Anwalt meiner Eltern."

Und wieder dieses herablassende Grinsen, das eine völlig überzogene Unantastbarkeit ausstrahlte.

Kapitel 15

Fassungslos klickten sich Götz und Weber durch das Forum. Diese Menschen waren alle krank! Die Gewaltfantasien in dem geschützten Bereich schockierten sie.

Trotzdem drehten sich die meisten blutigen Beiträge eher um das Spiel als das reale Leben. Die Benutzer diskutierten, wie sie die Foltertechniken gewinnbringend einsetzen konnten, um an Informationen zu gelangen und ihre Macht dadurch auszuweiten. Sie tauschten Erfahrungen aus, welche Techniken am effizientesten waren, den Gefolterten am schnellsten die Geheimnisse zu entlocken, ohne sie vorher zu töten. Eine grausame Vorstellung.

„Schau mal, da. Dieser User ist mir schon öfter aufgefallen. Lies mal."

Götz las sich den Beitrag durch, auf den Weber ihn mit dem ausgestreckten Finger aufmerksam machte.

„Wünscht ihr euch manchmal auch, dass ihr bei dem Spiel die Schreie hören könnt? Das wäre doch ein nützliches neues Feature. Die hoffnungslosen Schmerzensschreie der Gequälten. Ist es nicht das, worum es bei der Folter geht?"

Grimmig schüttelte Götz den Kopf. „Es würde mich nicht wundern, wenn wir hier unseren Täter finden. Auch wenn es ein Glückstreffer wäre, passen diese Psychos voll ins Profil."

Sie stöberten weiter. Arbeiteten sich durch die krankhaften Fantasien der Gilde der Folterknechte.

„Schade, dass wir nicht mehr im Mittelalter leben. Ich wäre ein täglicher Gast gewesen, wenn Diebe und anderes Gesindel öffentlich gefoltert werden."

„Welche Foltermethode würdet ihr gerne mal an eurem schlimmsten Feind ausprobieren? Nur, um zu sehen, wie lange er es aushält, ehe er um Gnade winselt?"

„Jeden Tag treffe ich so viele Menschen, die ich verabscheue. Und in der heutigen Gesellschaft müssen wir durchs Leben gehen und sie akzeptieren und tolerieren. Ist das nicht zum Kotzen? Sollte man sie nicht einfach auf ein Bett aus rostigen Nägeln binden und jämmerlich verbluten lassen?"

Aufmerksam studierten Weber und Götz die Beiträge und kategorisierten die User in zwei Lager: die ehrgeizigen Gamer und die Nutzer mit realen Gewaltvisionen.

Als Julia und Schäfer eintrafen, rieb sich Weber die Augen. Es war ein langer Tag gewesen, und das viele Lesen am Bildschirm strengte die Augen an. Er warf einen letzten Blick auf die gemeinsame Liste und nickte Götz zufrieden zu. Der bärenhafte Mann klopfte seinem Kollegen freundschaftlich auf die Schulter.

Amüsiert betrachtete Schäfer die beiden ungleichen Teammitglieder. Götz war eigentlich nicht der Mann, der schnell Freundschaften schloss. Der gutherzige Hüne brauchte seine Zeit, um mit Menschen warm zu werden. Aber sobald man ihn als Freund gewonnen hatte, konnte man alles von ihm haben. Jederzeit. Der neue Kollege schien sich gut einzufügen. Eine echte Verstärkung. Schäfer freute sich auf die Zusammenarbeit.

„Wie ist bei euch die Lage?"

„Andreas hatte eine gute Idee. Wir haben im Internet recherchiert und sind auf ein Internetspiel gestoßen."

„Ein Internetspiel?", wiederholte Schäfer skeptisch.

„Dort haben wir uns angemeldet und die Foren durchforstet. Es gibt eine Gilde der Folterknechte. Und wir haben eine Liste von sechs Benutzern erstellt, deren Gewaltbereitschaft und Drang nach realen Bluttaten sich deutlich von den anderen Nutzern abhebt."

„Hervorragend. Gute Arbeit!", lobte Schäfer.

„Wir mailen die Liste nur noch schnell an diesen neuen IT-Dienstleister, damit sie anhand der Benutzernamen und IP-Adressen die Identitäten der sechs User klären können. Dann sind wir für heute fertig."

Schäfer nickte anerkennend. Er glaubte nicht daran, dass es so einfach war. Aber es war definitiv ein gutes Vorgehen und ein weiterer Hoffnungsschimmer.

„Hast du von der Gerichtsmedizin nochmal was gehört, Rainer?"

„Ja, aber das bringt uns nicht weiter. Die Todesursache war ja offensichtlich. Das hat der Pathologe jetzt formell bestätigt. Ansonsten gab es keine Anzeichen für einen Kampf oder Abwehrreaktionen. Unter den Fingernägeln waren auch keine fremden Hautpartikel zu finden, aus denen man DNA gewinnen könnte."

„Irgendwelche sonstigen Auffälligkeiten?"

„Sie trug offenbar zwei Ringe an den Fingern. Zumindest hat sie dort entsprechende Abdrücke."

„Und die Ringe waren nicht mehr da?"

„Nein. Vielleicht hat der Täter sie abgenommen. Aber das ist reine Spekulation."

„Vermutlich, um die Identifikation des Opfers zu verzögern", überlegte Schäfer. „Gerissen ..."

„Hat die Spurensicherung die Ringe nicht gefunden?", schaltete sich Weber ein.

Götz winkte abfällig ab.

„Hat die Spurensicherung sonst irgendwas Verwertbares für uns?", hakte Schäfer nach.

Götz' verächtliches Schnauben war Antwort genug. „Was war bei euch los?", erkundigte er sich stattdessen.

„An sich war Frau Schütte ein unbeschriebenes Blatt. Eine Verkäuferin in einem Möbelhaus. Unauffällig. Keine Feinde. Bis auf zwei Studenten, die den Aufbau einer teuren von ihr verkauften Küche verpatzt haben und offenbar recht harsch von ihr zusammengestaucht wurden."

„Und traut ihr zwei jugendlichen Studenten wirklich so einen brutalen Mord zu?", fragte Weber. „Rainer und ich haben uns lange über ein mögliches Täterprofil ausgetauscht. Wir sind beide der Meinung, dass es sich vermutlich um einen Mann zwischen 35 und fünfzig Jahren handelt."

„Ich weiß es nicht. Sie waren ein sehr ungleiches Paar. Tristan Vogel ist ein überheblicher Schnösel. Er wirkt mir aber mehr wie der verwöhnte Sohn, der mit seinen teuren Klamotten und coolem Auftreten weniger selbstbewusste Freunde um sich schart und sich in ihrer Bewunderung sonnt. Dadurch kann er natürlich viel Einfluss ausüben. Aber er ist nicht der Typ, der sich selbst die Hände schmutzig macht. Ich glaube eher, dass er lieber Schwächere herumschubst und schikaniert, als dass ich ihm eine solche Bluttat zutraue."

„Und Stefan Schuster ist das passende Gegenstück", ergänzte Julia. „Ein einziges Mal nur hat er mir direkt in die Augen gesehen. Ein nervöser, junger Mann ohne jegliches Selbstbewusstsein. Er hat etwas Sonderbares, Geheimnisvolles an sich. Und scheint ganz und gar unter dem Einfluss von Vogel zu stehen. Irgendwas stimmt mit dem nicht. Aber er wirkt auf mich eher wie der nächste potenzielle Amokläufer als ein kaltblütiger, berechnender Mörder, der eine solche Tat begeht, ohne eine einzige Spur zu hinterlassen."

„Eine weitere Sackgasse?"

„Solange wir keine weiteren Indizien haben, vermutlich ja."

Schäfer legte die Stirn in Falten. Sie standen weiterhin mit leeren Händen da. Es war zum Verrücktwerden.

„Was ist mit der Liste von der Uni?"

Weber wedelte mit einem bunten Blatt Papier. „Habe ich hier. Hat uns bisher aber noch nicht weitergeholfen. Ganz schön viele Namen, die wir zwar durch die Suchmaschinen jagen können. Aber das ist eine Suche nach der Nadel im Heuhaufen."

„Habt ihr schon mehr über diese Rattenfolter herausgefunden?"

„Der Professor hat es mir im Detail erklärt", fuhr Weber fort. „Harte Sache! Das Opfer wird festgebunden. Man setzt einen Käfig mit Ratten auf den Bauch. Und dann wird der Käfig in Flammen gesetzt."

Julia wurde kreidebleich. Auch Schäfer und Götz schluckten, hingen gebannt an Webers Lippen.

„Der Käfig hat keinen Boden. Die Viecher sitzen direkt auf der nackten Haut. Es gibt nur einen Fluchtweg für die Ratten. Den Weg nach unten. Durch den Bauchraum des Opfers. Sie scharren und nagen sich durch die Eingeweide."

„Warum der Aufwand?", grübelte Schäfer. „Wenn ich jemanden töten will, gibt es doch einfachere Wege."

„Im Mittelalter wurden die Ratten nicht nur eingesetzt, um jemanden zu töten. Es war vielmehr eine effiziente Verhörmethode. Wer würde nicht alle Sünden beichten, wenn die Ratten beginnen, sich durch seine Gedärme zu fressen!"

„War das eine gängige Foltermethode?"

Weber schüttelte langsam den Kopf. „Der Professor hat gesagt, selbst die Folterknechte haben die Ratten nur ungern verwendet. Das viele Blut. Die schrecklichen Bilder, wenn die blutverschmierten Ratten aus der zerfressenen Bauchhöhle lugen. Und nicht zuletzt das Risiko, dass das Opfer zu schnell stirbt. Es war eher selten, dass die Rattenfolter zum Einsatz kam."

Polternd schlug Götz mit seiner rechten Pranke auf die Tischplatte. „Dann lasst uns dieses Dreckschwein schnappen!"

„Aber bisher hat er noch keinen Fehler gemacht", stellte Schäfer trocken fest.

Kapitel 16

Schäfer stöhnte verschlafen, als am nächsten Morgen kurz vor 7 Uhr das Handy klingelte. Orientierungslos tastete er sich zu dem Nachttisch vor, schloss seine Finger um das Telefon und nahm den Anruf entgegen.

„Schäfer", meldete er sich angespannt.

Er hatte schlecht geschlafen. Wie immer. Seine eigenen Geister verfolgten ihn und vermischten sich mit diesem verzwickten Fall. Die Brutalität, die wenigen Spuren, die beiden verstörenden Jugendlichen, so verschieden, so extrem. Schäfer hatte keine Ruhe gefunden, bis er endlich in einen wenig erlösenden, düsteren Schlaf abgedriftet war. Und nun das Telefon. Es bedeutete selten etwas Gutes, wenn ein Kriminalhauptkommissar aus dem Bett geklingelt wurde. Seine Miene verfinsterte sich.

„Wo?"

Schäfer schluckte. *Wieder in der unmittelbaren Umgebung!*

„Seid ihr sicher, dass es sich um den gleichen Täter handelt?"

Schäfer lauschte angestrengt. „Verdammt! Ich bin schon unterwegs."

Eine halbe Stunde später traf Schäfer bei dem abgelegenen Rohbau ein. Unwillkürlich fühlte er sich an den ersten Mord zurückerinnert. Der Morgen war nicht so verregnet. Aber es war die gleiche Szene. Streifenpolizisten mit blassen Gesichtern. Der Geruch nach Staub und frisch gegossenem Beton. Ein ungeduldig auf ihn

wartender Rainer Götz. Auch Julia und Weber waren bereits am Tatort eingetroffen. Eine angespannte Stille lag über der Baustelle.
Dieser Fall wird uns alle noch in einen Abgrund reißen!
„Wart ihr schon drinnen?"
Seine Kollegen schüttelten den Kopf. „Wir wollten auf dich warten."
Schäfer spürte instinktiv, dass das Team verunsichert war. Nun hatten sie Gewissheit. Der dritte Mord würde nicht lange auf sich warten lassen. Dieser Fall hatte alle Vorzeichen eines Serientäters. Die Last der Verantwortung wog schwer auf ihren Schultern. Und sie waren frustriert, dass sie noch keine bessere Spur als einen überheblichen und einen auffällig unsicheren Jugendlichen und ein paar Gewaltfantasien im Internet hatten. Schäfer bemühte sich, seinem Team die benötigte Zuversicht zurückzugeben.
„Dann lasst uns reingehen. Hoffen wir, dass dieser Mistkerl diesmal einen Fehler gemacht hat!"
Die Kollegen starrten ihn aufgewühlt an. Aber Schäfer konnte an ihrer Körperhaltung erkennen, dass seine Worte etwas bewegt hatten. Die Energie schien in ihre Körper zurückgekehrt zu sein.
„Mir geht das auch nahe, Leute. Dass er wieder zugeschlagen hat, ist schrecklich. Aber für uns ist es eine Chance! Sehen wir doch den Tatsachen ins Auge: Wir haben nicht viel in der Hand. Keine verwertbaren Spuren. Nur vage Indizien, die gewiss ins Nirgendwo führen. Kein Mörder ist perfekt. Wenn wir uns jetzt hinter die Zusammenhänge klemmen, eine Verbindung zwischen den beiden Opfern herausarbeiten, akribisch nach jeder noch so kleinen Spur suchen, dann können wir vielleicht den dritten, vierten und fünften Mord verhindern. Folgt mir bitte! Wir müssen da jetzt gemeinsam durch."
Ein letztes Mal sog Schäfer die erfrischende Luft des kühlen Spätsommermorgens in seine Nase. Dann setzte sich sein Team in Bewegung. Angespannt traten sie durch die Öffnung, wo später die Haustür geplant war. Wenn die Bauherren unter diesen Umständen ihr Vorhaben noch in die Tat umsetzen wollten. Ein

leichenblasser Polizist deutete nach links. Schäfer bog in den nächsten Raum ab. Sein Team folgte ihm. Ihre Mienen waren wie versteinert. Sie wussten, was sie erwartete. Und doch wich alle Farbe aus ihren Gesichtern, als sie den grausam zugerichteten Körper an dem Galgen baumeln sahen.

Julia schloss schwer atmend die Augen. Weber biss sich schweigend auf die Lippen. Und Götz' Gesichtsfarbe änderte sich in ein zorniges Rot. Schäfer saugte alle Eindrücke auf wie ein Schwamm. Den Geruch nach Blut und Tod. Die gespenstische, bedrohliche Stille. Das beklemmende Zwielicht des grauenden Morgens. Sein finsterer Blick stierte auf die geschundene Frauenleiche.

Der leblose Körper hing an einem aus Holz zusammengezimmerten Galgen. Der um den Hals gebundene Strick war fest verschnürt. Die Frau war gewiss erstickt, wenn nicht bereits vorher ihr Genick gebrochen war. Doch ihr schmerzverzerrtes Gesicht zeugte noch immer von den unvorstellbaren Höllenqualen. Die weit aufgerissenen Augen starrten Schäfer in einem verzweifelten Todeskampf an. Und die geschwollene Zunge hing zwischen den grotesk verzerrten Lippen heraus. Schäfer schluckte, zwang sich jedoch, seinen Blick weiter den Körper hinabgleiten zu lassen. Sein Team blickte zu ihm auf. Er musste jetzt stark sein.

Langsam lief er um sie herum, um das volle Ausmaß des sadistischen Verbrechens zu begutachten. Die Frau war nackt. Blutige Fetzen ihrer Haut und ihres Fleisches hingen am Rücken hinab. Sie war blutverschmiert. Geschunden. Gequält. Gefoltert.

„Was um alles in der Welt ist hier passiert?", fluchte Götz grollend.

„Es war kein scharfer Gegenstand, wie ein Messer oder etwas Vergleichbares. Es sind keine Schnittwunden", erklärte der Gerichtsmediziner.

„Es sieht eher aus wie ein Peitschenhieb."

„Ein Peitschenhieb?", wiederholte Schäfer. „Die arme Frau sieht aus wie ein Stück Vieh in einem Schlachthaus! Wie kann man mit einer Peitsche einen Menschen so zurichten?"

„Die vielen Hämatome sprechen dafür. Es war nicht ein Peitschenhieb. Es müssen Hunderte gewesen sein."

Schäfer schluckte. Eine grausame Vorstellung.

„Hat er sie am Galgen ausgepeitscht?" In der Frage schwang die Hoffnung mit, dass das arme Opfer schon tot gewesen war, ehe sie so zugerichtet wurde. Mit dieser Gewissheit würde Schäfer in den kommenden Nächten besser schlafen können.

Der Pathologe schüttelte traurig den Kopf. „Sie hat starke Rötungen an den Handgelenken. Und die Spurensicherung hat bereits die zwei Stricke unter die Lupe genommen. Es sieht für mich so aus, als wäre sie vorher an das Gestell des Galgens gefesselt worden. Erst als die Tortur beendet war, hat der Täter sie erhängt."

„Eine Peitsche. Öffentliche Auspeitschungen. Tod durch den Strang am Galgen. Das Mittelalter scheint wieder allgegenwärtig, meint ihr nicht?"

Schäfers Team nickte ihm verbissen zu. Sie hatten schon viele grausame Dinge gesehen. Aber die zerfressene Bauchdecke nach dem Rattenmord und der zur Unkenntlichkeit entstellte ausgepeitschte Körper stellten alles in den Schatten.

„Sie trägt wieder keinen Schmuck, hat keine persönlichen Gegenstände bei sich."

„Ja, wie beim ersten Mord."

„Wann bekomme ich Ihren Bericht?", fragte Schäfer den Gerichtsmediziner. Er war der Einzige im Raum, der gefasst wirkte und mit zielstrebiger Effizienz funktionierte. Er kannte das Gefühl, das sein Team quälte. Das eigene Versagen. Die Angst, etwas übersehen zu haben, womit sie den bestialischen Mord hätten verhindern können. Aber diese Gedankengänge halfen einem nicht weiter. Schäfer reservierte sie für seine schlaflosen

Nächte. Der Tag war dazu da, die Fälle zu lösen und diesem Teufel das Handwerk zu legen.

„Ich habe genug gesehen! Lasst uns ins Büro fahren. Lagebesprechung in einer halben Stunde."

Kapitel 17

„Tragen wir doch mal zusammen, was wir haben ... Zwei weibliche Leichen. Soweit man das bei der zweiten entstellten Leiche sagen kann, in etwa im gleichen Alter. Beide Morde sind im Bamberger Umland geschehen. Jeweils in einem abgelegenen Rohbau. Beim ersten Mord hat der Täter keine Spuren hinterlassen, was darauf hindeutet, dass er seine Morde sorgfältig vorbereitet und weiß, was er tut. Handlungen im Affekt können wir also ausschließen. Und das markanteste Detail: Er hat sich beide Male einer mittelalterlichen Foltermethode bedient. Wie passt das alles zusammen? Wie können wir diese Informationen verwenden?"

Julia, Götz und Weber blickten Schäfer nachdenklich an. Seine ruhige, professionelle Art zu arbeiten gab ihnen Kraft. Er ließ sich nach außen hin nicht von der Brutalität der Taten beeindrucken.

„Das Täterprofil ist denke ich relativ klar", begann Götz. „Wir suchen einen Mann Mitte vierzig. Da beide Opfer in diesem Alter zu sein scheinen, können wir davon ausgehen, dass der Mann kein Jugendlicher ist. Körperlich muss er in passabler Form sein. Bei der Brutalität der Tat gehe ich von einem Einzeltäter aus. Und es kostet einige Kraft, so einen Galgen zu transportieren und in den Rohbau zu schleppen. Er muss einen abgrundtiefen Hass auf die beiden Frauen gehabt haben. Leidet vermutlich an mangelndem Selbstbewusstsein, kann mit Zurückweisung nicht umgehen, was auch immer. Hass und Rache sind aus meiner Sicht die einzigen Motive. Warum sonst sollte man einen Menschen so zurichten?"

Weber nickte zustimmend. „Das hört sich alles sinnvoll an. Bedeutet aber auch, dass wir die beiden Jugendlichen ausschließen können. Oder nicht?"

Das Team nickte zögerlich. An dieser Stelle schritt Schäfer ein. „Sind wir uns da wirklich sicher?"

„Das Alter der beiden Frauen spricht schon gegen einen Jugendlichen."

„Aber wir haben noch nicht geprüft, ob es eine Verbindung zwischen den beiden Frauen gibt. Wir kennen noch nicht mal die Identität des zweiten Opfers. Es muss nicht zwangsläufig eine Beziehungstat sein. Was, wenn ein Jugendlicher beide Frauen kennt und ein Motiv für die beiden Morde hat?"

„Geringes Selbstbewusstsein. Nicht mit Zurückweisung umgehen können. Bis auf sein Alter wäre unser Stefan Schuster schon ein Kandidat", murmelte Julia nachdenklich.

Schäfer nickte. Er glaubte auch nicht daran, dass Tristan Vogel eine solche Tat nötig hatte. Aber das von Julia geschilderte Verhalten von Stefan Schuster wies eindeutig psychopathische Züge auf.

„Halten wir also fest: Wir sollten die beiden Jugendlichen, insbesondere Schuster, nicht aus den Augen verlieren. Zum jetzigen Zeitpunkt haben wir zu wenige vielversprechende Spuren, um Schuster oder auch Vogel vorschnell auszuschließen."

Das Team stimmte zu. Also fuhr Schäfer fort: „Um an dieser Stelle weiterzukommen, hat die Klärung der Identität und die anschließende Überprüfung auf Gemeinsamkeiten der beiden Frauen absolute Priorität! Rainer und Andreas, ihr habt euch bei den letzten Recherchen als gutes Team erwiesen. Geht ihr die Polizeimeldungen und Vermisstenanzeigen durch? Wir brauchen so schnell wie möglich die Identität des zweiten Opfers. Anschließend könnt ihr im Internet nach einer Verbindung zu Maria Schütte suchen."

„Kein Problem. Wird gemacht."

„Julia, falls die Frau verheiratet war, werden wir sehr behutsam vorgehen müssen. Kannst du nach der Klärung der Identität bitte bei ihr zuhause vorbeifahren?"

Julia schluckte, stimmte aber bereitwillig zu. Schäfer wusste, dass sie diese Aufgabe mehr hasste als alles andere. Aber sie hatte das nötige Feingefühl.

„Was können wir noch tun, um weitere Anhaltspunkte zu finden? Die Zeit drängt. Wir haben nun zwei Morde binnen drei Tagen. Bei der Frequenz setzt uns der Täter gehörig unter Druck."

„Sollten wir Verbindungen zwischen den Baustellen untersuchen? Welche Bauträger und Handwerker waren involviert? Vielleicht war der Täter ja jemand, der die Baustellen kannte, der über den Fortschrittsgrad und die Lage Bescheid wusste, weil er auf der Baustelle mitgearbeitet hat."

„Guter Punkt. Wir konzentrieren uns sehr auf die Zusammenhänge der Opfer. Aber eine Verbindung zwischen den Tatorten wäre eine andere Möglichkeit. Sehr gut, Andreas. Kannst du das bitte übernehmen?"

Weber nickte und machte sich eine Notiz.

„Soll ich meinen Charme nochmal in der Spurensicherung und Gerichtsmedizin spielen lassen?"

„Gute Idee, Rainer. Von mir aus brummst du die Kollegen so lange an, bis sie was für uns haben. Bei zwei Morden muss der Täter einen kleinen Fehler gemacht haben. Wir müssen ihn nur finden!"

„Die Kollegen sollen bitte mal rausfinden, was für ein Holz er verwendet hat, um den Galgen zusammenzubauen. So stabile Holzbalken gibt´s, denke ich, nicht in jedem Baumarkt um die Ecke. Vielleicht haben wir diesmal Glück und finden heraus, wann und wo das Holz gekauft wurde."

Die Tür öffnete sich. Alle Köpfe wirbelten herum. Schäfers Chef trat in den Raum. Kritisch ließ er seinen Blick über die vier Kommissare schweifen.

„Lasst euch nicht stören. Ich möchte mir nur anhören, wo wir stehen."

Wo wir stehen?, dachte Schäfer verbittert. *Wo sollen wir schon stehen? Ohne Spuren und wenige Stunden nach dem zweiten*

Mord. Allein der Blick seines Chefs brachte ihn in Rage. Schäfer hatte sich bemüht, das Gespräch mit vielen Fragen zu leiten, den Kollegen etwas zu tun zu geben, sie aus ihrer Lethargie zu führen. Sie hatten ein gutes Verhältnis zueinander, so dass ihm das rasch gelungen war. Das Beisein des fordernden und gefühlskalten Tietz machte die positive Energie im Raum sofort zunichte. Am liebsten hätte Schäfer ihn vor die Tür gesetzt. Aber das konnte er sich nicht erlauben.

„Sobald wir die Identität des Opfers kennen, werde ich nochmal zur Mutter von Maria Schütte fahren. Vielleicht finden wir dort eine Verbindung zu der zweiten Frau."

„Wäre es sinnvoll, die Presse um Unterstützung zu bitten?", schlug Weber vor.

Schäfer war hin- und hergerissen. Bislang hatte das Interesse der regionalen Zeitungen noch ein verträgliches Ausmaß erreicht. Die extreme Blutrünstigkeit des Killers war den Reportern offensichtlich noch nicht bewusst. Auf der anderen Seite hatten sie noch keine Zeugen. Die Presse war definitiv eine Chance. Aber bei einem brutalen Fall wie diesem war es ein schmaler Grat, zu viel medialen Wirbel zu erzeugen.

„Bloß nicht", entschied Tietz, noch ehe Schäfer die Vor- und Nachteile vollständig abgewogen hatte. „Die zerreißen uns in der Luft, weil wir den zweiten Mord nicht verhindert haben. Und bauschen dieses Monstrum zu einer öffentlichen Kultfigur auf. Oder lösen mit unnötigen Details zu den Bluttaten eine Massenpanik aus. Wir sollten alles dransetzen, dass die Presse das volle Ausmaß so spät wie möglich mitbekommt. Am Ende kommt ohnehin nur eine unbrauchbare Beweisflut dabei raus, weil zig Leute Gespenster sehen oder glauben, etwas zu wissen."

Schäfer seufzte. Die Würfel waren gefallen. Aber er war sich nicht sicher, ob sie nicht eine große Chance verspielten. Weber war ein erfahrener Kollege. Er machte Vorschläge wie diese nicht ohne Grund. So gut hatte Schäfer ihn inzwischen bereits kennengelernt.

„Aber wäre das nicht trotzdem eine Option, falls die Spurensicherung auch an diesem Tatort keine Spuren ..."

„Nein!", schnitt Tietz Weber barsch das Wort ab. „Wir haben so schon genug Druck! Das hilft uns doch nicht weiter."

„Aber wenn jemand etwas gehört oder gesehen hat ..."

„Haben Sie nicht zugehört, Weber?", fiel der eitle Chef seinem neuen Untergebenen scharf ins Wort. „Ich habe die Entscheidung bereits gefällt. Konzentrieren Sie sich lieber auf die Suche nach einer Verbindung zwischen den beiden Morden. Machen Sie der Spurensicherung gehörig Dampf. Jeder Mord hinterlässt Spuren!"

„Machen wir uns an die Arbeit, Kollegen", sagte Schäfer mit einer Ruhe, die er nicht empfand, um die bissigen Blicke zwischen Weber und Tietz zu unterbinden. Es nutzte niemandem, wenn sie sich nun hier mit dem Chef anlegten. Sie hatten genug zu tun, standen schneller mit dem Rücken zur Wand, als ihm lieb war. Ein Disput mit Tietz war das Letzte, was sie jetzt brauchen konnten.

Kapitel 18

Widerwillig quälte sich Julia aus dem Fahrzeug. Weber hatte die Identität des zweiten Opfers zügig geklärt. Die Frau war tatsächlich im gleichen Alter wie Maria Schütte. Ihr Name war Andrea Wagner. Sie hatte mit ihrer Familie in zentraler Lage in einer Seitengasse zwischen der Unteren Sandstraße und dem linken Arm des Flusses Regnitz gewohnt. Julia lief zielstrebig über die Brücke der Markusstraße. Dann hielt sie einen Augenblick inne, saugte das verträumte Ambiente des malerischen Straßenzugs Klein Venedig auf wie ein Schwamm.

Wie gern wäre sie einfach auf der Brücke stehengeblieben, hätte die liebevoll entlang des Wassers aufgereihten Fachwerkhäuser betrachtet, die Bamberg sein einzigartiges Flair verliehen. Das bevorstehende Gespräch belastete sie. Herr Wagner war sicher bereits krank vor Sorge. Und Julia war nicht darauf erpicht, ihm die schreckliche Gewissheit beizubringen. Der Pfarrer der zuständigen Pfarrgemeinde war bereits unterwegs, um Herrn Wagner nach dem Gespräch mit Julia beizustehen.

Seufzend brachte sie die wenigen Meter bis zur Haustür hinter sich, die ihr wie ein Langstreckenlauf vorkamen. Sie war erschöpft. Nicht auszudenken, wie sehr dieses Biest seine Opfer leiden ließ. Was sollte sie dem armen Mann von Frau Wagner sagen, wenn sie nach den Umständen des Mordes gefragt wurde? Gedankenverloren drückte Julia auf den Klingelknopf.

„Hallo?", drang eine erschöpfte Stimme aus der Sprechanlage.

„Julia Kersten. Kriminalpolizei Bamberg."

„Moment bitte."

Die Stimme klang gebrochen. *Ahnt er bereits, was auf ihn zukommt?* Warum sonst sollte die Kriminalpolizei bei ihm klingeln. Ungeduldig wartete Julia, bis er die Tür öffnete. Sie schätzte den Mann auf Ende Vierzig oder Anfang Fünfzig. Er war groß gewachsen, schlank und hatte dichtes graues Haar. Über den müden, geröteten Augen thronten buschige Augenbrauen. Sein Gesicht war von Erschöpfung und Schlaflosigkeit gezeichnet. Tiefe Augenringe ließen ihn älter wirken.

Julia zeigte ihren Dienstausweis, und Herr Wagner führte sie nach oben.

„Haben Sie Neuigkeiten von meiner Frau?"

„Setzen wir uns doch bitte", bat Julia. Sie spürte die Spannung in dem Raum. Der Mann schluckte schwer, blickte sie so flehend an, dass es Julia das Herz brach.

„Wir haben Ihre Frau am Morgen aufgefunden. Es tut mir leid. Sie ist tot."

Alle Farbe war aus seinem entsetzten Gesicht gewichen. Der Mann schloss die Augen, konnte es nicht fassen. „Aber ... Das kann doch nicht sein. Sie ... Was ist denn passiert?", stammelte er erschüttert.

„Ihre Frau ist einem Mord zum Opfer gefallen", erklärte Julia so behutsam, wie man diese schreckliche Nachricht nur überbringen konnte. Der gebrochene Mann kämpfte mit den Tränen.

„Ermordet? Meine Andrea? Aber wieso? Wer würde sowas denn tun?"

Tröstend legte Julia ihre Hand auf seinen Arm. Er war völlig aus der Fassung. Doch sie brauchte ihn jetzt. Sie mussten eine Spur finden, ehe das nächste Opfer diesem Monstrum in die Hände fiel.

„Wir werden alles tun, um das herauszufinden. Aber dazu brauchen wir Ihre Hilfe. Jede Kleinigkeit kann wichtig sein."

Herr Wagner nickte. Stumme Tränen rannen seine Wangen hinab. Doch Julia spürte instinktiv, dass er zuhörte, dass sie ihn erreichte. Dass er seinen Teil dazu beitragen wollte, den Täter zu fassen.

„Was ist an dem Tag geschehen, als Ihre Frau verschwunden ist?"

„Ich kann es mir nicht erklären. Sie war arbeiten. Anschließend wollten wir hier zusammen kochen. Sie ist nicht aufgetaucht. War nicht erreichbar. Ich hab mir schreckliche Sorgen gemacht."

„Wo hat Ihre Frau gearbeitet?"

„Hier in Bamberg, bei Infatron."

„Ist Ihnen irgendetwas aufgefallen? War etwas anders als sonst? Hatte sie was Ungewöhnliches erzählt? Dass sie jemand angesprochen hat, sie verfolgt hat. Dinge dieser Art."

Herr Wagner dachte lange nach, ehe er die Frage beantwortete. *Das ist gut*, dachte Julia. *Erinnere dich! Du musst uns helfen!*

„Nein, ich kann mich an nichts Ungewöhnliches erinnern. Alles war wie immer", antwortete Herr Wagner schließlich und schüttelte den Kopf.

„Hatte Ihre Frau Feinde?"

„Andrea?", antwortete Herr Wagner in einem Tonfall, der keine Zweifel zuließ. „Sie war eine herzensgute Frau. Nein, sie hatte keine Feinde. Sie war ein Engel!"

„Ein Verehrer, ein enttäuschter Liebhaber von früher? Jemand, mit dem sie beruflich zu tun hatte?"

„Wir sind nun schon seit 23 Jahren verheiratet. Und haben uns geliebt wie am ersten Tag. Wo soll so ein plötzlicher Verehrer auf einmal herkommen? Nein, daran glaube ich nicht." Er schüttelte vehement den Kopf. „Und ein enttäuschter Liebhaber wird doch nach 25 Jahren bestimmt nicht auf die Idee kommen, sich an meiner Andrea zu rächen. Ich verstehe das nicht! Ich verstehe das wirklich nicht."

„Können Sie mir den Arbeitsweg beschreiben, den Ihre Frau immer gefahren ist?"

Herr Wagner beschrieb Julia in allen Einzelheiten die Strecke, die seine Frau täglich zurückgelegt hatte. Es war kein weiter Weg von Infatron bis zu ihrer Wohnung. Und auf ihrer Arbeit gab es einen firmeneigenen Parkplatz. Auf dem Weg wollte sie noch ein paar Einkäufe für das Abendessen erledigen. Nichts Außergewöhnliches.

„Das hilft uns auf jeden Fall weiter. Wir werden uns den Weg genauer anschauen. Vielleicht können wir Zeugen ausfindig machen."

Herr Wagner vergrub sein Gesicht in den Händen und schluchzte leise vor sich hin. Julia schluckte ihr überwältigendes Mitleid herunter. Sie brauchte noch mehr Informationen. So schnell wie möglich.

„Kennen Sie diese Frau?", fragte sie, während sie zwei Fotos von Maria Schütte vor dem verzweifelt mit den Tränen kämpfenden Mann ausbreitete.

Aufmerksam sah er sich die Bilder an, nahm sie in die Hände, starrte auf das unschuldige Gesicht. Angestrengt legte er die Stirn in Falten. Versuchte sich zu erinnern. Aber da war nichts. Julia sah es an seinem enttäuschten Blick: Er hatte diese Frau noch nie gesehen. Traurig schüttelte er den Kopf. „Nein, diese Frau sagt mir gar nichts."

Dann erst dämmerte ihm der Sinn der Frage. Seine Hände begannen zu zittern. Die Stimme brach: „Wurde sie etwa auch …?", stammelte er.

Julia nickte stumm. Herr Wagner sah sich die beiden Bilder noch einmal an. „Es tut mir leid. Ich kenne sie wirklich nicht."

Es klingelte. Erschöpft schlurfte Herr Wagner zur Tür und ließ den Pfarrer herein.

Julia schüttelte dem Geistlichen die Hand. „Guten Tag, Herr Pfarrer Stenglein. Vielen Dank für Ihre schnelle Unterstützung." Dann wandte sie sich wieder Herrn Wagner zu. „Der Herr Pfarrer wird Sie nach unserem Gespräch noch weiter betreuen und Ihnen seine Hilfe anbieten."

Der Priester setzte sich neben Herrn Wagner.

„Wie lange hat Ihre Frau bei Infatron gearbeitet?", fuhr Julia fort.

Herr Wagner überlegte kurz. „Ungefähr neun Jahre vielleicht."

„Was genau hat sie dort gemacht?"

„Sie war in der Buchhaltung."

„Haben Sie einen Bezug zum Möbelhaus Möbelland in Hirschaid?"

Herr Wagner legte die Stirn in Falten. Die Frage überraschte ihn offensichtlich. Erneut schüttelte er den Kopf. „Wir waren in den letzten fünf Jahren vielleicht ein- oder zweimal an einem verkaufsoffenen Sonntag dort. Neue Möbel haben wir schon lange nicht mehr gekauft. Und letztes Mal waren wir beim Haller in Bamberg. Nein, zum Möbelland haben wir keinen besonderen Bezug. Wieso fragen Sie?"

„Ich versuche, eine Verbindung zwischen Ihrer Frau und dem anderen Mordopfer zu finden", erklärte Julia ruhig. „Die Frau auf dem Foto hatte im Möbelland gearbeitet."

„Glauben Sie denn, dass es einen Zusammenhang gibt? Dass es der gleiche Täter war?"

Julia nickte. „Ja, das glaube ich."

„Wie können Sie da sicher sein?"

„Es gibt zweifellos Parallelen im Tathergang", antwortete sie ausweichend, um weitere Details zu vermeiden, an denen der trauernde Mann gewiss zerbrechen würde.

Auch die anderen Versuche von Julia, eine Verbindung herzustellen, den Hauch einer Spur zu finden, verliefen ergebnislos im Sand. Herr Wagner war ein gewissenhafter Zeuge. Aber es gab einfach nichts zu sagen. Niedergeschlagen verließ sie die Wohnung und drückte dem armen Witwer erneut ihr Beileid aus. Sie hatte große Hoffnungen in den Termin gesetzt. Aber dieser Fall war wirklich eine harte Nuss. Frustriert stieg sie in ihr Auto und fuhr zurück zur Dienststelle.

Kapitel 19

Aufgeregt mit einem Blatt Papier wedelnd, stürmte Weber ins Büro.

„Die Auswertungen von der IT-Firma sind da!"

Götz blickte überrascht von seinem Bildschirm auf, auf dem er die kargen Ergebnisse der Spurensicherung studierte. „So schnell?"

„Du bist nicht der Einzige, der Druck machen kann", grinste Weber.

„Aber trotzdem ist das doch gar nicht so einfach, oder?"

„Die Nutzer waren trotz ihrer Gewaltfantasien nicht besonders vorsichtig. Keine verschlüsselten Kommunikationswege. Wir haben die sechs E-Mail-Adressen, mit denen die auffälligen Accounts registriert wurden. Lass uns die Adressen mal durch die Suchmaschinen jagen. Vielleicht spuckt das Internet auch die Klarnamen aus."

Dankbar löste sich Götz von seinem auf dem Bildschirm flackernden Bericht. Diese Idioten in der Spurensicherung hatten wieder nichts gefunden. Keine Fingerabdrücke. Keine DNA-Spuren. Nichts. Götz begann, die Internet-Recherchen mit Weber zu schätzen. Der Kollege hatte definitiv ein Händchen für sowas. Und es war spannender und im Moment auch erfolgversprechender als die klassische Polizeiarbeit.

„Dann leg mal los", brummte Götz, sobald er sich hinter Webers Arbeitsplatz positioniert hatte.

Aufgeregt flogen Webers Finger über die Tastatur. Zu fünf der sechs E-Mail-Adressen hatte er binnen einer halben Stunde die zugehörigen Namen herausgefunden. Der Kommissar öffnete anschließend seinen Facebook-Account und suchte dort nach den Namen. So hatten sie kurz darauf zu vier der Kandidaten den Wohnort und sogar ein Profilbild. Zwei von ihnen kamen sogar aus dem Raum Bamberg. Zufall? Oder ein Indiz, das man genauer beleuchten sollte?

„Sehr gute Arbeit!", lobte Götz.

„Moment mal. Warum ist mir das nicht früher aufgefallen? Das gibt's doch nicht …"

Götz verstand nicht, aber Weber war mit einem Mal ganz aufgeregt. Hatte er etwas entdeckt? Eine aussichtsreiche Spur?

„Was ist denn los?"

„Schau dir die beiden Namen bitte nochmal an!"

Endlich begriff Götz. Sein Mund war weit aufgerissen. Das konnte kein Zufall sein! „Wir müssen sofort Michael anrufen", stammelte er.

„Ja, aber warte bitte noch kurz."

Weber zog ein Blatt Papier aus dem Schreibtisch und fuhr suchend mit dem Finger über die Zeilen. „Was machst du denn? Was ist das für eine Liste?"

Weber reagierte nicht. Er war völlig vertieft in seinen Verdacht. Schließlich hielt er inne und starrte auf das Blatt Papier vor seiner Nase.

„Was ist denn los? Hast du was gefunden?"

Wie in Trance tastete Weber nach seinem Mobiltelefon und wählte Schäfers Nummer.

„Michael, bist du noch bei der Mutter des ersten Opfers? … Du solltest sofort kommen! Wir haben etwas gefunden."

Als Schäfer gehetzt in der Dienststelle eintraf, hörte er hinter sich schnelle, sportliche Schritte. Er drehte sich um und sah, wie Julia auf ihn zustürmte.

„Warst du beim Ehemann? Wie war's?"

„Ja. Herr Wagner ist am Boden zerstört. Aber er hat mit aller Kraft versucht, uns zu helfen."

„Hast du etwas rausgefunden?"

„Nichts. Wir können den Weg von ihrem Arbeitsplatz zurück zu ihrer Wohnung rekonstruieren. Irgendwo auf diesem Weg ist sie verschwunden. Das gibt uns zumindest die Möglichkeit, Zeugen zu befragen. Klinken putzen. Aber das ist auch die einzige Spur."

„Keine Verbindung zu Maria Schütte?"

„Nicht mal ein Funken einer Verbindung."

Tiefe Sorgenfalten zogen sich über Schäfers Stirn. Bei ihm war es das Gleiche gewesen. Frau Schüttes Mutter war nicht erfreut gewesen, dass die Polizei schon wieder bei ihr auf der Matte gestanden war. Sie wollte einfach nur vergessen. Schäfer konnte das gut nachvollziehen. Wie oft ging es ihm genauso. *Doch die Erinnerung holt einen immer wieder ein!*

Er hatte die Bilder des zweiten Opfers gezeigt, die er gemeinsam mit Weber im Internet gefunden und ausgedruckt hatte. Sie war völlig schockiert gewesen, als sie begriff, dass ein zweiter Mord begangen worden war. Doch auch sie konnte Schäfer und seinem Team nicht helfen. Sie schwor bei allem, was ihr heilig war, diese Frau noch nie gesehen zu haben. Aber irgendwo musste es doch eine Verbindung geben! Mordete der Täter wirklich aus purer Lust am Töten, ohne in irgendeiner Form einen Bezug zu den Opfern zu haben? Aufgrund der extremen Brutalität, der auffällig in die Länge gezogenen Höllenqualen, schienen Hass und Rache tatsächlich die treibenden Motive zu sein. Und man tötete nicht aus Hass oder Rache, wenn man jemanden nicht kannte.

„Aber Weber und Götz scheinen was rausgefunden zu haben. Trifft sich gut, dass du auch schon fertig bist."

Schäfer konnte die Hoffnung in ihren Augen erkennen. Hatten die beiden Kollegen tatsächlich etwas gefunden, das ihnen weiterhelfen würde?

Die Kommissare hasteten in ihr Büro, wo Götz und Weber bereits ungeduldig auf sie warteten.

„Was habt ihr denn herausgefunden?"

„Der Dienstleister hat die E-Mail-Adressen geschickt, mit denen die sechs auffälligen Accounts in dem Forum angemeldet sind", erklärte Weber knapp und schob Schäfer den Zettel zu.

Eindringlich blickte Schäfer seinen neuen Kollegen an. Der Zettel interessierte ihn im Moment nicht. Er wollte eine schnelle Zusammenfassung der Ergebnisse haben. Weber verstand sofort, was von ihm erwartet wurde.

„Wir haben die E-Mail-Adressen im Internet recherchiert, einige Namen und Bilder dazu gefunden."

Neugierig zog Schäfer seine Augenbrauen hoch. Er war zum Zerreißen gespannt.

„Zwei der Nutzer kommen aus dem Raum Bamberg."

Es war totenstill. Die Spannung im Raum war greifbar. Es knisterte förmlich. Julia und Schäfer hingen wie gebannt an Webers Lippen.

„Ich war doch gleich an meinem ersten Tag in der Uni. Habe mir von Professor Dr. Strehle eine Liste von Studenten geben lassen, die sich mit dem Thema mittelalterliche Folter beschäftigt haben." Weber machte eine kurze Kunstpause. „Die beiden Forum-Benutzer aus dem Bamberger Umkreis stehen auf der Liste. Sie haben sogar ein Referat über Foltermethoden im Mittelalter gehalten."

Die Aufregung kribbelte in Schäfers Körper. Es war nur ein Indiz. Doch es war der erste wirkliche Hoffnungsschimmer, den sie bisher in diesem Fall erleben durften.

Dann ließ Weber die Bombe platzen: „Die beiden Kandidaten heißen Stefan Schuster und Tristan Vogel."

Fassungslos starrte Schäfer Weber an, und blickte dann zu Julia. Sie war kreidebleich.

Kapitel 20

Wild entschlossen stapften Götz, Weber und Schäfer durch das Möbelhaus. Die drei Kommissare zeigten ihre Dienstausweise und baten um einen sofortigen Termin beim Leiter des Montageservice. Die kleine blasse Mitarbeiterin des Kundenservice telefonierte kurz und forderte die Polizisten anschließend auf, ihr zu folgen.

Schäfer kannte den Weg in den Verwaltungstrakt bereits. Sie marschierten über die Flure, bis die junge Dame ihnen eine Tür öffnete. Ein bärtiger Mann Mitte fünfzig in Arbeiterhemd und Jeans erhob sich und reichte den Kommissaren die Hand. „Andreas Renz. Was kann ich für Sie tun, meine Herren?"

Schäfer, Weber und Götz stellten sich vor und hielten dem ruhelosen Mann ihre Ausweise unter die Nase.

„Mordkommission? Geht es um Maria Schütte?"

Schäfer nickte. „Wir möchten gern die beiden Studenten Stefan Schuster und Tristan Vogel zur Vernehmung mit auf die Polizeiwache nehmen."

Renz machte große Augen. „Sind die zwei denn verdächtig?"

„Das wollen wir herausfinden", antwortete Schäfer ausweichend.

„Die beiden sind gerade nicht hier."

„Was bedeutet nicht hier?"

„Sie sind nicht im Haus."

Auffordernd fixierte Schäfer den Mann. Diese ausweichenden Abteilungsleiter, denen man alles aus der Nase ziehen musste, gingen ihm langsam aber sicher auf die Nerven.

„Sind Sie gerade auf einem Montageeinsatz, oder arbeiten sie heute nicht? Es kann doch nicht so schwer sein, sich verständlich auszudrücken!", polterte Götz.

Wie gut, dass ich ihn mitgenommen habe, schmunzelte Schäfer. Im Angesicht eines drohenden Wutausbruchs des hünenhaften Kommissars wand sich Renz unsicher auf seinem Schreibtischstuhl.

„Sie sind heute nicht im Montageeinsatz. Die beiden haben offenbar gerade Prüfungen und haben mich gebeten, ihre Arbeitszeiten etwas zurückzuschrauben. Ich hab sie deshalb vorübergehend im Lager eingeteilt. Da sind sie flexibler, was die Arbeitszeiten betrifft, und können nachmittags nach dem Lernen noch zwei Stunden schaffen."

„Heute Nachmittag auch?"

„Ja."

„Wann kommen die beiden?"

„Gegen 16 Uhr."

„Wissen Sie zufällig, wo wir sie vorher finden können?"

„Es sind Studenten", antwortete Renz achselzuckend. „Wer weiß schon, wo die sich in ihrer Freizeit rumtreiben ... Wenn Sie Glück haben, sind sie bis halb vier in der Uni. Oder bei Freunden. Oder in einem Café. Keine Ahnung!"

Mürrisch blickte Schäfer auf seine Armbanduhr. Es war 14 Uhr 50.

„Auf die eine Stunde kommt es nicht an", meinte Götz. „Lass uns warten."

Schäfer nickte. Die Morde waren bisher immer nachts verübt worden. Untertags war es zu auffällig, das Opfer in einen abgelegenen Rohbau zu transportieren. Sie gingen kein großes Risiko ein, wenn sie noch schnell einen Kaffee tranken und dabei auf Schuster und Vogel warteten.

„Vielen Dank für Ihre Hilfe. Bitte kontaktieren Sie die beiden nicht. Wir müssen wirklich dringend mit ihnen sprechen und möchten sie nicht vorwarnen."

Renz nickte eifrig. Er hatte verstanden, auch wenn er ganz und gar nicht den Eindruck machte, dass er den beiden Studenten den Mord an Maria Schütte zutraute.

Schäfer, Weber und Götz verließen das Büro und vertrieben sich bei einer Tasse Kaffee die Zeit. Um 15 Uhr 50 erhoben sie sich schließlich und machten sich auf den Weg ins Lager.

Schäfer, den Schuster und Vogel bereits kannten, positionierte sich unauffällig in einer Ecke in der Nähe des Ein- und Ausgangs. Götz und Weber warteten mit dem Rücken an die Theke gelehnt, an der die Käufer ihre Belege abgaben, um die Ware zu erhalten. Von dort konnten sie den Raum gut überblicken.

Als Schuster und Vogel gemeinsam die Eingangshalle betraten, nickte Schäfer seinen Kollegen kurz zu. Der bärenhafte Götz setzte sich in Bewegung und passte die beiden verdutzten Jugendlichen ab.

„Rainer Götz, Kriminalpolizei Bamberg", brummte er grollend und zeigte kurz seinen Ausweis. Weber trat neben ihn und reckte ebenfalls seinen Dienstausweis entgegen.

Perplex blieben die beiden nervösen Jugendlichen stehen. Schuster blickte betreten zu Boden, trat unruhig von einem Fuß auf den anderen. Tristan Vogels Augen hingegen verengten sich zu bedrohlichen Schlitzen. Er war auf Krawall gebürstet und würde nicht so schnell klein beigeben. Einzig die imposante Statur von Götz schien ihm die Fluchtgedanken aus dem Kopf zu vertreiben. Nachdenklich blickte er sich im Raum um. Da sah er Schäfer, der sich unauffällig von hinten näherte.

„Was wollen Sie denn schon wieder von uns?", fuhr er die Polizisten unfreundlich an.

„Wir würden uns gern auf der Dienststelle mit euch unterhalten."

„Haben Sie denn einen Haftbefehl?"

„Nein, den haben wir nicht", schaltete sich Schäfer ein, der nun hinter den beiden jungen Männern stand. „Wir wollen euch nicht verhaften, sondern nur mit euch reden."

Schuster und Vogel erwiderten nichts. Sie blickten sich kurz fragend an.

„Wir können jetzt gemeinsam zur Polizeiwache fahren, oder die harte Tour wählen", kommentierte Götz trocken.

„Liegt ganz bei euch", fügte Weber hinzu.

„Was wollen Sie denn von uns?"

„Das besprechen wir in Ruhe in unserem Büro."

„Und wenn wir nicht mitkommen wollen?", raunte Schuster mit giftiger Stimme. Der Typ war Schäfer nicht geheuer.

„Dann können wir auch mit einer richterlichen Vorladung zurückkommen. Ich glaube, das wollen wir uns alle ersparen, oder nicht?"

Die Jugendlichen überlegten, schienen ihre Chancen abzuwägen, ohne einen Gang zur Polizeiwache aus dieser Situation rauszukommen. Götz war ein großer Mann. Und Schäfer und Weber machten ebenfalls nicht den Eindruck, dass sie in Auseinandersetzungen klein beigaben. Schuster sagte nichts. Er blickte Vogel fragend an, der sichtlich das Kommando hatte.

„Dann bringen wir es eben hinter uns."

Kapitel 21

Lethargisch blickte Stefan Schuster zu Boden. Er wagte es nicht, Götz und selbst Julia anzusehen.

„Ich hab Sie was gefragt!", polterte Götz. Er bäumte sich zu seiner vollen Größe von knapp zwei Metern auf und schlug wuchtig mit der Handfläche auf den Tisch. Schuster zuckte zusammen. Aber er hob nicht den Kopf. Niemals.

„Ich habe niemanden getötet", murmelte er trotzig mit kraftloser, verängstigter Stimme.

„Ach wenn man doch die Schreie aus den Lautsprechern hören könnte!", zitierte Julia mit ruhiger, eindringlicher Stimme. „Es ist schön, zu lesen, was man den anderen Spielern antut. Sich vorzustellen, wie sehr sie leiden. Aber die echten Schreie eines Menschen, wenn man ihm gerade die Haut abzieht, die würden mich schon mal brennend interessieren!"

Der junge Mann reagierte geschockt. Die Verwirrung stand ihm ins Gesicht geschrieben. Woher wussten die Polizisten von diesem Forum? Seine Hände zitterten. Er wirkte wie ein in die Enge getriebenes Tier, das kurz davor stand, sich auf den Boden zu legen und auffressen zu lassen.

„Da scheint jemand aber ganz schön Lust aufs Töten zu haben, meinen Sie nicht?"

Endlich hob Schuster den Kopf. Streifte Julia mit einem feindseligen Seitenblick, ehe er wieder stoisch auf die Tischplatte starrte.

„Warum sollen wir glauben, dass Sie nichts damit zu tun haben? In einem Forum kündigen Sie an, wie Sie andere Leute zu Tode foltern möchten. Sie schreiben Referate über mittelalterliche Foltermethoden. Dann staucht Sie Maria Schütte zusammen, weil Sie nicht in der Lage waren, eine Küche zusammenzubauen. Und plötzlich ist sie tot. Gefoltert. Wie im Mittelalter. Wie in eurem Internetspiel. Das alles soll ein Zufall sein?"

Schuster ließ seinen Blick weiter auf dem Tisch ruhen. Was sollte er auch gegen die erdrückende Indizienlage sagen? Götz´ Logik war schwer zu widerlegen.

Wie gern hätte Julia ihm die Bilder von der entstellten Leiche gezeigt, um seine Reaktion zu testen. Aber sie durften kein potenzielles Täterwissen preisgeben.

„Ich habe niemanden umgebracht", stammelte er leise. Er blickte auf, und Götz glaubte, Angst in seinen Augen zu erkennen. Dann kämpfte der junge Mann mit den Tränen. Sein Gesicht verzog sich zu einer grausamen Fratze. Er schämte sich offensichtlich für den emotionalen Ausbruch, dass die beiden Polizisten ihn zum Weinen bringen konnten, und man sah ihm an, wie abgrundtief er sie dafür hasste.

„Ich war das nicht!", brüllte er aggressiv, sprang von seinem Stuhl auf und schlug mit der Faust auf den Tisch.

Julia wich instinktiv einen Schritt zurück. Götz blieb ganz ruhig, fixierte den Tatverdächtigen und brummte in einem tiefen Grollen: „Setzen Sie sich sofort wieder auf den Stuhl!"

Die mühevoll erzwungene Ruhe verlieh seinen Worten etwas Bedrohliches. Schuster schluckte und setzte sich zurück an seinen Platz.

„Wo waren Sie am vergangenen Sonntag?"

„Zocken."

„Den ganzen Tag?"

„Von Mittag bis vier Uhr morgens."

Fassungslos schüttelte Götz den Kopf. *Diese Jugend heutzutage.* „Kann das jemand bezeugen?"

„Tristan war dabei."

„Das ist ja ein Zufall", kommentierte Julia sarkastisch. „Wie praktisch."

„Und am Dienstagabend beziehungsweise nachts?"

„Dienstags zocken wir auch immer zusammen."

„Wieder bis tief in die Nacht hinein?"

„Ja, wir haben am Mittwoch erst um halb 11 Uni."

„Wir werden das überprüfen. Wir werden den Betreiber des Spiels kontaktieren, eure Rechner beschlagnahmen und kriminaltechnisch untersuchen lassen. Und wir werden ein Bewegungsprotokoll eurer Mobiltelefone anfordern. Wenn auch nur einer von euch beiden eine Sekunde lang seinen Arsch aus der Wohnung bewegt hat, seid ihr dran. Das verspreche ich euch!"

Innerlich aber glaubte Götz nicht mehr daran, dass Stefan Schuster wirklich der Täter war. Diese verängstigte, panische Reaktion war nicht das Verhalten eines brutalen Serienmörders. Schuster war einfach nur ein perverser, einsamer und an mangelndem Selbstbewusstsein leidender Jugendlicher. Ein Typ, der im schlimmsten Fall in einigen Monaten mit einer Pistole in die Menge feuerte, weil er die Schnauze voll hatte von seiner eigenen Schwäche und der bösen Welt, in der er lebte. Aber er war kein eiskalt kalkulierender Mörder, der zwei Frauen mittleren Alters zu Tode folterte, ohne eine einzige Spur zu hinterlassen.

Kapitel 22

Schäfers Augen wurden immer schwerer. Es war schon Abend. Und sie saßen immer noch mit Tristan Vogel im Raum. Dieser verdammte Mistkerl hatte kaum ein Wort von sich gegeben. Er saß nun nur da, mit diesem überlegenen, selbstgefälligen Grinsen. Götz hätte ihm wahrscheinlich längst den Schädel eingeschlagen. Aber Schäfer zwang sich zu Geduld.

„Ihr Schweigen macht es nicht besser."

„Wir glauben nicht, dass Sie es waren. Sie sind nicht der Typ dazu, haben nicht den Arsch in der Hose, sich selbst die Hände schmutzig zu machen", fügte Weber herablassend hinzu. Ähnlich wie Schäfer wollte er den Verdächtigen provozieren, sich zu einer unüberlegten Handlung oder Aussage hinreißen zu lassen. „Wenn Sie uns Informationen liefern, mit denen wir Ihren psychopathischen Kumpel überführen können, kommen Sie fein aus der Sache raus."

Das Grinsen auf Vogels Gesicht wurde mit jeder Minute breiter. Er sonnte sich in der Aufmerksamkeit. Es machte ihm offensichtlich Spaß zuzusehen, wie Weber und Schäfer sich verzweifelt bemühten, die Fassung zu bewahren.

Schnaubend knallte Schäfer die Ausdrucke aus dem Internetforum vor dem jungen Mann auf den Tisch, die er als Trumpf in der Hinterhand behalten hatte. „Sehen Sie sich genau an, was Sie da von sich gegeben haben!"

Amüsiert blickte Vogel auf die Blätter. Das Lächeln erstarb. Er wirkte, als wäre ihm die Tragweite der Anschuldigungen erst jetzt bewusst geworden.

„Wir haben eine von Ratten zerfressene Bauchdecke. Eine zu Tode gepeitschte Frau. Wie ein Stück Fleisch am Galgen aufgeknüpft. Und das, was Sie in dem Forum geschrieben haben, könnte man durchaus als vollmundige Ankündigung einer solchen Bluttat verstehen."

Selbst Vogel konnte in all seiner Selbstherrlichkeit nicht darüber lachen. War es der Schock, wie viel die Polizisten bereits wussten? Oder die Angst, dass die Morde ihm angehängt wurden? Dämmerte gerade die Erkenntnis, dass sein labiler Freund eventuell eine solche Tat begangen hatte? Fragte er sich selbst, ob er seinem Kumpel diesen krankhaften Wahn zutraute? Ob vielleicht doch aus Spiel und Spaß blutiger Ernst geworden war?

„Wenn Sie nichts mit der Sache zu tun haben, dann liefern Sie uns Informationen. Ein Alibi, Details zu Ihrem Freund Stefan Schuster, irgendetwas ..."

Der überrumpelte junge Mann hatte sich überraschend schnell wieder gefangen. Nachdenklich kniff er die Augen zusammen und studierte die beiden Kommissare, ehe er sich zu einer Antwort herabließ: „Ich werde nichts dergleichen tun. Ohne Beisein meines Anwalts hören Sie von mir gar nichts mehr."

Schäfer nickte. Irgendwie hatte er sich das gedacht. Er lief zur Tür und öffnete sie. Ein Kollege wartete dort auf das Ende der Vernehmung.

„Bringst du die beiden bitte in ihre Zellen? Sie werden heute bei uns nächtigen, bis wir morgen ihren Anwalt aufgetrieben haben und die Vernehmung fortsetzen können."

Schäfer würdigte Tristan Vogel keines weiteren Blickes und verließ das Büro, um die Untersuchungshaft von Staatsanwalt Hirscher absegnen zu lassen.

Kapitel 23

Als Schäfer am Abend nach den beiden Vernehmungen die Wohnungstür aufsperrte, empfing ihn die bedrückende Stille. Gähnend setzte er sich auf seinen Sessel. Aber Ruhe fand er keine. Er bemühte sich gar nicht erst, ein Buch zur Hand zu nehmen. Zu viele Gedanken kreisten noch durch seinen Kopf.

Schäfer bezweifelte, dass sie den Täter bereits in Gewahrsam hatten. Natürlich waren es zwei markante, verdächtige junge Männer. Vogels herablassende Selbstgefälligkeit, die selbst einen erfahrenen Kommissar wie Schäfer aus der Fassung brachte. Ein verabscheuenswürdiger Mensch. Aber auch ein Mörder? Der labile Stefan Schuster war gewiss der interessantere Kandidat. Er hatte die Züge einer tickenden Zeitbombe, die jederzeit hochgehen konnte. Unabhängig von dem Mordfall sollte man diesen jungen Mann eigentlich aus dem Verkehr ziehen. Die Gewaltfantasien, die er in dem Forum geäußert hatte, waren verstörend. War es nur eine Frage der Zeit, bis er zum nächsten Amokläufer wurde?

Und doch bezweifelte Schäfer, dass er ihr Täter war. Er passte nicht in das Profil eines kaltblütigen Killers, der akribisch seine Morde plante, keine Spur am Tatort hinterließ. Nein, Schuster war eher der Typ für einen emotionalen Ausbruch: heißblütig, unüberlegt, schnell zu überführen.

Auch die Indizienflut gegen die beiden Tatverdächtigen wertete Schäfer als schlechtes Zeichen. Es war zu einfach gewesen. Bei einem Doppelmord dieser Brutalität konnte sich Schäfer nicht vorstellen, dass des Rätsels Lösung so nahe war. Keine Spuren am Tatort, aber eine Beweisflut in einem Internetforum? Das passte nicht zusammen. Und wo war die Verbindung zum zweiten Mordopfer?

Schäfer schloss erschöpft die Augen. Denn die andere Seite der Medaille war, dass die beiden Jugendlichen ihre einzige Spur darstellten. Der Druck setzte ihm zu. Sie konnten sich keinen dritten Mord erlauben. Er konnte sich keinen dritten Mord erlauben. Schäfer würde nicht damit klarkommen. Aber war er diesem Fall gewachsen? War er der richtige Mann, um diesem Monstrum das Handwerk zu legen?

Das Bewusstsein, dass er geistesabwesend in sein Schlafzimmer gegangen war, riss Schäfer aus seinen beklemmenden Gedanken. Mit zitternden Händen stand er vor dem Nachttisch. Er starrte die Schublade an, die seine quälenden Geheimnisse verbarg. Ehrfürchtig nahm Schäfer die beiden Zeitungsausschnitte aus ihrem Versteck. Dann setzte er sich aufs Bett und ließ minutenlang schweigend seinen Blick auf dem Papier ruhen.

Auch Julia rieb sich die Augen. Doch im Gegensatz zu Schäfer kam sie schnell auf andere Gedanken. Der Fall setzte auch ihr zu. Gerade für eine Frau, die offensichtliche Zielgruppe des Mörders, war die rohe Brutalität schockierend. Aber Julia hatte Falke. Er lenkte sie ab. Auf die Gespräche mit ihm freute sich Julia schon den ganzen Nachmittag.

Gespannt fuhr sie ihren Rechner hoch und wartete ungeduldig darauf, dass der Browser einsatzbereit war. Hastig gab sie ihre Zugangsdaten in das Anmeldefenster ein und starrte auf ihren Posteingang. Sie hatte zwei neue Nachrichten. Eine Kontaktaufnahme, die sie ignorierte und löschte. Und eine Nachricht von Falke.

Hallo Julia,

unser Musikgeschmack ist sich ja gar nicht so unähnlich.
30 Seconds To Mars höre ich zum Beispiel auch gerne.
Wann warst du letztes mal auf einem Konzert? Und auf welchem?

Wie war denn dein Tag heute?
Wieder viel zu tun?

Heute hatte ich ganz schön zähe Verhandlungen. Einer unserer großen Kunden zeigte Interesse, den Anbieter zu wechseln. Mein Chef baut gehörig Druck auf.
Mal sehen, ob wir das Ruder noch herumreißen können.

Liebe Grüße,
Falke

Enthusiastisch machte sich Julia ans Werk.

Hallo Falke,

schön, dass du mir trotz deines stressigen Tages noch geschrieben hast.

Warum wird euch euer Großkunde denn untreu? Ist er unzufrieden, oder liegt es am Preis?

Bei uns ist momentan auch die Hölle los.
 Wir haben einen neuen Fall bekommen. Ich darf nicht wirklich darüber sprechen. Aber es ist echt brutal. Richtig grausam. Wir stehen unter großem Druck, ein Ermittlungsergebnis zu erzielen. Zwei Hauptverdächtige haben wir, doch irgendwie glauben wir selbst nicht daran, dass sie die Täter sind.
 Ich bin froh, dass ich abends mit dir schreiben kann. So kann ich ein bisschen besser abschalten. Sonst lässt einen ein Fall wie dieser nicht mehr los.

Ich freue mich schon, wieder von dir zu lesen.

Liebe Grüße,
 Julia

PS: Mein letztes Konzert war tatsächlich 30 Seconds To Mars. Vor ca. sechs Monaten. Und deines?

Julia ging in die Küche und machte sich noch schnell ein Wurstbrot. Als sie an ihren Rechner zurückkehrte, stellte sie freudig fest, dass Falke gerade online war. Denn die nächste Antwort wartete bereits in ihrem Postfach auf sie.

Hallo Julia,

mein letztes Konzert war AC/DC. Ein Lebenstraum. Die wollte ich unbedingt noch einmal hören, bevor sie irgendwann doch in Rente gehen. Das musste ich einfach mal erlebt haben.

Ich denke, bei unserem Kunden ist es eine Mischung aus beidem: Der Preis ist okay, aber nicht perfekt. Aber in den vergangenen Wochen hatten wir eine Verkettung von unglücklichen Qualitätsmängeln, die sich speziell bei diesem Kunden gehäuft haben. Keine Ahnung warum. Vielleicht war es einfach nur Pech. Aber jetzt setzt er uns natürlich unter Druck.

Das hört sich ja ganz schön bizarr an, was du da schreibst. In welcher Abteilung bist du denn bei der Polizei? Deine Erzählungen wirken ja fast wie ein Tatort im Ersten.

Liebe Grüße,
 Falke

Die beiden chatteten noch bis tief in die Nacht hinein. Falke wirkte sehr interessiert an Julias Arbeit. Er war überrascht und zu Julias Freude auch ein bisschen beeindruckt, dass sie Kommissarin in der Mordkommission war. Sie wusste, dass sie seine neugierigen Fragen nicht beantworten sollte. Doch tief in ihrem Herzen belastete sie die Brutalität des Falls zu sehr. Sie brauchte dringend jemanden, mit dem sie reden, bei dem sie sich fallenlassen konnte. Und Falke war so ein sensibler Zuhörer, dass die Worte wie von selbst den Weg auf den Bildschirm fanden.

Ein Doppelmord? Zwei Frauen mittleren Alters? Das hört sich ja echt krass an. Lässt einen ein solcher Fall überhaupt je wieder los?

Wenn es so brutal ist, wie in diesem Fall, dann verfolgen einen die Bilder schon oft bis in die Nacht. Ich bin dir echt dankbar für die unterhaltsame Ablenkung. Es tut gut, mit dir zu schreiben!

Und warum glaubst du nicht daran, dass eure Verdächtigen etwas damit zu tun haben?

Es ist zu offensichtlich. Viele Indizien, keine wirklichen Spuren. Und sie entsprechen nicht dem Profil. Sie sind merkwürdig, haben durchaus Gewaltpotenzial. Aber eine Tat dieses Ausmaßes? Das trauen wir ihnen nicht zu. Da ist jemand Erfahrenes, Kaltblütiges, Berechnendes am Werk. Und kein frustrierter Jugendlicher, der mit sich und seiner Umwelt nicht zurechtkommt.

Das hört sich echt gruselig an, Julia! Aber gibt es bei einem Mord nicht immer auch Fingerabdrücke oder DNA-Spuren oder sowas? Oder gibt's das wieder nur im Tatort?

Das ist ja das Eigenartige. Normalerweise findet man immer ein paar verwertbare Spuren. Ob Fingerabdrücke oder die DNA bereits irgendwo registriert sind, ist ein anderes Thema. Aber wenn man keinerlei Spuren findet, wie bei unserem Fall, dann ist es besonders schwer. Und der Täter muss besonders gut vorbereitet gewesen sein.

Julia freute sich, dass Falke sich so sehr für sie, ihren Fall und ihre Sorgen interessierte. Es war ein schönes Gefühl, sich mit ihm zu unterhalten. *Wann fragt er mich endlich, ob wir uns einmal treffen wollen? Gibt es einen Grund, warum er so lange zögert? Wartet er darauf, dass ich den ersten Schritt mache? Aber möchte ich diesen Zauber wirklich zerstören? Wieder in die alten Muster verfallen, zu früh körperliche Nähe zu suchen?* Seufzend wünschte Julia Falke eine gute Nacht und legte sich schlafen.

Kapitel 24

Als Schäfer am nächsten Morgen in der Dienststelle aufschlug, fühlte er sich wie gerädert. Seine blutunterlaufenen Augen brannten. Und der dröhnende Kopf wirkte schwer und träge. Die letzten Nächte waren grauenvoll gewesen. Er empfand diesen Fall als eine Bürde, die ihn nicht mehr losließ.

„Du siehst furchtbar aus", begrüßte ihn Götz mit einem verwegenen Grinsen.

Schäfer winkte ab, als ob das die tiefe Erschöpfung abschütteln konnte. Es war nicht der Zeitpunkt, um Schwäche zu zeigen. Das Team brauchte einen starken Anführer, der ihnen Ruhe, Sicherheit und Kraft gab. Der Fall war zu wichtig, um sich der eigenen Müdigkeit zu ergeben.

„Der Anwalt der beiden ist schon da. Wird spaßig werden", knurrte Götz.

Auch Schäfer hatte eine Aversion gegen Anwälte, die aussichtsreiche Verdächtige aus der Untersuchungshaft freiklopften. Götz war wie immer noch ein wenig emotionaler. Aber es schwang auch Respekt, ein Anflug von Angst in seiner Stimme mit. Das wunderte Schäfer.

„Von Alsen", erklärte Götz. „Dieser Tristan Vogel scheint wirklich einflussreiche Eltern zu haben, die in Geld schwimmen. Sonst kann man sich einen Anwalt wie den nicht leisten. Der wird uns die Hölle heiß machen, Michael. Darauf müssen wir uns einstellen."

Interessiert verfolgten Weber und Julia den Austausch. Julia sah auch müde aus, fand Schäfer. Die Augenringe passten nicht zu ihrem ansonsten so süßen Gesicht. Was war nur los mit ihr? Setzte auch ihr der Fall so sehr zu, dass sie nachts keinen Schlaf fand? Oder hatte sie jemanden kennengelernt und eine heiße Liebesnacht hinter sich?

"Wenn es so eine harte Nuss wird, solltest du mich begleiten, Rainer. Julia und Andreas, seht ihr euch bitte die Vernehmung von draußen an? Jeder Eindruck kann wichtig sein."

Das Team setzte sich umgehend in Bewegung. Julia und Weber eilten auf ihren Beobachterposten. Schäfer und Götz öffneten die Tür zum Verhörraum und traten ein. Als Erstes wollten sie sich Tristan Vogel vorknöpfen. Er war eine harte Nuss, den eine Nacht in Untersuchungshaft gewiss nicht aus der Ruhe brachte. Vor allem, wenn er seinen sündhaft teuren Anwalt im Rücken wusste. Anschließend wollten sie Stefan Schuster grillen. Er war der Typ, der sich nach einer Nacht im Gefängnis in die Hose machte. Dem kein teurer Anwalt zur Seite stand. Den sie noch ein wenig länger zappeln lassen wollten, um ihn am Ende des Tages zu knacken.

Sobald sich die Tür öffnete, sprang der geschniegelte Anwalt von seinem Tisch auf und stürmte Schäfer und Götz energisch entgegen. Ein kräftiger Händedruck, der kompromisslose Kampfbereitschaft signalisierte. "Frederic von Alsen", stellte er sich mit fester, entschlossener Stimme vor und blickte ihm furchtlos in die Augen. Der Anwalt passte zu dem Jugendlichen. Er trug einen sündhaft teuren Anzug von Armani. Allein die Krawatte kostete vermutlich mehr als das gesamte Outfit von Schäfer und Götz zusammen. Von Alsen war Ende vierzig, groß und schlank. Sein Haar wies keine Anzeichen von grauen Stellen auf. Er machte einen sportlichen, energiegeladenen Eindruck.

Schäfer und Götz stellten sich vor, zeigten ihre Dienstausweise und setzten sich Tristan Vogel und seinem Verteidiger gegenüber.

"Was hat Sie denn dazu bewogen, meinen offensichtlich unschuldigen Mandanten eine Nacht in Untersuchungshaft verbringen zu lassen?"

Schäfer stöhnte innerlich auf. Der Anwalt nahm ihnen von Beginn an das Heft aus der Hand. Sie sollten hier die Fragen stellen, und sich nicht vor diesem Rechtsverdreher rechtfertigen müssen.

„Ich möchte gern mit der Vernehmung dort weitermachen, wo wir gestern aufgehört haben. Das Alibi Ihres Mandanten ist noch nicht geklärt. Danach wollen wir noch einmal über die gewaltverherrlichenden Einträge in dem Forum dieses Internetspiels sprechen. Und uns über seinen Freund Stefan Schuster unterhalten."

„Das ist ja alles legitim. Aber zuvor möchte ich wissen, aufgrund welcher Beweise mein Mandant in Untersuchungshaft war. Und meinen Kollegen Herrn von Tannewitz wird es sicher auch brennend interessieren, ob er sich extra hierher bemühen muss, um den anderen Jungen rauszuholen."

Von Tannewitz?, stöhnte Schäfer innerlich. *Das wird ja immer besser.*

„Wundert Sie das? Herrn Vogels Eltern kommen für den Anwalt von Herrn Schuster in dieser Sache auf", lächelte von Alsen die Kommissare triumphierend an.

Schäfer verfluchte sich, dass seine Miene so leicht zu lesen gewesen war. *Reiß dich zusammen, Michael! Du sitzt einem Profi gegenüber. Also verhalte dich selbst auch professionell!*

„Fassen wir doch mal zusammen, wie der aktuelle Stand der Ermittlungen ist", schlug Schäfer vor, um dem Anwalt zu erklären, warum er die beiden Verdächtigen in Untersuchungshaft gesteckt hatte, ohne dies jedoch als Rechtfertigung wirken zu lassen. „Wir haben ein Mordopfer, das wenige Tage vor seinem Tod Ihren Mandanten und seinen Freund zusammengestaucht hat, was den beiden offensichtlich nicht gefallen hat. Dann haben wir die Tatsache, dass Herr Schuster und Herr Vogel Geschichte studieren, mit einem Schwerpunkt auf Mittelalter und einem speziellen Hang zur Folter. So haben sie sich zum Beispiel in einem Referat speziell mit dem Thema auseinandergesetzt. Beide Mordopfer wurden zu Tode gefoltert. Mit mittelalterlichen Methoden. Die Ihr Mandant obendrein im Internetforum der Gilde der Folterknechte öffentlich verherrlicht und sich dort perversen Gewaltfantasien hingibt."

„Was haben Sie noch?"

„Reicht das etwa nicht für einen Tatverdacht?"

Der Anwalt lächelte Schäfer mit der gleichen herablassenden Selbstherrlichkeit an, mit der sein Mandant die Kommissare gern provozierte. „Wie viele Jugendliche spielen blutige Internetspiele? Und schreiben in einem Forum darüber, weil es cool ist, weil sie sich ein wenig selbstdarstellen wollen. Und was ist falsch daran, wenn ein Student ein Referat über ein markantes Thema seines Spezialgebietes, zum Beispiel das Mittelalter, hält? Irgendein Thema müssen sie sich ja suchen. Und wenn sie in einem Internetspiel mitspielen, das sie interessiert, ist es doch nicht abwegig, dass sie sich dieses Thema für ihr Referat aussuchen. Welche Beweise liegen Ihnen noch vor?"

„Ich finde die Indizienlast bereits erdrückend. Persönlicher Kontakt zum Opfer, Gewaltfantasien und Affinität zum Thema."

„Mehr haben Sie nicht?"

„Also ich halte das für eine ganze Menge."

„Wo ist die Verbindung zum zweiten Mordopfer?"

Schäfer seufzte. Der Anwalt war gut. Er legte den Finger sofort in die offene Wunde. „Das möchten wir im Rahmen dieser Vernehmung eruieren", antwortete er ausweichend.

„Welche Spuren haben Sie an einem der Tatorte gefunden, die darauf hindeuten, dass mein Mandant dort gewesen sein könnte?"

„Die Spurensicherung und die Gerichtsmedizin arbeiten noch an der Auswertung der Spuren."

„Also keine, sonst hätten Sie die Beweise bereits vorgelegt", fasste der Anwalt schneidend zusammen.

Schäfer schnaubte innerlich vor Wut.

„Gibt es Zeugen, die meinen Mandanten am oder in der Nähe der Tatorte gesehen haben?"

„Bisher haben wir in dem Fall noch keine Zeugen gefunden. Die Tatorte sind zu abgelegen, zu clever gewählt."

„Mein Mandant gibt an, dass er zu den Tatzeitpunkten gemeinsam mit Herrn Schuster dieses Internetspiel gespielt hat. Sie haben also ein Alibi."

„Ein Alibi, das sie sich gegenseitig geben. Wie vertrauenserweckend ist denn das?"

„Können Sie die Aussage meiner Mandanten denn aufgrund der Bewegungsprotokolle ihrer Handys widerlegen?"

„Bislang nicht, nein."

„Haben Sie die Aktivitäten in dem Internetspiel überprüft?"

„Unser IT-Dienstleister arbeitet daran."

„Dann bin ich auch hier schon einen Schritt weiter als Sie. Hier habe ich vier Zeugenaussagen von Mitspielern in dem Onlinespiel, die bezeugen, dass mein Mandant zu den genannten Tatzeitpunkten in dem Internetspiel aktiv war. Herr Schuster übrigens auch. Der Betreiber wird Ihnen das sicherlich bestätigen, sobald Ihr Dienstleister in die Gänge kommt."

„Sie könnten jedem Idioten ihre Zugangsdaten geben, um sich auf diese Weise ein Alibi zu geben."

„Haben Sie für diese Vermutung Beweise?"

„Nein, aber es liegt auf der Hand."

„Dann betrachte ich das Argument als gegenstandslos, bis Sie es beweisen können."

Schäfer kochte innerlich vor Wut. Doch er musste dem Anwalt recht geben. Bis auf ein paar zusammenpassende Indizien hatten sie nichts in der Hand. Gar nichts.

Genervt legte Schäfer seine Stirn in Falten. „Können wir nun, nachdem diese Details geklärt sind, bitte mit der Vernehmung von Herrn Vogel fortfahren?"

„Als Verdächtigen oder Zeugen?"

„Solange nicht eindeutig feststeht, dass die beiden Männer unschuldig sind, sind sie in unserer Sprache Verdächtige."

„Was macht sie denn verdächtig, außer ein paar jämmerlichen Indizien?"

„Das wollen wir im Rahmen der Vernehmung herausfinden."

„Herr Vogel hat Ihnen bereits alles gesagt, was er weiß. Er kennt das zweite Opfer nicht. Sein Alibi habe ich Ihnen gerade mitgeteilt. Die zugehörigen Daten haben Sie schon angefragt. Was soll er Ihnen denn noch in einer Vernehmung erzählen? Sie haben ihn bereits gestern vernommen und anschließend unberechtigterweise in eine Zelle gesteckt. Ich nehme meinen Mandanten jetzt mit nachhause. Wenn Sie nochmal mit uns sprechen möchten, bitte ich Sie um eine richterliche Vorladung."

Um den Kommissaren keine Zeit zum Reagieren zu geben, packte der Anwalt die vor ihm auf dem Tisch liegenden Papiere zusammen und steckte sie in seine Aktentasche.

„Nicht zu fassen", fluchte Götz leise in sich hinein. Er wirkte wie ein Vulkan kurz vor dem Ausbruch.

Schäfer beobachtete den Anwalt argwöhnisch. Er überlegte fieberhaft, wie er die beiden Jugendlichen dabehalten und das Momentum nach der Nacht im Gefängnis ausschöpfen konnte. Einer plötzlichen Eingebung folgend, schaltete er das Mikrofon ab. Verdutzt blickte von Alsen ihn an. Erwartete er Beschimpfungen, Hasstiraden von Seiten der Kommissare, die diese nicht zu Protokoll geben wollten? Es war Zeit, dass auch Schäfer den Anwalt auf dem falschen Fuß erwischte.

„Seien wir doch ehrlich: Unser Verdacht richtet sich nicht gegen Tristan Vogel. Er ist für uns tatsächlich ein wichtiger Zeuge. Die beiden Jungs geben sich gegenseitig ein Alibi. Ein Witz, das wissen Sie genauso gut wie ich." Eindringlich starrte Schäfer den Anwalt an. „Glauben Sie mir eins: Ich mache diesen Job schon sehr lange. Aber so eine erbarmungslose Brutalität habe ich noch nicht erlebt! Tristan Vogel ist nicht der Typ dafür. Er ist ein arroganter, verwöhnter Schnösel, der gern auf Schwächeren herumtrampelt. Aber kein kaltblütiger Mörder. Er würde sich die Hände nicht selbst schmutzig machen. Dazu hat er gar nicht den Mumm!"

Der Jugendliche quittierte die harten Worte nur mit einem selbstgefälligen Grinsen. Er ließ sich nicht provozieren, sondern sonnte sich regelrecht in der emotionalen Art und Weise, wie er die Polizisten gegen sich aufbrachte.

„Und worauf wollen Sie hinaus?", fragte von Alsen.

„Nehmen Sie Vogel mit. Sein Vater scheint ja schließlich die Rechnungen zu bezahlen. Wenn Vogel das Alibi von Schuster nochmal überdenkt, können wir unsere Aufmerksamkeit auf denjenigen richten, den wir ohnehin für den Täter halten. Dann reden Sie mit Vogels Vater, dass von Tannewitz sein Mandat niederlegen soll. Und schon ist Herr Vogel aus der Schusslinie."

Der Anwalt schaute Schäfer lange an. Wog er die Vor- und Nachteile des Vorschlags ab? Hatte Schäfer richtig getippt, dass es ihm allein um die reiche Familie Vogel ging? War ihm Schuster womöglich ebenfalls nicht ganz geheuer?

Das verächtliche Lächeln, welches das Kopfschütteln des Anwalts begleitete, fuhr Schäfer durch Mark und Bein. Er wusste, dass er verloren hatte.

„Auch Stefan Schuster hat ein Alibi. Sie haben nichts gegen ihn in der Hand. Und er hat ebenfalls beteuert, das zweite Opfer nicht zu kennen. Ich sehe keinen weiteren Redebedarf. Aber Sie können das gern mit meinem Kollegen von Tannewitz klären, wenn Sie Ihre Zeit nicht besser zu nutzen wissen."

Schäfers Blut rauschte in seinen Ohren. *Dieser gerissene Mistkerl!*

Von Alsen wandte sich in Richtung Tür, und sein über beide Ohren grinsender Mandant folgte ihm. „Wenn noch ein weiterer Mord geschieht, und diese beiden darin verwickelt sind", brummte Götz drohend, „dann mach ich Sie fertig!"

Der Anwalt drehte sich ein letztes Mal um, blickte Götz furchtlos an und schüttelte überlegen den Kopf. Er schien sich für unantastbar zu halten.

Kapitel 25

Als Schäfer in das Büro eintrat, war die Stimmung auf dem Tiefpunkt. Götz hatte seine Stiftehalter quer durch den Raum geschleudert, um seiner Wut Luft zu machen. Er konnte mit der Machtlosigkeit, mit der man als Kommissar zuweilen konfrontiert war, nicht so gut umgehen. Julia saß mit zusammengesunkenen auf ihrem Stuhl, als ob das Gewicht der Welt auf ihr lastete. Ihr Blick erzählte von schlaflosen Nächten und unendlicher Erschöpfung. Auch Weber starrte mit von dunklen Ringen umrahmten Augen lethargisch an die Wand. Es war, als ob dieser Fall ihre Herzen in eine träge Dunkelheit gezogen hatte, die nur schwer zu ertragen war.

Das Fehlen von Spuren war in einem Maße frustrierend, das Schäfer im Lauf seiner Karriere nur selten erlebt hatte. Momente wie das Aufeinandertreffen mit dem resoluten Anwalt gaben einem dann den Rest. Er konnte die hilflose Lethargie seines Teams gut nachvollziehen. Was sollten sie denn noch tun? Wie zum Teufel konnten sie den nächsten Mord verhindern, wenn ihnen nichts als Steine in den Weg gelegt wurden?

„Aufwachen, Leute! Wir haben eine Schlacht verloren. Aber der Krieg geht noch weiter!"

Die Kollegen warfen ihm mürrische Blicke zu, die wie sturmgepeitschte Wolken am Horizont hingen. Ihre demotivierten Gesichter waren wie ein Abgrund, und ihre Augen glänzten matt wie verblasste Sterne in einer dunklen Nacht. Schäfer musste sie aufrütteln.

„Jetzt lasst die Köpfe nicht hängen! So werden wir den Mörder ganz bestimmt nicht schnappen! Wir haben nicht viel in der Hand. Aber es gibt trotzdem einiges zu tun. Und tatenlos hier rumzusitzen und griesgrämig zu jammern, weil wir zu wenig Spuren haben, wird unsere Situation nicht verbessern!"

Die Kollegen erwiderten nichts. Aber Schäfer studierte ihre Körperhaltung. Weber hatte sich in seinem Bürostuhl aufgerichtet. Julia zog mit stechendem Blick die Schultern nach oben. Und in Götz' Augen begann die wutgenährte Flamme wieder zu lodern. Er hatte ihre Aufmerksamkeit gewonnen. Nun brauchte es nur noch eins: eine Aufgabe, einen klaren Auftrag, ein Ziel vor Augen.

„Lasst uns Vogel und Schuster noch nicht völlig abschreiben. Andreas, kümmerst du dich bitte um die Bewegungsdaten ihrer Handys? Wir brauchen die, so schnell es nur geht! Und während du wartest, kannst du dich noch einmal mit dem IT-Dienstleister in Verbindung setzen. Sie sollen die Aktivitäten in dem Spiel während der Tatzeiten analysieren."

Weber nickte. *Gut, wenigstens einer ist wieder bei der Sache!*

„Rainer, was sprechen deine Freunde von der Spurensicherung?"

„Die sind genauso ratlos wie wir. Weder DNA-Spuren, noch Fingerabdrücke, die man eindeutig dem Täter zuordnen könnte. Keine Partikel unter den Fingernägeln."

„Was ist mit Reifenspuren?"

„Der Tatort war zu klug gewählt, Michael. Auf der asphaltierten Straße gab es zwar einige Spuren, die aber alle Baufahrzeugen zuzuordnen sind."

„Habt ihr wegen dem Holz was in Erfahrung gebracht?"

„Ja, die Spurensicherung hat uns ein paar Infos zukommen lassen. Er hat Kiefernholz verwendet, um die Balken zu einem Galgen zusammenzuzimmern."

„Konntet ihr damit was anfangen?"

„Diese Arten von Balken werden häufig für Carports verwendet."

„Wo kauft man sowas?"

„Beim Holzhandel. In kleinen Mengen aber auch direkt bei einem Zimmermann oder Montageservice."

Julia stöhnte. „Das sind ja wieder unzählige Möglichkeiten, wo er das Holz herhaben könnte."

„Ich hab mich mal beim Holzhandel im Gewerbegebiet beim Hafen umgehört", berichtete Weber.

„Und?"

„Viel zu groß und unübersichtlich. Wenn der Mörder es dort gekauft hat, wirst du keinen Verkäufer finden, der sich noch an ihn erinnern kann. Da geht´s zu wie in einem Taubenschlag."

„Rainer, dein gewinnendes Wesen hetzen wir noch einmal auf die Spurensicherung. Wir brauchen eine Spur. Und wenn es nur ein Fußabdruck am Tatort ist. Mach ihnen Feuer unter dem Hintern!"

Götz brummte etwas Unverständliches, aber Schäfer wusste, dass er sich blind auf seinen Kollegen verlassen konnte.

„Julia, dir möchte ich ein paar Recherchen mitgeben. Schaust du bitte mal bundesweit, ob es in den letzten fünf Jahren weitere Mordfälle gibt, bei denen ein Zusammenhang zu mittelalterlicher Folter zu erkennen ist? Anschließend kannst du auch nochmal im Internet recherchieren. Ich weiß, wir haben das bereits gemacht. Aber das Internet ist riesig. Vielleicht finden wir die Nadel im Heuhaufen: eine Verbindung zwischen den beiden Mordopfern. Das wäre in meinen Augen der beste Ansatzpunkt, um dem Täter auf die Spur zu kommen."

Julia nickte, und obwohl die Spuren der Müdigkeit noch auf ihrem Gesicht zu sehen waren, schimmerte ihre neugewonnene Motivation wie ein sanfter, aufgehender Sonnenstrahl durch einen bewölkten Morgenhimmel. „Ich werde mich darum kümmern, dass die beiden Jugendlichen in den nächsten 48 Stunden rund um die Uhr überwacht werden. Mal sehen, wie sie auf den Gefängnisaufenthalt reagieren. Sollten sie wirklich etwas mit der Tat zu tun haben, könnte der Stress der Vernehmung und der Nacht im Gefängnis sie womöglich zur nächsten Tat treiben. Und dann sind wir zur Stelle! Einen Versuch ist es wert. Und für die nächsten 48 Stunden bekomme ich das sicherlich durch."

Schäfer klatschte zweimal in die Hände. Das Team legte los. Er war zufrieden. Mehr konnten sie nicht tun. Nun brauchten sie das Quäntchen Glück, um vor dem nächsten Mord einen Zufallstreffer zu landen.

Als Götz und Weber den Raum verlassen hatten, nahm Schäfer Julia kurz beiseite. „Ist alles in Ordnung, Julia?", erkundigte er sich besorgt.

Ausweichend blickte Julia ihren Chef an: „Klar, warum fragst du?"

„Du siehst mitgenommen aus."

„Du auch", antwortete Julia.

Schäfer ignorierte ihren Versuch, das Gespräch auf ihn zu lenken. „Ich kann mir vorstellen, dass dieser Fall einer Frau besonders nahe geht."

„Geht uns das nicht allen so?"

„Natürlich, aber Götz, Weber und ich passen nicht in die Zielgruppe des Täters. Kannst du nachts gut schlafen?"

Julia schüttelte den Kopf: „Ich weiß, was du jetzt hören möchtest. Aber du bist auf dem falschen Dampfer."

„Du weißt, dass ich dich als eine unheimlich wertvolle Kollegin schätze. Aber wenn dir der Fall zu sehr zusetzt, können wir dich abziehen."

Julia schluckte. Energisch schüttelte sie den Kopf. „Meine Augenringe haben nichts mit dem Fall zu tun. Glaub mir!"

„Wenn du ein Problem hast, kannst du immer zu mir kommen. Das weißt du, Julia."

Julia lächelte ihn dankbar an. „Das weiß ich. Aber ich hab kein Problem. Ganz im Gegenteil." Nun war es Schäfer, der seine Überraschung nicht verbergen konnte. Perplex blickte er seine langjährige Freundin fragend an.

„Ich habe jemanden kennengelernt."

„Eine neue Beziehung?"

„Nein", erwiderte Julia. „Wir haben uns noch nie gesehen. Aber er wirkt sympathisch. Klug. Intelligent. Interessiert."

Nachdenklich runzelte Schäfer die Stirn.

„Ich habe ihn in einem Internet-Chat kennengelernt. Ich wollte es mal auf eine andere Art probieren, als in einer Bar oder Disco."

„Das hab ich nicht gemeint, als ich dir geraten habe, es doch mal auf einem anderen Weg zu versuchen. Es heißt, dass sich viele Spinner im Internet tummeln sollen."

„Aber doch nicht mehr als im realen Leben, oder?"

„Du weißt nie, wer sich hinter dem Account verbirgt."

„Auch wenn du dich persönlich mit jemandem triffst, kannst du nicht in seinen Kopf schauen. Er kann dir die gleichen Lügen erzählen, die er dir auch per E-Mail auftischt."

„Aber wenn du ihm von Angesicht zu Angesicht gegenüber sitzt, kannst du ihm dabei in die Augen blicken."

„Bei unserem E-Mail Austausch habe ich den Eindruck, dass ich ihm in die Seele blicken kann, Michael."

Schäfer nickte langsam, auch wenn ihm diese Geschichte nicht geheuer war. Julia war stur. Das wusste er. Und es machte keinen Sinn, sich jetzt mit ihr anzulegen. Sie war alt genug. „Du wirst wissen, was du tust. Ich wünsche dir von Herzen, dass du dein Glück findest. Und wenn es auf diesem Weg ist, lass ich mich gern eines Besseren belehren."

Julia lächelte ihn an und legte ihm dankbar ihre Hand auf die Schulter.

„Sei aber bitte vorsichtig."

Sie blickte ihn mit dem vertrauten, amüsierten Blick an, den sie ihm immer zuwarf, wenn er sich wie ein beschützender großer Bruder aufführte. „Na klar bin ich das."

Kapitel 26

Artig klopfte Götz an die Tür und wartete sogar das „Herein" ab, ehe er in die Büroräume der Spurensicherung trat.

„Götz", begrüßte Schmidtlein ihn knapp und nickte dem Kommissar zu. „Setzen Sie sich bitte."

Weber folgte Götz in den Raum und schüttelte dem Leiter der Spurensicherung die Hand. „Andreas Weber."

„Schmidtlein."

Ungeduldig erklärte Götz die Förmlichkeiten für beendet. „Ihr habt gesagt, ihr habt was für uns?"

„Ja", antwortete Schmidtlein. „Wir haben etwas gefunden. Es ist nicht viel. Und ich habe keine Ahnung, ob ihr es überhaupt verwenden könnt. Aber es ist besser als nichts."

„Dann zeigen Sie mal her", kommentierte Weber mit betonter Gutmütigkeit. Er war vor allen Dingen als Gegenpol zu Götz mitgekommen, der den Kollegen aus der Spurensicherung seit Tagen gehörig Feuer unter dem Hintern machte.

Schmidtlein zog einen kleinen zylinderförmigen Plastikbehälter aus seiner Hosentasche. „Hier, bitte."

Götz nahm das Beweisstück entgegen. Neugierig hielt er den durchsichtigen Gegenstand ins Licht und begutachtete den Inhalt von allen Seiten.

„Was ist das?", fragte er nachdenklich. „Ein Haar?"

„Konntet ihr DNA-Spuren sicherstellen?", wollte Weber aufgeregt wissen.

Schmidtlein schüttelte grimmig den Kopf. „Nein, leider nicht. Wir wussten auch lange nicht, was wir davon halten sollen. Die Gerichtsmedizin hat uns die Fasern zukommen lassen. Sie wurden unter den Fingernägeln des Opfers gefunden."

„Fasern?", wiederholte Götz.

„Darf ich mal sehen?", bat Weber und nahm den Behälter von seinem Kollegen entgegen. Nachdenklich kaute er auf seiner Unterlippe. „Zu dick für ein Haar", murmelte er zu sich selbst. „Sieht künstlich aus."

Schmidtlein nickte. „Ja, es handelt sich um Nadelvlies."

„Wisst ihr schon mehr darüber?"

„Ja, wir haben ein bisschen recherchiert. Diese Art von Nadelvlies wird in der Regel im Kofferraum eines Autos verwendet."

„Im Kofferraum?", wiederholte Götz mit großen Augen.

„Das könnte bedeuten, dass der Mörder die Opfer im Kofferraum seines Autos transportiert", folgerte Weber.

Götz nickte. „Habt ihr noch mehr für uns?"

„Ja", antwortete Schmidtlein. „Wir haben die Zusammensetzung der Faser genauer unter die Lupe genommen. Die einzelnen Zulieferer verwenden leicht unterschiedliche Stoffe."

„Was bedeutet das?"

„Dass wir sagen können, welche Firma das Nadelvlies hergestellt hat."

Weber und Götz hingen gebannt an seinen Lippen. „Und?"

„Die Firma heißt OMGM. Ein Automobilzulieferer."

„Können wir von dieser Information auf das Auto schließen, in dem die Fasern verbaut waren?"

„Auf den konkreten Fahrzeugtyp leider nicht", räumte Schmidtlein ein. „Aber die Volkswagen-Gruppe hat einen großen Vertrag mit diesem Hersteller."

„Das heißt, wir suchen nach dem Fahrer eines VW?"

„Oder Audi, Skoda, Seat und wie sie alle heißen", ergänzte Weber.

„Ja, so ist es. Mehr Informationen können wir leider nicht liefern."

Enttäuscht blies Götz die Luft aus seinen Lungen. *Hätte es nicht ein anderer Automobilhersteller sein können?* Aber trotzdem war es ein Anhaltspunkt.

„Mal angenommen, wir beschlagnahmen den Wagen eines Verdächtigen", grübelte Weber. „Könntet ihr die Faser dem Fahrzeug eindeutig zuordnen?"

Schmidtlein legte die Stirn in Falten und starrte einige Sekunden lang aus dem Fenster. „Vermutlich nicht", antwortete er schließlich. „Aber solche Fasern weisen bei der Produktion minimale Unterschiede auf. Wir könnten mit etwas Glück die Charge zuordnen."

Weber trommelte nachdenklich mit den Fingerspitzen auf dem Bürotisch. „Das wäre leider kein eindeutiger Beweis, dass die Leiche in dem Wagen transportiert wurde."

„Aber immerhin ein starkes belastendes Indiz", fand Götz.

„Vielen Dank, Herr Schmidtlein", sagte Weber und reichte dem Kollegen die Hand. „Das war eine hilfreiche Information. Gute Arbeit!"

Selbst Götz ließ sich beim Verlassen des Büros zu einem brummigen Lob hinreißen. „Lass uns das nochmal recherchieren", raunte er Weber eifrig zu, als die beiden Ermittler schnellen Schrittes zurück in ihr Büro liefen.

Kapitel 27

„Andreas, hast du heute Abend schon was vor?", erkundigte sich Götz.

„Was soll ich vorhaben ... Ich bin neu in der Gegend. Nach der Arbeit falle ich meistens nur noch ins Bett. Warum?"

„Hervorragend. Wir machen einmal im Monat einen Team-Event, wechselseitig bei den Kollegen zuhause. Heute ist Abendessen bei mir angesagt. In der Hektik mit diesem neuen Fall haben wir ganz vergessen, dir Bescheid zu geben."

„Kein Problem. Ein bisschen Abwechslung wäre wirklich super."

Götz nickte wissend. Auch er wirkte am Ende seiner Kräfte. Es war einfach zu frustrierend. Schäfer hatte die richtigen Schritte eingeleitet. Aber es war erneut nichts dabei herausgekommen. Die Bewegungsprotokolle lagen jetzt vor. Und bestätigten nur die Aussage der beiden Jugendlichen. Natürlich war es möglich, dass sie ihr Handy zuhause gelassen hatten. Aber wie sollte man ihnen das nachweisen? Bis auf die Fasern hatte die Spurensicherung noch immer keine Spuren sichern können. Und Julia hatte bei ihren ersten Recherchen keine Verbindung zwischen den beiden Mordopfern zutage gebracht. Einzig Schäfer war erfolgreich gewesen. Er hatte erwirkt, dass die beiden Jugendlichen 48 Stunden lang beschattet wurden. Aber bislang verhielten sie sich absolut unauffällig.

„Wir brechen in 15 Minuten auf und treffen uns bei mir. Alles klar?"

Weber nickte. „Alles klar. Ich weiß sowieso nicht, was wir noch mehr tun sollen. Ich fahr am besten hinter dir her, oder?"

„Okay. Ist nicht weit. Und leicht zu finden."

Als die vier Kommissare in das Esszimmer eintraten, duftete es schon köstlich nach Lasagne. Der Esstisch war liebevoll gedeckt. Die Tischdecke aus einem schlichten, aber gemütlichen Stoff war sorgfältig ausgelegt. Auf ihr standen sechs einladende Weingläser. In der Mitte des Tisches befand sich ein hübscher Kerzenleuchter, dessen Flammen sanft im Raum tanzten und eine behagliche Atmosphäre erzeugten.

Rainer Götz wohnte in einem geräumigen Haus. Die Terrasse führte auf einen weitläufigen, liebevoll gepflegten Garten.

Interessiert blickte sich Weber in der Wohnung um. Er hatte Götz bislang nur als den brummigen, übellaunigen Kommissar kennengelernt, der immer dann eingesetzt wurde, wenn es darum ging, Verdächtige mit seiner wuchtigen Statur einzuschüchtern oder der Spurensicherung gehörig Druck zu machen. Es war merkwürdig. Sobald er über die Schwelle der Haustür getreten war, schien Götz ein anderer Mensch zu sein, fand Weber. Er wirkte ruhig und ausgeglichen, nicht so ruhelos und bissig wie in der Dienststelle. Trotz der Zuschauer ließ er es sich nicht nehmen, seine Frau mit einer festen Umarmung und einem langen Kuss zu begrüßen.

„Das sieht ja wieder lecker aus", schwärmte er flüsternd und klopfte der kleinen, zierlichen Frau anerkennend auf die Schulter, die einen lebhaften ersten Eindruck machte. Götz´ Blick offenbarte, wie abgöttisch er seine hübsche Ehefrau liebte.

„Sechs Teller?", wunderte sich Götz.

„Daniel ist auch da. Er hat wie immer Hunger. Ich hab ihm angeboten, dass er auch mitessen kann."

Götz freute sich sichtlich, dass sein Sohnemann mit dabei war.

„Das ist unser neuer Kollege: Andreas."

„Ich bin Christina", stellte sich Götz' Frau vor und lächelte Weber freundlich an. „Ich habe schon viel über dich gehört. Du scheinst eine gute Verstärkung für das Team zu sein."

„Das will ich hoffen. Sonst werden wir diesen Fall nie lösen."

„Aber den lassen wir heute hinter uns. Bei mir im Haus gibt es eine eiserne Regel: Keine Gespräche über Mordfälle", erklärte Götz entschieden.

„Das hört sich ganz und gar entspannend an."

Die Kommissare setzten sich, und Götz' Sohn Daniel stieß zu der Gruppe dazu. Er war achtzehn Jahre alt und machte dieses Jahr sein Abitur. Hoch aufgeschossen wie sein Vater, aber schlank und athletisch, war er eine imposante Erscheinung. Er machte auf Weber einen intelligenten, vielseitig interessierten Eindruck. Ein Prachtjunge. Götz konnte seinen Stolz nicht verbergen. Seine Augen leuchteten, wenn er mit dem Jungen sprach.

Es war eine lockere, vertraute Runde. Julia erkundigte sich nach Götz' ältestem Sohn Tobias, der in Nürnberg Germanistik studierte. Weber hätte Götz diese Weltoffenheit nicht zugetraut, hatte ihn für einen Mann gehalten, der dafür sorgte, dass seine Söhne etwas Vernünftiges lernten, mit denen sie später ihren Lebensunterhalt verdienen konnten. Gutmütig winkte Götz ab und rief: „Manche Leute halten das für brotlose Kunst. Aber der Junge soll studieren, was ihn interessiert. Man ist nur einmal jung."

„Was hat dich damals in seinem Alter interessiert?", erkundigte sich Weber.

„Psychologie. Aber am Ende habe ich mich dann doch dazu durchgerungen, die Polizeilaufbahn einzuschlagen."

„Warum bist du Polizist geworden?"

„Ich hab in meiner Jugend schon gern Krimis gelesen. Und es ist gar nicht so weit weg von der Psychologie. Denn die Psyche des Mörders hat mich immer am meisten an den Krimis fasziniert. Was spielt sich im Kopf eines Psychopathen ab? Was treibt jemanden dazu, einen Menschen zu ermorden? Ist das nicht spannend? Und wo kann man sich mehr mit diesen Themen beschäftigen, als in der Mordkommission? So hat es mich irgendwann in Michaels Team verschlagen."

Durstig trank Götz nach der langen Rede sein Glas Wein aus und schenkte sich nach. Er genoss das familiäre Beisammensein in vollen Zügen.

„Und was hat dich bewogen, zur Polizei zu gehen, Andreas?", wollte Christina wissen. Sie war die perfekte Gastgeberin, ein Engel, die ihren Besuchern jeden Wunsch von den Augen ablas.

„Bei mir ist das ganz ähnlich, nur etwas weniger psychologielastig. Auch ich hab in meiner Jugend gern Krimis und Thriller gelesen. Je spannender und dicker, desto besser. Der Tatort am Sonntag war bei meinen Eltern Pflicht. Nach der Bundeswehr wusste ich nicht so recht, in welche Richtung es für mich gehen sollte. Aber das Leben eines Tatort-Kommissars im Fernsehen fand ich schon immer spannend. Das Recherchieren. Das Lösen von kniffligen Aufgaben. Die Zusammenhänge, die sich Schritt für Schritt wie ein Mosaik ergeben. Ich glaube, ich bin ein sehr analytisch denkender Mensch. Deshalb fand ich diese Facetten unseres Berufs schon immer am spannendsten. Nach der Bundeswehr hab ich mich dann bei der Polizei beworben. Wurde angenommen. Und hier bin ich nun."

Nun ruhten alle Blicke erwartungsvoll auf Julia.

„Ich kann euch gar nicht sagen, warum ich mich letzten Endes bei der Polizei beworben hab", lachte Julia. „Ich hab auch schon immer gerne analysiert, bin sehr neugierig, was Menschen zu ihren Handlungen bewegt. Und als Frau interessiert mich natürlich auch die Beziehung zwischen Menschen, die ja oft zum schlussendlichen Motiv führt." Nachdenklich legte sie die Stirn in Falten. „Dazu hab ich wohl einen recht ausgeprägten Gerechtigkeitssinn", fügte sie grinsend hinzu. „Diese Kombination hat bei meinem Test beim Arbeitsamt den Beruf Polizist nach oben katapultiert. Und als ich es auf meinem Testergebnis gelesen habe, konnte ich mir das Ganze schon gut vorstellen. Also habe ich diese Laufbahn eingeschlagen. Und bin schließlich in der Mordkommission in Michaels Team gelandet."

Schäfer erhob sich von seinem Stuhl und machte sich auf den Weg zur Toilette. Niemand sagte ein Wort, aber es hätte nicht auffälliger sein können, dass er in dem Moment den Raum verließ, als er letztlich an der Reihe war. Weber wunderte sich, dass Schäfer den ganzen Abend lang so schweigsam war. Lag ihm der Fall so schwer im Magen, dass er nicht einmal bei einem Essen unter langjährigen Freunden abschalten konnte?

„Ist alles in Ordnung mit ihm?", erkundigte er sich. „Er ist so ruhig heute."

„Michael redet nicht gern über sich selbst und über private Dinge."

Interessiert blickte Weber Julia an. Es schien niemanden außer ihn zu wundern, dass Schäfer im privaten Umfeld so verschlossen war. Auf der Arbeit war er der Fels in der Brandung in ihrem Team. Schäfer führte die drei Kommissare mit seinen klug gewählten und motivierenden Worten, selbst wenn sie alle von Mutlosigkeit übermannt wurden.

„Seine gute Kommunikation in der Arbeit ist ein Zeichen für seine Professionalität. Privat musst du ihm immer alles aus der Nase ziehen, wenn du etwas über ihn wissen willst."

Wie sehr man sich in einem Menschen doch täuschen kann, dachte Weber.

„Und warum hat er die Polizeilaufbahn eingeschlagen?"

„Darüber spricht er nicht viel", antwortete Götz. „Aber zum einen ist er für diesen Beruf wie geschaffen. Seine Intelligenz, die Führungsstärke und Hartnäckigkeit. Wenn ich einen Kommissar backen müsste, dann würde Michael aus dem Ofen kommen."

„Aber über seine Beweggründe redet er selbst nach achtzehn Jahren nicht mit uns", ergänzte Julia nachdenklich. „Ob es was mit dem frühen Tod seiner Eltern oder dem Tod seiner Frau zu tun hat, ist Spekulation. Vielleicht stecken auch ganz andere Dinge dahinter. Er trennt Arbeit und Privates sehr strikt."

Weber nickte. Er stimmte Götz zu: Schäfer war ein herausragender Kommissar. Er hatte ihn von Beginn an in seinen Bann gezogen. Und die Geheimnisse über seine Motivation und Vergangenheit machten Schäfer als Menschen nur noch faszinierender.

Als Weber wenig später selbst zur Toilette musste, fielen ihm die vielen Bilder an den Wänden auf. Neugierig betrachtete er die Fotos von einem 25 Jahre jüngeren Rainer Götz. Großgewachsen, schlank und durchtrainiert sah er in seinem Hochzeitsanzug prächtig aus. Und Christina war eine Wucht. Ein anderes Bild zeigte Götz total verschwitzt in Trainingsklamotten. Er sah mächtig und gefährlich aus. Und erfolgreich. Denn er war umringt von einem Meer aus Pokalen und Medaillen, die er stolz zur Schau stellte.

„Ich habe die Bilder an deinen Wänden gesehen", sagte Weber, als er wieder auf seinem Platz saß. „Welchen Sport hast du denn gemacht?"

„Ich war Ringer", antwortete Götz und genehmigte sich einen Löffel von der leckeren Panna cotta.

„Recht erfolgreich, wie es scheint ..."

„Ja, so schlecht war ich nicht. Aber das ist lange her", lachte Götz gutmütig und presste seine beiden Hände gegen den üppigen Bauch. „Du siehst ja, was Christinas Essen bei einem Mann anrichten kann."

„Ringen ... Sicher auch eine interessante Sportart. Für mich wäre das nichts gewesen. Aber bei deiner Statur ..."

„Es war nicht nur die Statur. Die haben die anderen Ringer auch. Ringen ist neben der Physis auch viel Psychologie. Das hat mich damals schon in jungen Jahren begeistert. Meinen Gegner zu studieren, zu analysieren, wie ich seinen Widerstand am besten brechen kann. So und mit der richtigen Technik gewinnt man die Kämpfe. Nicht mit Masse und Muskelkraft."

Weber nickte. Jeder Sport war eine Mischung aus Training und Kopf. Das Ringen passte perfekt zu Götz. Er konnte sich bildhaft vorstellen, wie imposant der Kommissar in seiner Blütezeit gewesen war.

Die vier Polizisten verbrachten einen netten Abend, tranken Wein, tauschten sich über ihre Vergangenheit aus und hatten zum ersten Mal seit dem brutalen Mord wieder unbeschwerten Spaß. Weber beneidete Julia, Götz und Schäfer für ihre Vertrautheit. Sie waren eingespielte, langjährige Kollegen. Ein perfektes Team. Und niemand schien sich an Schäfers wortkargem Verhalten zu stören. Sie alle respektierten ihren Teamleiter, nahmen ihn, wie er war. Denn sie wussten, dass er alles für das Team gab, seine Mitarbeiter wenn nötig bis aufs Blut verteidigte.

„Vielen Dank für alles. Es war ein großartiger Abend", bedankte sich Weber bei Christina und klopfte Götz freundschaftlich auf die Schulter. „Was haltet ihr davon, wenn wir es nicht erst in einem Monat, sondern schon nächste Woche wiederholen? Ich habe noch keinen Einstand gegeben. Ein bisschen Ablenkung von diesem Fall wird uns allen nicht schaden. Ich möchte euch gern zu mir nachhause einladen."

Die drei Kollegen, selbst Schäfer, nickten zustimmend. Weber hatte den Eindruck, dass Schäfer tief in seinem Herzen diese Treffen genauso schätzte, auch wenn er nur schweigsam den Gesprächen der vertrauten Runde lauschte. Er arbeitete so verbissen an dem Fall, dass ihm die Ablenkung gewiss nicht schadete.

„Wunderbar", strahlte Weber. „Dann sehen wir uns morgen im Büro."

Kapitel 28

Drei Tage später standen die vier Kommissare gemeinsam am dritten Tatort. Tränen der Wut rannen über Julias hübsches Gesicht. Sie konnte ihre Emotionen nicht länger unterdrücken. Zu bizarr war das Bild, das sich ihnen offenbarte. Wieder befand sich die

Leiche in einem abgelegenen Rohbau. Wieder war es ein Ort im Umkreis von Bamberg. Und wieder war das arme Opfer eine Frau Ende dreißig, Anfang vierzig. Die Handschrift des Serientäters war offensichtlich.

„Wie kann man sowas nur tun?", murmelte Weber kopfschüttelnd.

„Ich will dieses Schwein in die Finger kriegen!", schimpfte Götz lautstark. Die Ader an seiner Stirn pulsierte vor Zorn. „Ich werde diesem Bastard den Kragen umdrehen!"

Schäfers Gesicht war aschfahl. Die anhaltende Schlaflosigkeit hatte ihn mit tiefen Augenringen gezeichnet. Der Kommissar sagte nichts. Sein Blick ruhte auf dem Pfahl, den der Mörder in einem mit Schrauben montierten Gestell im abtrocknenden Fließestrich verankert hatte. Manche Leichen sahen beinahe friedlich aus, so als schliefen sie. *Aber nicht dieses Opfer*, dachte Schäfer verbittert. Ihr Gesicht war eine grausam verzogene, gequälte Fratze des Schmerzes.

„Er muss sie betäubt haben", murmelte Schäfer nachdenklich. „Ansonsten hätte es mehrere Männer benötigt, um die sich mit Händen und Füßen wehrende Frau auf den Pfahl zu setzen."

Die drei Kollegen hörten kaum zu. Sie waren so betroffen. Aufgewühlt von ihren starken Emotionen.

Schäfer löste seinen Blick von dem abscheulichen Bild und schleppte sich zum Gerichtsmediziner, der geduldig auf ihn wartete.

„So etwas Perverses habe ich noch nie gesehen", raunte der Pathologe kopfschüttelnd. „Eine grauenvolle Art zu enden."

„Können wir schon sagen, wann die Frau verstorben ist?"

„Gestorben ist sie erst vor ein paar Stunden. Ich würde schätzen, so zwischen 1 und 3 Uhr."

Der Ton des Gerichtsmediziners machte Schäfer stutzig: „Das hört sich so an, als sei sie nicht sofort tot gewesen."

„Davon ist auszugehen. Der Pfahl hat sicher zu schweren inneren Verletzungen geführt. Aber nicht unmittelbar tödlich. Nach der

Obduktion kann ich Genaueres sagen. Aber ich schätze, dass die Frau einen qualvollen stundenlangen Todeskampf hinter sich hat."

Schäfer schluckte schwer. Das groteske Bild ging ihm nicht mehr aus dem Kopf. Der rektal eingeführte Pfahl, der durch den Mund wieder austrat. Wie ein verendender Fisch am Angelhaken. *Welch unerträgliche Schmerzen müssen das sein?* Er wischte die finsteren Gedanken beiseite. *Konzentrier dich! Du musst diesem Teufel endlich das Handwerk legen!*

„Es ist eine Foltermethode aus dem Mittelalter."

Der Pathologe nickte. „Ja, ich habe von eurem Fall gehört."

„Die alten Ägypter, Graf Dracula, ... Sie alle haben ihre Gefangenen auf diese Weise hingerichtet. Für die einen war es eine tödliche Bestrafung. Die anderen haben besiegte Feinde jämmerlich vor den Toren ihrer Stadt verrecken lassen."

„Wie kann das sein, dass man nicht sofort stirbt?", fragte Julia mit dünner, brüchiger Stimme.

„Im Mittelalter haben sie das Ende des Pfahls abgerundet", erklärte Weber. „Der Pfahl wird eingeölt und dann rektal eingeführt. Sobald der Pfahl aufgestellt ist, erledigt das Körpergewicht den Rest."

„Vermutlich liegt es an dem abgerundeten Ende", grübelte der Gerichtsmediziner. „Die inneren Organe werden nicht so stark verletzt, wie bei einem spitzen Ende. Ein grausamer Todeskampf."

„Ja, das Mittelalter war eine düstere Zeit", kommentierte Schäfer. „Hören Sie: Wir brauchen Ergebnisse!", forderte er eindringlich. „Die Frequenz des Mörders ist ungewöhnlich hoch. Jeder Tag, den wir verlieren, ist ein Risiko. Ich bitte Sie: Sie müssen etwas finden! Wir brauchen eine Spur, irgendetwas, das uns hilft, die Identität des Täters zu klären."

Der Pathologe nickte energisch. Er wusste um die Bedeutung dieses Falls. Derart brutale Morde ließen niemanden kalt, der sie mit eigenen Augen gesehen hatte. „Ich kann Ihnen nichts versprechen. Aber ich werde alles tun, was in meiner Macht steht, um diesen Mistkerl zu schnappen!"

Dankbar klopfte Schäfer dem betroffenen Mann auf die Schulter.

Schäfer betrachtete seine Kollegen. Sie waren wie versteinert. In dieser Verfassung würden sie den Fall nicht lösen. Er musste etwas unternehmen, sie wachrütteln. Aber nicht hier. Der Anblick des Pfahls war zu grauenvoll. Das gequälte Gesicht. Die Spitze des Pfahls, der aus dem offenen Mund des Körpers ragte. An diesem verfluchten Ort konnten Julia, Rainer und Andreas nicht zu alter Stärke zurückfinden.

„Lasst die Spurensicherung ihre Arbeit machen. Wir können hier nichts mehr tun."

Schäfer musterte die ausdruckslosen Gesichter, die ihn mit leeren Augen anstarrten, als hätten sie nichts gehört. Niemand regte sich.

„Worauf wartet ihr? Wir treffen uns in zwanzig Minuten im Büro!"

Kapitel 29

Unzufrieden musterte Markus Tietz das Team. Schäfers Vorgesetzter machte keinen Hehl daraus, dass er den dritten Mord ihrer grenzenlosen Unfähigkeit zuschrieb. Schäfer kochte innerlich vor Wut. Es war unfair. Was sollten sie machen?

Der Blick von Staatsanwalt Hirscher schweifte fragend durch die Runde. Der etwas rundliche, energiegeladene Mann mit dem schütteren Haar lugte interessiert hinter seiner Brille hervor. „Ich kann es mir einfach nicht erklären, wie es sein kann, dass wir trotz dreier Morde noch keine aufschlussreichen Spuren haben. Das ist höchst ungewöhnlich, finden Sie nicht?"

„Ich kann dem nur zustimmen", bekräftigte Tietz gnadenlos. „Die bisherigen Ermittlungsergebnisse sind absolut unzureichend!"

Schäfer musterte Staatsanwalt Hirscher, der einen nachdenklichen Eindruck machte.

Tietz hatte sich auf das Team eingeschossen. Aber Hirschers Gedanken vermochte Schäfer nicht zu lesen. Wunderte er sich über die wenigen Spuren? Oder machte auch er das Team für die fehlenden Ergebnisse verantwortlich?

Mit fester Stimme ergriff Schäfer das Wort: „Wir müssen wohl oder übel den Tatsachen ins Auge blicken: Der Täter hat bislang noch keine Fehler gemacht. Das ist für uns alle frustrierend. Uns fehlen die Anhaltspunkte."

Der Staatsanwalt nickte ermutigend. Tietz' Blick hingegen wurde düster. Er wollte gerade etwas Barsches erwidern, aber Schäfer kam ihm zuvor.

„Aber dieses Team arbeitet hart daran, einen Anhaltspunkt zu finden. Man kann den Kollegen keinen Vorwurf machen! Sie können nicht hexen. Wir können nur mit dem arbeiten, was uns zur Verfügung steht."

„Was wollen Sie damit sagen, Schäfer? Wollen Sie jammern, dass Ihnen nicht genug Ressourcen zur Verfügung stehen? Es arbeiten vier Kommissare an dem Fall. Vier!"

„Nein, Herr Tietz. Hier geht es um verwertbare Spuren. Wir haben die Bewegungsdaten der Handys unserer beiden verdächtigen Jugendlichen ausgewertet. Ohne Erfolg. Wir haben nach Bewegungsdaten rund um die Tatorte gesucht. Ohne Erfolg. Es gibt keine Fingerabdrücke. Und das kann man meinem Team kaum ankreiden. Keine DNA-Spuren an den Leichen."

Tietz schüttelte ungeduldig den Kopf. Aber Schäfer wandte sich an Staatsanwalt Hirscher, der ihn interessiert anblickte. „Der Täter geht sehr methodisch vor, scheint seine Morde eiskalt zu planen. Das Einzige, was wir haben, sind zwei Jugendliche, auf die wir durch Indizien aufmerksam geworden sind. Trauen wir ihnen die Tat zu? Nein. Sollten wir sie trotzdem beleuchten? Ja, denn sie sind aktuell unsere einzige Spur."

„Und das ist alles?", schimpfte Tietz ungehalten. Er stand offensichtlich unter großem Druck, versuchte mit Gewalt, sich durch seine aggressive Art vor dem Staatsanwalt aus der Affäre zu ziehen.

Hirscher schüttelte langsam den Kopf. „Schön und gut, aber einen vierten Mord darf es nicht geben! Was haben Sie nun vor, Herr Schäfer?"

„Wir haben die beiden Jugendlichen 48 Stunden lang observieren lassen, nachdem wir sie aus der Untersuchungshaft entlassen mussten. Der dritte Mord ist nur wenige Stunden nach Ablauf der 48 Stunden geschehen. Zufall? Vielleicht. Es passt in die Frequenz des Täters. Aber in einem Mordfall sollte man sich nicht auf Zufälle verlassen."

„Was ist Ihr Plan?"

„Wir müssen dem auf den Grund gehen. Wussten die beiden, dass sie observiert werden? Haben sie bewusst abgewartet und dann zugeschlagen, als sie sich wieder in Sicherheit gefühlt hatten? Oder wusste der Täter, wann die Überwachung endet? Hat er abgewartet, um uns auf eine falsche Fährte zu locken? Der Zeitpunkt wirft diesmal viele Fragen auf. Diese müssen wir klären. Götz und ich werden die beiden Jugendlichen aufsuchen und nochmal in die Mangel nehmen."

Götz nickte energisch. Seitdem er seine Lethargie beim Verlassen des Tatorts abgeschüttelt hatte, gab es für ihn nur noch ein Ziel: diese Bestie zu stoppen.

Schäfer ging zu der Landkarte vom Landkreis Bamberg, die das Team an der Wand aufgehängt hatte. Mit einem Zirkel hatten sie einen roten Kreis rund um Bamberg gezogen. „Wir haben einen Mord 13 Kilometer südlich von Bamberg. Einen 14 Kilometer nordöstlich, und einen zwölf Kilometer westlich. Und immer das gleiche Schema: ein kleines Dorf, ein abgelegener Rohbau, keine Zeugen. Niemand, der die qualvollen Schmerzensschreie gehört hat. Dieses klare Schema spielt uns in die Karten."

Tietz winkte genervt ab. Aber Hirscher signalisierte Schäfer mit einer einladenden Geste, dass er fortfahren sollte.

„Durch das Foltermuster können wir die Morde klar dem Täter zuordnen. Zum anderen zeichnet sich ab, dass sich die Taten in einem Umkreis von 15 Kilometern um Bamberg abspielen. Wir können also Vermutungen ableiten, wo der Täter wohnt. Und vielleicht können wir die potenziellen nächsten Tatorte damit eingrenzen."

„Wie wollen Sie diese Informationen konkret gegen den Täter verwenden?"

„Das werden wir uns nun überlegen. Wir kommen gerade vom dritten Tatort. Und erst der dritte Mord hat uns wirklich das vermutete Muster bestätigt. Jetzt gilt es, sich Gedanken zu machen, eine neue Ermittlungsstrategie daraus abzuleiten."

„Und es gibt tatsächlich keine Verbindung zwischen den drei Opfern?"

„Das wissen wir noch nicht. Die Klärung der Identität des dritten Opfers hat natürlich höchste Priorität. Die beiden ersten Mordopfer scheinen keine Verbindung zu haben. Wir haben mit den Angehörigen gesprochen, Bilder gezeigt. Ohne Ergebnis. Auch die Recherche im Internet konnte keine Verbindung aufdecken. Aber vielleicht ist das dritte Opfer das fehlende Steinchen in dem Mosaik. Die drei Frauen sind in etwa gleich alt, leben alle im Raum Bamberg. Womöglich ergibt sich eine Dreieckskonstellation, die über die dritte Leiche zu einer Verbindung zwischen den ersten beiden Opfern führt. Wir werden alles daran setzen, das zu klären. Aber zunächst müssen wir wie gesagt die Identität des dritten Opfers herausfinden. Sie ist der Schlüssel für die weiteren Ermittlungen."

Der Staatsanwalt nickte. Schäfers Plan war schlüssig. Auch wenn es mehr eine vage Hoffnung war. Niemand konnte garantieren, dass sie tatsächlich eine Verbindung finden würden.

„Und es gibt wirklich keinerlei Zeugen?"

„Leider nicht", musste Schäfer eingestehen. „Die Kollegen haben die Bewohner der angrenzenden Wohnungen befragt. Doch die Distanz zu den Neubauten war bislang immer zu groß, um einen Zeugen zu finden. Zumal die Morde in der Nacht geschehen sind. Vielleicht hatte der Täter Glück. Aber aufgrund der Tatsache, dass es keine Spuren am Tatort gibt, vermuten wir, dass er die Umgebung ein oder zwei Tage lang beobachtet, um die ideale Zeit für den Mord herauszufinden. Auch den Heimweg von Frau Wagner haben wir gründlich unter die Lupe genommen. Keine Zeugen. Sie scheint spurlos verschwunden zu sein."

„Wie macht er das bloß?", grübelte Hirscher.

„Eine unserer Theorien ist, dass der Täter einfach Glück hatte, einen Zeitpunkt zu finden, zu dem niemand auf der Straße unterwegs war, als er Frau Wagner überwältigte. Wir haben aber auch die Möglichkeit diskutiert, dass der Täter sie kannte. Dass er das Opfer nicht mit Gewalt in seine Finger bekommen hat. Gegen diese Theorie spricht, dass keiner der Angehörigen eine Idee hat, wer hinter der Tat stecken könnte. Doch die Brutalität der Morde ist ein Indiz für starke Emotionen, die auf eine persönliche Verbindung hindeuten. Und wir halten es für unwahrscheinlich, dass man am helllichten Tag mitten in Bamberg jemanden entführen kann, ohne dass es einen einzigen Zeugen gibt."

„Aber so wie ich es verstehe, versuchen wir aktuell, mögliche Zeugen zu finden, indem wir die Tatorte abklappern. Korrekt? Zeugen, die nur zufällig in der Nähe gewesen waren, werden wir so nicht auffinden."

„Worauf wollen Sie hinaus?", fragte Schäfer, der genau wusste, was der Staatsanwalt im Sinn hatte.

„Bislang haben wir die Presse außen vor gelassen. Aber offenbar haben wir keinerlei Spuren. Es ist kein Vorwurf, aber Sie haben den Fall so nicht unter Kontrolle. Dazu haben Sie zu wenig Ansatzpunkte. Wir brauchen Zeugen! Müssen die Fährte des Täters aufnehmen. Dann sieht die Welt anders aus."

„Das mit der Presse hatte ich auch bereits angeregt ...", warf Tietz nachdenklich ein.

Schäfer konnte es nicht fassen. *So ein hinterlistiger Dreckskerl!* Er sah, wie die Wut in Webers Augen aufblitzte. Mit einem warnenden Blick gab er Weber zu verstehen, dass er seine wütenden Proteste herunterschlucken sollte. Eine Konfrontation mit Tietz vor den Augen des Staatsanwalts war das Letzte, was sie jetzt brauchen konnten.

Hirscher hatte recht. Irgendwann war der Zeitpunkt gekommen, um die Presse bewusst für die Suche nach Zeugen einzusetzen. Tietz stellte sich mit seiner Hetze gegen das Team selbst ins Abseits. *Lassen wir's darauf beruhen. Warten wir ab, wie sich die Lage entwickelt*, sagte sich Schäfer.

„Eine interessante Idee. Lassen Sie uns bitte zuerst mit den beiden Jugendlichen sprechen. Wenn sich diese Spur konkretisiert, würde ich mir den Trumpf mit der Presse noch aufheben. Wir wollen keine unnötige Panik auslösen. Sollte sich jedoch abzeichnen, dass die beiden nichts mit dem dritten Mord zu tun haben, dann müssen wir diesen nächsten Schritt ernsthaft in Erwägung ziehen."

Staatsanwalt Hirscher nickte zufrieden. „Einverstanden. Dann setzten Sie das besprochene Vorgehen bitte umgehend in die Tat um. Und geben Sie nicht auf! Es ist ein verzwickter Fall, aber wir müssen einen vierten Mord um jeden Preis verhindern."

Kapitel 30

Weber drückte gespannt auf die Klingel. Schäfer hatte sich kurzfristig umentschieden und den neuen Kollegen mitgenommen, um Stefan Schuster mit dem erneuten Mord zu konfrontieren. Götz schüchterte den ohnehin sehr labilen jungen Mann mit seiner Statur und tiefen, grollenden Stimme zu stark ein. Schäfers Gefühl sagte ihm, dass dem Studenten etwas mehr Selbstsicherheit guttun würde. Dann musste man ihm nicht alles aus der Nase ziehen.

Eine Frau mittleren Alters mit langen schwarzen, verfilzten Haaren, einer Reihe von Tätowierungen und Piercings in der Nase öffnete die Tür. Mit tiefen Augenringen blickte sie die beiden Kommissare fragend an. Blass sah sie Schäfer mit glasigen Augen an, und eine beißende Alkoholfahne wehte den Polizisten entgegen.

„Andreas Weber und Michael Schäfer, Kriminalpolizei Bamberg", stellte Schäfer sich vor und reckte der Frau seinen Dienstausweis vor die Nase. Ihre Mundwinkel zogen sich nach unten zu einem dünnen, unerbittlichen Strich, der jeden Anschein von Freundlichkeit verbannte. „Ist Stefan Schuster zuhause?"

Schäfer fragte sich, ob es sich bei der Frau um die Mutter von Schuster handelte. Sie zuckte desinteressiert mit den Schultern: „Es ist Sonntag. Ich denk, er schläft noch."

„Könnten Sie ihn bitte wecken?", bohrte Schäfer weiter.

Sie stöhnte hörbar auf, hatte offensichtlich keine Lust, aber folgte dann doch den Anweisungen der Kommissare. Was ein Dienstausweis nicht alles bewirkte …

Zehn Minuten später saß Stefan Schuster den beiden Polizisten in der Küche gegenüber. In der Spüle stapelte sich dreckiges Geschirr. Die Luft im Raum roch nach abgestandenem Rauch und vergammelten Essensresten im Mülleimer. Die dunkelhaarige Frau, bei der es sich tatsächlich um Schusters Mutter handelte, war gelangweilt ins Wohnzimmer verschwunden.

Welche Mutter interessiert es nicht, wenn ihr Sohn von der Kriminalpolizei in die Mangel genommen wird?, schoss es dem irritierten Schäfer in den Kopf.

„Wo waren Sie heute Nacht?"

Zu Schäfers Überraschung blickte Schuster ihn furchtlos an. Er wirkte nicht so verunsichert wie bei den bisherigen Vernehmungen. Was hatte das zu bedeuten?

„Wann genau?"

„Zwischen Mitternacht und 6 Uhr morgens."

„Da war ich zocken."

Schäfer seufzte. Wieder die alte Leier? Wollten sich Schuster und Vogel erneut gegenseitig Alibis geben? Hatte dieser verfluchte Anwalt ihnen das geraten und Schusters Selbstbewusstsein dadurch aufgepäppelt?

„Lass mich raten. Ihr habt zu zweit bei Tristan Vogel gezockt. Oder diesmal bei Ihnen?"

Zur Überraschung der beiden Polizisten schüttelte Schuster vehement den Kopf: „Nein, wir hatten ein Community-Treffen. Dazu haben wir extra einen Saal in Bamberg angemietet."

Schäfers Gedanken überschlugen sich. Hatten die beiden tatsächlich ein wasserdichtes Alibi?

„War Tristan Vogel auch dabei?"

„Natürlich. Er ist der Gründer dieser Community."

„Wie viele Personen waren bei diesem Treffen?"

„Keine Ahnung. Ich hab sie nicht gezählt. Zwanzig vielleicht, oder dreißig."

Schäfer blickte kurz zu Weber, der nachdenklich die Stirn runzelte. „Wann genau hat dieses Treffen begonnen?"

„Wir haben am Samstag gegen 9 Uhr abends gestartet. Und bis tief in die frühen Morgenstunden gezockt."

„Wie lange genau?"

„Es war schon hell, als ich zuhause war. Bis 7 oder 8 vielleicht …"

Schäfer wusste nicht, ob er sich freuen oder vor Verzweiflung schreien sollte. Auf der einen Seite hatte er nie wirklich daran geglaubt, dass die beiden Jugendlichen tatsächlich etwas mit den Morden zu tun hatten. Aber jede verdammte Spur verlief im Sand!

„Wir hätten gern die Namen, Anschriften und Telefonnummern der anderen Personen, die an dem Treffen teilgenommen haben", schaltete sich nun auch Weber ein. Er wollte offenbar nicht klein beigeben. Diese Einfaltspinsel konnten ihnen schließlich auch einen Bären aufbinden.

„Die hab ich nicht alle", raunte der junge Student und blickte Weber feindselig an.

„Wie viele hast du denn?", lenkte Schäfer ein.

„Die Telefonnummern hab ich vielleicht von fünf oder sechs Bekannten. Die anderen kenn ich auch nur aus dem Internet mit ihren Account-Namen. Keine Ahnung, wie die in echt heißen."

„Dann schreiben Sie uns bitte die Namen und Telefonnummern auf, die Sie in Ihrem Handy gespeichert haben. Das sollte genügen."

Schuster stand auf und kramte in einer unordentlichen Schublade, bis er einen schmutzigen Zettel und einen Stift herauszog. Mit der Zungenspitze zwischen den Lippen kritzelte er ein paar kaum leserliche Namen und Telefonnummern auf den Zettel, die er aus seinem Handy abschrieb. Wortlos schob Schuster den Papierfetzen zu Schäfer herüber.

„Wenn ihr mir nicht glaubt, könnt ihr auch in Facebook auf die Seite unserer Community schauen. Wir haben ständig Bilder gepostet. Und nicht nur Tristan und ich, sondern auch die anderen Mitspieler. Da könnt ihr genau nachvollziehen, wie lang wir gezockt haben."

Schäfer gab sich geschlagen. Natürlich würde er Julia bitten, die Alibis zu überprüfen. Fünf Stichproben waren mehr als genug. Aber er wusste, dass sie auf dem falschen Dampfer waren. Offensichtlich hatten die beiden Jugendlichen rein gar nichts mit den Mordfällen zu tun.

Schäfer wusste nicht, ob das gut oder schlecht war. Ja, sie standen nun mit leeren Händen da. Die einzige Spur hatte sich in Luft aufgelöst. Aber jetzt wussten sie wenigstens, woran sie waren, hatten Klarheit gewonnen und konnten ihre volle Aufmerksamkeit in andere Richtungen lenken. Das Kapitel Stefan Schuster und Tristan Vogel war für ihn beendet.

Kapitel 31

„Von den fünf Nummern, die ihr mir geschickt habt, hab ich drei bereits überprüft", rief Julia Schäfer und Weber zu, als diese das

Büro betraten. „Sie haben alle drei das Alibi von Schuster und Vogel bestätigt. Es scheint tatsächlich eine Sackgasse zu sein."

Schäfer nickte stumm. Er hatte nichts anderes erwartet. Die Sache war glasklar. Aber was sollten sie jetzt tun? Langsam gingen selbst dem erfahrenen Kommissar die Ideen aus.

„Haben wir diesmal Spuren am Tatort gefunden?"

„Es ist noch nicht alles ausgewertet. Aber bisher konnte die Spurensicherung noch keine hilfreichen Spuren sicherstellen", antwortete Götz frustriert.

„Ist die Identität des Opfers inzwischen geklärt?"

Julia blickte auf ein Blatt Papier, das vor ihr auf dem Tisch bereitgelegt war. „Ihr Name ist Franziska Knauer. Sie ist Anfang vierzig und lebte mit ihrem Mann in dem kleinen Ort Spardorf bei Erlangen."

„Gibt es irgendwelche Verbindungen zu den ersten beiden Opfern?"

„Im Internet haben wir nichts gefunden", berichtete Julia kopfschüttelnd. „Aber wir waren noch nicht bei ihrem Ehemann. Wir wollten auf dich warten und die nächsten Schritte mit dir abstimmen."

Schäfer überlegte fieberhaft. Die Notwendigkeit eines Gesprächs mit dem Ehemann des Opfers stand außer Frage. Aber was konnten sie darüber hinaus noch tun? Abwarten war keine Alternative. Die Zeit drängte. Die Frequenz des Täters war hoch. Er war brandgefährlich, eiskalt und hatte kein Gewissen. Sie mussten ganz einfach einen Weg finden, diesen perfekten Morden Einhalt zu gebieten!

„Kommt alle her. Lasst eure Bildschirme mal ruhen. Setzen wir uns im Kreis zusammen und machen ein kurzes Brainstorming", verkündete Schäfer kurzentschlossen. „Anschließend werde ich mit Julia zu Herrn Knauer nach Spardorf fahren. Aber vorher möchte ich noch die nächsten Schritte mit euch abstimmen. Wir stecken fest. Und wenn die Internetrecherche nichts ergeben hat, sollten wir unsere Hoffnungen nicht allein darauf stützen, dass

Herr Knauer eine Verbindung zu den anderen beiden Mordopfern herstellen kann. Mit dieser Annahme waren wir bislang auf dem Holzweg."

Das Team versammelte sich in einem Halbkreis um das Whiteboard. Schäfer nahm einen Stift in die Hand und schrieb „Mögliche nächste Schritte" an die Tafel.

„Was haben wir noch nicht versucht? Kommt schon ... Seid kreativ. In einem Brainstorming gibt es keine schlechten Ideen! Priorisieren können wir das Ganze später. Erstmal brauchen wir neue Impulse."

„Der logische nächste Schritt ist sicher, mit Herrn Knauer Verbindung aufzunehmen."

Schäfer schrieb „Herr Knauer" an die Tafel. Aber das war ihm zu offensichtlich.

„Wir brauchen mehr als das. Ansätze, auf die wir bislang noch nicht gekommen sind. Eine neue Herangehensweise, nach Spuren zu suchen."

„Vielleicht sollten wir uns mehr mit den Eltern der Mordopfer beschäftigen", schlug Julia vor.

Schäfers Interesse war geweckt. „Warum gerade die Eltern?"

„Oder die Geschwister. Die Opfer haben alle das gleiche Alter. Es muss eine Verbindung geben. Aber vielleicht liegt sie in der Vergangenheit und ist den Ehemännern deshalb gar nicht bekannt. Und in den sozialen Netzwerken nicht ersichtlich. Wenn wir Eltern oder Geschwister damit konfrontieren, könnte das Erinnerungen aus der Kindheit, Jugend oder dem frühen Erwachsenenalter wecken. Vielleicht finden wir da die benötigte Verbindung."

Schäfer kritzelte „frühere Verbindungen (Eltern, Geschwister befragen)" an die Wand. Motivierend klatschte er in die Hände. „Gut so! Weiter!"

„Vielleicht liegt die Verbindung gar nicht in der Vergangenheit, sondern in der Gegenwart", murmelte Götz.

„Was meinst du damit, Rainer?"

„Wir gehen stark davon aus, dass der Täter mit den Opfern in einer engen Beziehung stand. Dass er sie gut kennt oder früher gut kannte. Aber was ist, wenn es sich um einen Psychopathen handelt, der nur flüchtigen Kontakt zu den Frauen hat. Den sie womöglich nicht mal wahrnehmen."

„Woran denkst du konkret?"

„An zufällige alltägliche Kontakte. Einkaufen gehen. Arztbesuche. Vielleicht gibt es da eine Gemeinsamkeit zwischen den drei Opfern."

Schäfer legte die Stirn in Falten. Götz dachte um die Ecke. Das war hilfreich. „Wir verbinden das mit Julias Vorschlag, nochmal die Verwandten abzuklappern. Lasst uns eine Liste erstellen, welche Informationen wir einholen wollen."

„Wo kauften sie ein", rief Götz.

„Hausarzt."

„Zahnarzt."

„Fitnessstudio."

„Vereinsmitgliedschaften."

„Lieblingsrestaurants."

„Frisör."

„Shopping und Schuhläden."

„Das ist gut", nickte Schäfer, der fleißig alles mitnotiert hatte. „Lasst uns die Liste im Anschluss kopieren und die Verwandten der Opfer bitten, das auszufüllen. Vielleicht finden wir etwas. Gibt es weitere Ideen? Kommt schon Leute, das reicht noch nicht."

„Was ist eigentlich aus der Recherche zu den Baufirmen geworden?", warf Julia ein. „Das wirkt auf mich immer vielversprechender."

„Haben wir dazu schon einen Stand, Andreas?"

Weber hob entschuldigend die Hände. „Nein, leider nichts Fertiges. Ich habe eine Aufstellung der an den Tatorten eingesetzten Mitarbeiter bei den involvierten Baufirmen angefragt. Aber bei dem ganzen Wirbel um Vogel und Schuster ist das auf meinem

Schreibtisch liegengeblieben." Schäfer nahm den Punkt sofort in die Liste auf.

„Wenn wir schon beim Tatort sind", murmelte Götz nachdenklich. Man konnte förmlich sehen, wie sein kluger Kopf hinter der gerunzelten Stirn arbeitete und eine Idee ausfeilte. „Wir haben einen Radius. Etwa 15 Kilometer um Bamberg. Wir haben ein Muster: Abgelegene Baustellen, wo es kaum Zeugen gibt und niemand die Schmerzensschreie der Opfer hört. So viele mögliche Orte für den nächsten Mord kann es da nicht geben. Wenn wir das eingrenzen können, observieren wir ganz einfach die potenziellen Tatorte. Und ertappen diesen Dreckskerl auf frischer Tat."

Widerwillig schrieb Schäfer den Vorschlag an die Tafel. Es war eine exzellente Idee, kreativ und zielführend. Aber war es wirklich machbar? Wie verlässlich war das Muster? Und welchen Gefahren setzte man die observierenden Polizisten bei einem Killer dieses Kalibers aus?

„Du siehst nicht begeistert aus, Michael. Aber der Vorschlag ist doch gut!"

„Natürlich ist er gut. Aber auch sehr gefährlich. Und sehr umfangreich. Wir haben keine Ahnung, wie viele Rohbauten wir überwachen müssten. Und wie lange wir uns dieser Mammutaufgabe stellen müssen, bis der Täter in die Falle tappt."

„Aber es ist immer noch besser, als abzuwarten, bis das vierte Opfer dem Mörder in die Hände fällt."

„Also ich finde die Idee auch gut."

Das Team nickte. Sie waren einer Meinung. *Bin ich blind und will es nur nicht sehen?*, fragte sich Schäfer selbstkritisch.

„Lasst uns später die Priorisierung vornehmen", schlug der Kommissar vor, um Zeit zum Nachdenken zu gewinnen. „Welche Ideen haben wir noch?"

Das Team verbrachte eine weitere halbe Stunde mit der Suche nach zündenden Vorschlägen. Aber bei der anschließenden Priorisierung kristallisierten sich klar drei Ideen als die nächsten Schritte heraus. Die Recherche nach lange zurückliegenden oder alltäglichen Verbindungen zusätzlich zu den ohnehin anstehenden Gesprächen mit Herrn Knauer lag auf der Hand. Das Durchleuchten der an den Rohbauten beteiligten Firmen und Arbeitern gefiel Schäfer sehr gut. Und der Vorschlag mit der nächtlichen Observierung der ins Muster passenden Baustellen fand beim Team besonders großen Anklang.

„Gute Arbeit, Leute. Lasst uns den ersten Punkt gleich in die Tat umsetzen. Nachdem ich Tietz über die nächsten Schritte informiert habe, werde ich mit Julia Herrn Knauer besuchen. Anschließend nehmen wir uns die engen Verwandten wie Eltern oder Geschwister vor. Es wird ein langer Tag, Julia."

Julia nickte eifrig. Sie alle waren gewillt, für die Lösung dieses Falls an ihre Grenzen zu gehen.

„Wie wollen wir uns dem Thema mit den Baustellen im Radius von 15 bis 20 Kilometern um Bamberg nähern?"

„Ich könnte zuerst mal mit dem Landratsamt sprechen. Dort gehen doch alle Bauanträge aus dem Kreis Bamberg ein", überlegte Weber. „Wenn wir eine Liste aller gemeldeten Baustellen bekommen, haben wir einen guten Ansatzpunkt. Das Landratsamt ist sicher die bessere Adresse, als alle Gemeinden einzeln abklappern zu müssen."

„Aber ist das nicht eine rechte Sisyphusarbeit? Wenn das Landratsamt uns alle Baustellen in einem Radius von zwanzig Kilometern zusammenstellt, werden wir über hunderte zu überwachende Häuser sprechen."

Weber überlegte kurz. „Lasst uns mit dem Amt reden, wie sie uns unterstützen können. In den Bauplänen sollte doch ersichtlich sein, wie viele angrenzende Häuser es gibt. Ob es sich um einen alleinstehenden Rohbau handelt, um ein unbewohntes Neubaugebiet, oder um eine Baustelle mitten in einer belebten Siedlung. Vielleicht können wir darüber die Anzahl der Objekte reduzieren."

„Einen Versuch ist es wert", stimmte Götz zu.

Schäfer hatte nach wie vor kein gutes Gefühl bei der Sache. Aber den Argumenten konnte er nichts mehr entgegensetzen. „Ich bespreche das mit Tietz. Sobald wir seine Freigabe haben, kannst du loslegen, Andreas."

Zufrieden nickte das Team. Ihre Augen leuchteten. Ungeduldig scharrten sie mit den Füßen.

„Dann bleibt für mich die Recherche zu den beauftragten Bauunternehmen?", schlussfolgerte Götz.

„Genau. Lasst uns loslegen!"

Wenige Minuten später klopfte Schäfer an die Bürotür von Markus Tietz. Er fasste die Ergebnisse der Besprechung kurz zusammen.

Nachdenklich runzelte Tietz die Stirn. „Mit Herrn Knauer zu sprechen ist naheliegend. Die Suche nach Verbindungen erscheint mir sinnvoll. Auch die Überprüfung der Bauarbeiter ist gut. Das hätten wir schon viel früher machen sollen."

Schäfer verkniff sich einen bissigen Kommentar auf die unterschwellige Rüge. Bei den ersten beiden Opfern hatten sie natürlich die Zusammenhänge geprüft. Aber durch das dritte Opfer ergaben sich auch hier neue Chancen, die es nachzuverfolgen galt.

„Aber wir können keine hundert Polizisten für mehrere Tage abstellen, um auf Basis einer geringen Wahrscheinlichkeit, dass der Täter in einem überwachten Objekt zuschlagen wird, alle Rohbauten im Landkreis Bamberg zu überwachen. Das geht so nicht, Schäfer!"

Das Team hatte sich entschieden. Sie wollten diesen Weg gehen. Also schlug sich Schäfer schweren Herzens auf ihre Seite: „Die ersten drei Morde hatten ein klares Muster. Vielleicht ist dieser Weg aufwändig, aber womöglich die schnellste Methode, um den Täter auf frischer Tat zu ertappen."

„Wie naiv sind Sie denn, Schäfer? Wissen Sie eigentlich, wie viele Baustellen es im Landkreis Bamberg gibt?"

„Ich kann es mir denken. Aber wir suchen nach abgelegenen Baustellen. Davon wird es gewiss nicht ganz so viele geben."

„Nein, Sie suchen eine Nadel im Heuhaufen. Sind so verzweifelt, dass Sie sich solchen Hirngespinsten hingeben und auf einen Glückstreffer hoffen. Das werde ich nicht unterstützen!"

„Wir hatten drei bestialische Morde!", rief Schäfer seinem Chef in Erinnerung. „Natürlich wird es für einige Tage eine ressourcenintensive Aktion sein, die infrage kommenden Objekte zu überwachen. Aber wenn wir dadurch einen vierten Mord verhindern können, dann sollten wir unsere Möglichkeiten ausschöpfen!"

Unnachgiebig schüttelte Tietz den Kopf. „Ja, wir haben drei bestialische Morde. Die Sie und Ihr Team nicht verhindern konnten! Machen Sie sich lieber an die Arbeit, sichern Sie Spuren und finden Sie die Verbindung zwischen den drei Opfern!"

Schäfer starrte seinen Chef an. Seine Gedanken rasten. Warum war dieser Mistkerl so verdammt verbohrt?

Tietz senkte den wütenden Blick, drehte sich um und setzte sich demonstrativ zurück an seinen Schreibtisch. Für ihn war das Thema gegessen. Schnaubend stapfte Schäfer davon und knallte die Tür hinter sich zu.

Kapitel 32

Um 21 Uhr traf das Team noch einmal im Büro zur Statusbesprechung zusammen. Sie alle sahen abgekämpft aus. Besonders Schäfer steckte der steigende Druck von Tietz und Staatsanwalt Hirscher in den Knochen.

Götz unterdrückte ein tiefes Gähnen. „Wie ist es beim Ehemann gelaufen?"

„Herr Knauer war natürlich völlig aufgelöst", berichtete Julia mitfühlend.

„Habt ihr ihm die Bilder der anderen Opfer gezeigt?"

Schäfer nickte mit grimmiger Miene. „Natürlich."

„Und? Hat er jemanden erkannt?"

„Nein. Nichts!"

„Wir haben anschließend noch die Eltern und Geschwister aller drei Opfer abgeklappert", ergänzte Julia. Es war ihr anzusehen, wie sehr sie diese Tätigkeit mitgenommen hatte. Ihre ausgeprägte Empathie war bei Befragungen eine große Stärke. Aber sie führte auch dazu, dass sie sich die Fälle besonders zu Herzen nahm. Besorgt musterte Schäfer seine langjährige Kollegin. Wie gern hätte er sie von dem Fall abgezogen.

Das niederschmetternde Ergebnis dieser zeitraubenden Befragungen hing bereits im Raum, noch ehe Weber die auf der Hand liegende Frage gestellt hatte. „Irgendwelche Erkenntnisse?"

Schäfer schüttelte frustriert den Kopf. In dieser Richtung stagnierte der Fall völlig. Auch bei den Fragebögen gab es bisher keine Übereinstimmungen. Die Opfer hatten zu weit voneinander entfernt gewohnt, um sich beim Friseur zu treffen oder im selben Supermarkt einzukaufen.

Weber fluchte derb. Götz hämmerte seine zur Faust geballte Pranke auf den Bürotisch.

„Auch bei der Recherche zu den Baufirmen hat sich nicht viel ergeben", brummte Götz. „Drei unterschiedliche Bauträger, die in der Regel unterschiedliche Subunternehmer beschäftigen."

Schäfer runzelte grübelnd die Stirn. Es musste doch einen Zusammenhang geben! Niemand tötete wahllos auf eine solche Weise.

„Die einzige Gemeinsamkeit auf zwei Baustellen ist der Rohbauer Reinhardt", fuhr Götz fort. „Ob sie auf der dritten Baustelle auch involviert waren, klären wir gerade noch. Heute haben wir dort niemanden erreicht."

Das Team hing interessiert an seinen Lippen. War das der Hoffnungsschimmer, der endlich den Stein ins Rollen brachte?

„Ich hab das Unternehmen unter die Lupe genommen. Eine Riesenfirma, die vermutlich bei dreißig Prozent der Baustellen im Landkreis Bamberg ihre Finger im Spiel hat. Sieht für mich nach einem reinen Zufallstreffer aus."

„Wir sollten dem trotzdem nachgehen. Ich glaube nicht an Zufälle!", stellte Schäfer entschieden fest.

„Ich auch nicht. Eine Übersicht der Arbeiter, die auf den entsprechenden Baustellen tätig waren, hab ich bereits für morgen angefragt."

„Sehr gut, Rainer!"

„Aber wir sollten nicht zu viele Hoffnungen darauf setzen. Solange wir nicht einen Mitarbeiter haben, der tatsächlich auf diesen Baustellen aktiv war, wird da kaum was Hilfreiches dabei rauskommen."

„Einen Versuch ist es trotzdem wert." Niedergeschlagen ruhte Schäfers Blick auf dem neuen Kollegen Weber. Er hatte ihn schon öfter mit seinem guten Instinkt und unerwarteten Ergebnissen überrascht.

„Ich habe mich heute mit dem Landratsamt zusammengesetzt. Wir sind vier Stunden lang die Baustellen durchgegangen, haben versucht, alle Rohbauten zu identifizieren, die dem Muster entsprechen. In einem Umkreis von 15 Kilometern um Bamberg sind wir auf 44 Baustellen gekommen."

Frustriert stieß Schäfer die Luft aus seinen Lungen. 44! Eine viel zu hohe Zahl. „Danke, Andreas. Es ist eine gute Information. Und wir werden sie für die Zukunft aufheben."

„So wie ich die Lage einschätze, ist es nach wie vor unsere beste Option!", beharrte Weber.

„Bezüglich der Überwachung dieser Baustellen hat Tietz ein unmissverständliches Veto eingelegt", stellte Schäfer klar.

„Michael hat sich schon weit aus dem Fenster gelehnt, als er dich überhaupt ins Landratsamt geschickt hat", sprang Julia ihrem alten Freund zur Seite. Sie hatte auf dem Weg zu Herrn Knauer mehrfach auf Schäfer eingeredet, dass es keine gute Idee war, gegen die Anweisungen von Tietz zu handeln. „Wir sollten das Thema abhaken."

„Und zusehen, wie der vierte Mord passiert?", rief Weber hitzig.

Auch Götz stellte sich auf Webers Seite. „Warum haben wir dann überhaupt den Weg zum Landratsamt gemacht, wenn wir die Informationen sowieso nicht verwenden?"

„Es ist doch was völlig anderes, gegen den Willen von Tietz Informationen zu sammeln, als hinter seinem Rücken Polizisten in ein Himmelfahrtskommando zu schicken!", konterte Julia mit lauter Stimme. Ihr hochroter Kopf drohte beinahe zu bersten.

„Es bringt nichts, wenn wir uns hier gegenseitig angiften", sagte Schäfer ruhig. „Es sind 44 Baustellen. Wir werden die benötigten Ressourcen nicht bekommen. Also sollten wir das Thema abhaken. Es tut mir leid."

Enttäuscht starrte das Team Schäfer an. Sie alle wussten, dass es nicht seine Schuld war. Denn sie kannten die Verbohrtheit von Markus Tietz. Ratlosigkeit machte sich breit. Alle Spuren zeigten ins Nichts. Es war ihre einzige Chance. Und nun waren ihnen die Hände gebunden.

Mit einem mulmigen Gefühl in der Magengrube erkannte Schäfer eine Wandlung im Gesichtsausdruck seines alten Freundes Rainer Götz. Die Enttäuschung wich dem Trotz. Instinktiv wusste er, dass er vorsichtig sein musste. Dieses Thema war drauf und dran, eine gefährliche Eigendynamik zu entwickeln.

„Dann machen wir es eben selbst!", polterte Götz und hämmerte wild entschlossen seine Faust auf den Tisch.

Julia und Weber starrten ihn fragend an.

„Die Entscheidung von Tietz war klar und deutlich."

„Unser Chef ist ein Idiot! Das wissen wir alle. Und er kann mir nicht vorschreiben, was ich in meiner Freizeit anstelle."

„Rainer, bleib ruhig und denk nach. Du weißt, dass das keine gute Idee ist."

„Sollen wir denn zusehen, wie dieses Monster noch eine vierte und eine fünfte Frau massakriert?"

„Mir geht das Ganze auch gegen den Strich. Aber wir müssen einen kühlen Kopf bewahren."

„Und was ist die Alternative? Nichtstun und abwarten?"

Die erbitterte Anklage stand im Raum. Schäfer starrte Götz ruhig an, der von seinem Platz aufgesprungen war und sich zu seiner vollen, beeindruckenden Höhe aufgerichtet hatte.

„Was genau hast du vor?", fragte Weber nachdenklich.

„Wir überwachen die Rohbauten selbst. Auf eigene Faust. In unserer Freizeit. Nur wir vier. Niemand muss davon wissen."

Der Vorschlag war schwachsinnig. Sie deckten gerade mal ein Elftel der dem Muster entsprechenden Rohbauten ab. Und es war viel zu gefährlich, sich ohne Verstärkung und ohne koordinierte, überwachte Aktion auf die Lauer zu legen, um einen Serienkiller im Alleingang zu überwältigen. *Das kommt gar nicht in Frage!*

„Aber wir sind zu wenige. Die Wahrscheinlichkeit, dass wir im richtigen Rohbau sind, ist viel zu gering."

Götz stapfte zur Pinnwand und rupfte drei Fotos herunter. Dann knallte er sie effektvoll vor Schäfer auf den Tisch. „Was kommt als Nächstes? Verbrennen? Häuten?"

Schäfer erwiderte furchtlos den Blick seines alten Freundes. Sie waren nicht immer einer Meinung. Aber Götz war stets wie eine unüberwindbare Wand hinter ihm gestanden. So hitzig hatte er noch nie mit ihm diskutiert. Er ließ seine stoische Ruhe wirken, um die Schärfe aus der Situation zu nehmen.

Doch sein Schweigen brachte Götz nur noch mehr auf die Palme. „Wach endlich auf, Michael! Wir müssen das mit allen Mitteln verhindern! Das sind wir diesen Frauen schuldig."

Fassungslos starrte Schäfer Julia an. Er erkannte an ihrem gebannten Blick auf die blutigen Fotos, dass er im Begriff war, seine letzte Verbündete im Team zu verlieren. *Haben sie denn alle ihr Gehirn abgeschaltet?* Die Mienen seiner drei Kollegen sprachen Bände. Sie alle sprangen auf Götz' Vorschlag an. Schäfer schluckte. Er musste diese Schnapsidee unterbinden, ehe auch noch sein Team zu Schaden kam.

„Die Analyse mit dem Landratsamt war bislang eine reine Papierarbeit", überlegte Weber mit gerunzelter Stirn. „Wir haben bei der Besprechung mehrfach diskutiert, dass nicht alle dieser 44

Rohbauten zwangsläufig gute Kandidaten sein müssen, die dem Muster des Täters entsprechen."

„Worauf willst du hinaus?", erkundigte sich Götz aufgeregt.

„Warum fahren wir die 44 Rohbauten nicht erstmal ab. Wenn wir den Radius von 15 Kilometern in vier Sektoren aufteilen, ist das zu viert schnell gemacht. Wir schauen uns kurz an, wie gut der Rohbau mit den anderen drei Tatorten zusammenpasst. Nicht alle Baustellen haben den gleichen Fortschritt. Und das Landratsamt kennt den genauen Status der Arbeiten nicht. Wir suchen nach Häusern, bei denen die Wände bereits hochgezogen sind. Wir müssen schauen, wie belebt die direkte Umgebung in der Nacht ist. All das sind Faktoren, durch die wir die Zahl der zu überwachenden Objekte noch weiter reduzieren können."

Götz war ganz aufgeregt. „Ich kenne noch zwei Streifenpolizisten, die bei so einer Aktion bestimmt dabei sind. So wären wir wenigstens zu sechst. Nehmen wir mal an, wir könnten die Zahl der Objekte auf zwölf eingrenzen. Dann haben wir eine Wahrscheinlichkeit von fünfzig Prozent!"

Schäfer schüttelte vehement den Kopf. Der Vorschlag entwickelte sich zu einer totalen Katastrophe.

„Wir verrennen uns da in etwas, Leute. Das ist viel zu gefährlich! Wir sollten in Ruhe darüber nachdenken. Denn ich halte das für keine gute Idee." Schäfer war sichtlich bemüht, nicht völlig aus der Haut zu fahren. Es gefiel ihm gar nicht, wie sich diese Diskussion verselbstständigte.

„Ich finde, es ist unsere einzige Chance", stellte sich auch Julia auf die Seite von Weber und Götz. „Ich kann verstehen, dass du uns schützen willst, Michael. Aber du kannst nicht von uns erwarten, dass wir tatenlos zusehen, wie der Mörder auch noch die vierte Frau massakriert. Nicht mit mir!"

Schäfer konnte nicht länger verhindern, dass er seine Stimme erhob und die alten Weggefährten wütend anbrüllte: „Noch leite diese Ermittlung immer noch ich! Und ich werde diese inakzeptable Aktion nicht billigen!"

Unnachgiebig starrte Götz seinen Teamleiter an. Es kam selten vor, dass Schäfer seinen Kollegen gegenüber laut wurde. Und umso stärker war die Wirkung. Aber Götz war zu stur, um sich davon einschüchtern zu lassen. „Dann fahr nachhause und dreh Däumchen! Sei mir nicht böse, Michael. Wir sind dir jahrelang durch dick und dünn gefolgt. Aber es ist nicht die Aufgabe von meinem Chef, mir auch noch zu diktieren, was ich in meiner Freizeit anstelle! Und lieber begebe ich mich selbst in eine bewusste Gefahr, als dass ich zusehe, wie die vierte Frau brutal abgeschlachtet wird."

„Außerdem weiß der Täter nicht, dass wir auf der Lauer liegen. Wir sind ausgebildete Polizisten, haben die Überraschung auf unserer Seite. Das Risiko ist tragbar!", warf Weber in die Diskussion ein.

Schäfers Blick ruhte fragend auf Julia. Sie nickte ihren Kollegen hochmotiviert zu. Sie war dabei. *Gerade sie!*

„Julia, du weißt, dass es sich um einen Frauenmörder handelt."

„Das weiß ich", antwortete Julia, und ihre Gesichtszüge wurden weich. Sie wusste seine Sorge ehrlich zu schätzen. Aber sie hatte ihre Entscheidung gefällt. „Aber auch ich bin eine Polizistin. Und ich weiß mich zu wehren. Ich bin dreimal so oft beim Krav Maga wie ihr. Ich habe keine Angst vor diesem Mistkerl!"

Wir alle sollten Angst vor dieser Bestie haben, dachte Schäfer verbittert. Verärgert wog er seine Optionen ab. Er war bisher immer gut damit gefahren, seinem Team zu vertrauen und sich blind hinter sie stellen. Aber die Sorge um ihre Sicherheit brachte ihn beinahe um den Verstand. Doch wie sollte er es unterbinden? Sollte er sein Team etwa in Schutzhaft nehmen?

Er wusste, dass er geschlagen war. Seine einzig verbliebenen Optionen waren, nachhause zu fahren und vor Sorge kein Auge zuzumachen, oder nachzugeben und zumindest seinen Teil dazu beizutragen, dass sich das Risiko wenigstens lohnte.

„Zum Teufel nochmal! Dann lasst uns diese verdammten Bauplätze unter die Lupe nehmen", raunte Schäfer schweren Herzens. „Dann sehen wir weiter."

Kapitel 33

Melanie Schramm war eine vielbeschäftigte Frau. Erschöpft ließ sie sich in die gemütliche Couch fallen und legte die Füße hoch. Es war ein langer Tag gewesen.

Sie liebte ihre beiden Kinder. Aber sie war auch froh, wenn die zwei Räuber abends im Bett lagen. Ein paar Minuten Ruhe. Das Leben als alleinerziehende Mutter war stressig. Mit geschlossenen Augen tastete sie nach der Fernbedienung und schaltete den Fernseher ein. Die Hintergrundgeräusche machten die bedrückende Stille in der Wohnung etwas erträglicher.

Noch immer vermisste sie ihren verstorbenen Mann, der viel zu früh von ihnen gegangen war. Und auch die Kinder vermissten ihn. Selbst wenn sie es nicht in Worte fassen konnten. Melanie spürte es. Besonders abends, wenn sie die beiden schlafen legte. Nun musste sie für die Jungs da sein. Sie war alles, was sie noch hatten.

Melanie freute sich auf den nächsten Tag. Es war ihre Oase der Freiheit: Der einzige Tag in der Woche, an dem sie aus ihrer Mutterrolle, ihren fundamentalen Verpflichtungen ausbrechen konnte. Der Mädelsabend.

Sie war ihrer Mutter unendlich dankbar, dass sie jede Woche die Kleinen in ihrer Wohnung in Bamberg zu sich nahm, um Melanie zu entlasten und ihr diesen einen Lichtblick zu ermöglichen. Bei den wöchentlichen Abenden mit ihren Freundinnen konnte sie sich fallen lassen. Abschalten. Auf andere Gedanken kommen. Sie genoss jede Sekunde mit ihren beiden Kindern. Und doch freute sie sich immer wieder auf diesen einen besonderen Abend.

Kapitel 34

Missmutig starrte Schäfer aus der Frontscheibe seines Wagens. Er konnte den Ärger über den Verlauf der Team-Besprechung nicht ablegen. Sie hatten ihm die Pistole auf die Brust gesetzt. Immer wieder grübelte er, wie er diese gefährliche Aktion hätte unterbinden können. *War es richtig gewesen, einzulenken und sich am Ende auch noch daran zu beteiligen? Hätte ich ein Zeichen setzen und wutentbrannt den Raum verlassen sollen? Hätte das meine Kollegen zur Vernunft gebracht?* Oder hätte er sein Team dadurch im Stich gelassen und womöglich einem noch größeren Risiko ausgesetzt? Schäfer wusste es nicht. Aber das mulmige Gefühl in seiner Magengegend sagte ihm immer wieder, dass sie einen fatalen Weg eingeschlagen hatten.

Die Computerstimme des Navigationssystems riss ihn jäh aus seinen Gedanken: „Sie sind an Ihrem Ziel angekommen."

Schäfer blieb noch einige Minuten im Auto sitzen und beobachtete aufmerksam die Umgebung. Es war stockfinster. In düsterem Grau stand der Rohbau vor ihm. Er wirkte einsam, verlassen und bedrohlich. Es befand sich keine Menschenseele auf der Straße. Die Baustelle war zu abgelegen. Das Objekt befand sich in einem Neubaugebiet. Aber die Bauherren schienen ihren künftigen Nachbarn deutlich voraus zu sein. An dem einen oder anderen Grundstück hatte man zumindest mit dem Ausbaggern begonnen. Aber diese Baustelle war mit Abstand am weitesten fortgeschritten.

Schäfer stieg aus dem Wagen und lauschte. Kein Laut drang an seine Ohren. Doch auch wenn es keine Anzeichen für Gefahr gab, hatte Schäfer ein schlechtes Gefühl. *Das ist gut*, sagte er sich selbst. *Du musst wachsam sein. Wenn sich der Killer im Moment in dem Rohbau befindet, dann hat er dein Auto gewiss bemerkt und lauert dir auf. Sei auf alles gefasst. Dieser Mörder ist gefährlich!*

Schäfer schätzte die Distanz zum nächsten bewohnten Haus auf etwa 250 Meter. Genug Abstand, um unbemerkt einen Menschen zu quälen. Der Kommissar schluckte bei dem Gedanken. *Wir müssen den nächsten Mord verhindern. Um jeden Preis! Vielleicht haben die Kollegen ja doch recht, und dieses Himmelfahrtskommando ist der einzige Weg, dem Täter das Handwerk zu legen.*

Schäfer schlenderte auf den Rohbau zu. Wie von selbst tastete die rechte Hand nach der Dienstwaffe. Seine Füße knirschten leise auf den Kieselsteinen der Baustelle. Angespannt biss er sich auf die Unterlippe. Er zog seine Pistole und pirschte sich vorsichtig an den Hauseingang heran.

Es war totenstill. Schäfer lugte um die Ecke. Dann drang er mit katzenhaften, sorgfältig geplanten Bewegungen in den Rohbau ein. Er hielt sich mit dem Rücken zur Wand, nutzte jeden Winkel des Gemäuers aus, um einen Hinterhalt zu vermeiden. Akribisch arbeitete er sich Zimmer für Zimmer vor.

Die Baustelle war verlassen. Es war niemand hier. Schäfer seufzte erleichtert. Entspannt blickte er sich um. Die Innenwände waren bereits hochgezogen. Das zweite Objekt auf seiner Liste entsprach genau dem Muster der drei bisherigen Morde. Es war definitiv ein heißer Kandidat für den nächsten Tatort.

Blutige Bilder spielten sich vor seinem geistigen Auge ab, als ihn die Vorstellung übermannte, wie an diesem Ort eine vor Schmerzen brüllende Frau bestialisch hingerichtet wurde. Grimmig schüttelte Schäfer den Kopf. *Reiß dich zusammen! Du darfst den Fall nicht zu nah an dich heranlassen. Bleib professionell. Konzentrier dich. Und schnapp ihn dir endlich!*

Ein plötzliches Geräusch. Schäfer zuckte zusammen. Seine Hände klammerten sich um den Griff der Pistole. Das Herz hämmerte in Schäfers Brust. Lautlos wich er zurück und lehnte sich mit dem Rücken an die Wand.

Angestrengt behielt er den Eingang zu dem Zimmer im Auge. Kalter Schweiß rann seine Wirbelsäule herunter und ließ ihn erschaudern. Die Dienstwaffe war einsatzbereit. Er durfte nicht lange fackeln. Wenn es der Täter war, würde der ebenfalls keine Gnade kennen. Hörte er leise Schritte? Schäfer hielt die Luft an. *Bleib ruhig. Warte ab. Atme!* Eine Bewegung! Das Herz pochte wild gegen den Brustkorb. Dann lugte die neugierige schwarze Katze in den Raum. Argwöhnisch betrachtete sie Schäfer, der keuchend an der Wand lehnte und verzweifelt versuchte, seinen Herzschlag zu beruhigen. *Eine Katze ... Verdammtes Vieh!*

Erleichtert hastete Schäfer aus dem Rohbau. Dieses Gebäude war ihm unheimlich. Er wollte nur noch weg von hier. Nachhause. Aber er hatte noch neun Baustellen vor sich. Seufzend setzte er sich in das Auto, kennzeichnete die Adresse mit dem grünen Textmarker und gab Straße und Ort des nächsten potenziellen Tatorts in das Navigationssystem ein. Eine lange Nacht erwartete ihn.

Kapitel 35

Versunken in seine düsteren Gedanken fuhr er durch die sternenklare Nacht. Er fühlte sich lebendig. Wie lange hatte er darunter gelitten, was diese Frauen ihm angetan hatten. Und wie lange hatte er sich davor gefürchtet, seinen blutigen Plan in die Tat umzusetzen.

Er war nicht immer so gewesen. Das war ihm bewusst. Aber irgendwann hatte sich der Drang geregt. Bilderfluten in seinem Kopf. Träume, in denen Frauen wie Melanie ihn anflehten, um Gnade winselten. So erbärmlich bettelten, wie er es früher gemacht hatte, als sie ihn verlassen hatten. *Damals war ich schwach gewesen. Aber jetzt bin ich ihnen überlegen.*

Er hatte Melanie beobachtet, verspürte sogar eine Art der Reue. Sie war alleinerziehende Mutter. Ihre Kinder konnten nichts dafür. Aber das war nicht sein Problem. Sie hatte es sich selbst zuzuschreiben. Und wenn die Oma sich einmal pro Woche um die Kinder kümmerte, damit Melanie ausgehen konnte, dann nahm sie die beiden sicher zu sich, wenn Melanies entstellter Körper unter der Erde lag. Der bloße Gedanke daran rang ihm ein Lächeln ab. Rache war ja so süß!

Wie bin ich nur so geworden?, fragte er sich nicht zum ersten Mal. *War es schon immer in mir und hat sich nur sehr spät geregt? Oder haben mich diese Frauen zu dem gemacht, was ich heute bin? Ein Massenmörder. Ein Monster.*

Hat es womöglich etwas mit der Scheidung meiner Eltern zu tun? Vielleicht ... Nachdem meine beiden deutlich älteren Geschwister ausgezogen sind, habe ich mich schon im Stich gelassen und einsam gefühlt. Ein selbstbewusster Junge war ich nie gewesen. Dazu war ich zu klein, hatte diese peinliche Brille mit den dicken Gläsern. Ein Weichei. Nie so cool wie die anderen. Aber wird man aufgrund von Hänseleien in der Kindheit und einer Scheidung der Eltern wirklich zu einem Mörder?

Seit er sich zum ersten Mal über den eigenen Schatten gewagt hatte, stellte er sich diese Fragen häufiger als erwartet. Es war ein großer Schritt gewesen, die bizarren blutigen Visionen in die Tat umzusetzen. War es nun sein Gewissen, das sich regte? Nein, dazu fühlte es sich einfach zu gut an!

Vermutlich war es vielmehr Neugier. Er war ein intelligenter Mann. Und er fand es durchaus interessant, welche Wendung sein Leben letzten Endes genommen hatte. *Wenn das alles vorbei ist, sollte ich mich wirklich einmal von einem Psychologen untersuchen lassen. Wäre es nicht interessant, zu erfahren, wie ich so geworden bin? Kann man eine Serie bestialischer Morde auf einen einzigen Abend zurückführen? Auf den völlig missglückten ersten Sex? Das Gefühl, ein totaler Versager zu sein? Oder würde mir der Seelenklempner Verlustängste attestieren, entstanden durch die Scheidung meiner Eltern, gegipfelt in der panischen Angst, von allen Freundinnen in der pubertären Jugendzeit verlassen zu werden? War das der Grund für das krampfhafte Klammern, mit dem ich sie alle zur Weißglut gebracht habe?* Die machtlose Wut, wenn die nächste Beziehung nach so kurzer Zeit beendet wurde, hatte sich für immer in sein Gehirn eingebrannt.

Er musste grinsen. Wie jämmerlich und schwach er doch jahrelang gewesen war. Doch nun hatte sich alles geändert. Selbst mit der Polizei spielte er Katz und Maus. *Wenn sie doch nur wüssten, wie nahe sie mir eigentlich schon gekommen sind.* Jetzt war er der Starke, vor dem alle vor Angst erzitterten. Und Melanie war die Nächste. *Sie wird das Blut und die Qualen ernten, die sie vor vielen Jahren mit ihrer herablassenden, verletzenden Art selbst gesät hat. Und sie wird es bereuen.* Seine Augen funkelten, als er an das bizarre Schlachtfest dachte, das er sich für Melanie ausgedacht hatte. *Oh ja, sie wird es bitter bereuen!*

Kapitel 36

Eine große Karte vom Landkreis Bamberg war auf dem Tisch ausgebreitet. Das Klingeln von Schäfers Telefon riss die vier Kommissare aus der lautstarken Diskussion über die potenziellen Tatorte. Erwartungsvoll blickten die drei Kollegen den leitenden Ermittler an.

„Erlanger Nummer", flüsterte er mit funkelnden Augen. „Sieht nach Gerichtsmedizin aus." Hastig nahm er das Gespräch an. „Michael Schäfer."

…

„DNA?"

Gebannt ruhten alle Blicke auf Schäfer. Das Team witterte grandiose Neuigkeiten. Die erste heiße Spur, seit ihnen die beiden Jugendlichen als Tatverdächtige weggebrochen waren. Schäfer konnte die elektrisierte Anspannung im Raum förmlich fühlen.

„Verstanden. Vielen Dank."

„Konnten sie DNA-Spuren sicherstellen?", platzte Julia sofort heraus, als Schäfer aufgelegt hatte.

„Ja, das war die Gerichtsmedizin. Sie haben tatsächlich Hautpartikel unter den Fingernägeln von Frau Knauer sichergestellt."

„Das ist ja großartig!", rief Götz.

„Haben sie die DNA schon abgeglichen?"

Schäfer nickte mit versteinerter Miene. „Ja, das haben sie." Er machte eine kurze Pause. „Keine Treffer."

Es war im ersten Moment eine niederschmetternde Nachricht. Zuerst der Hoffnungsschimmer. Und dann die bittere Erkenntnis, dass sie wieder mit leeren Händen dastanden. Schäfer konnte die Enttäuschung in den Gesichtern seiner Kollegen gut nachvollziehen.

„Verdammter Mist!", fluchte Götz.

„Sehen wir es positiv", sagte Schäfer ruhig. „Zuerst die Fasern vom Kofferraum. Und jetzt die Hautpartikel. Der Täter ist nicht perfekt. Auch er macht kleine Fehler."

„Und wenn wir einen Tatverdächtigen haben, können wir ihn mit einer DNA-Probe überführen", fügte Julia optimistisch hinzu.

Voll Tatendrang schmetterte Götz seine kräftige Pranke auf den Tisch. „Dann lasst uns weiter die Baustellen durchgehen und das Schwein heute Nacht schnappen!"

Kapitel 37

Angespannt saß Schäfer auf dem kalten Steinboden. Die Luft im Rohbau war staubig und feucht. Seine Gedanken kreisten. Er lauschte in die Stille der Nacht hinein. Schäfer war auf der Hut.

Der Kommissar verfluchte immer noch den unerwarteten Erfolg der Tour am Vorabend. Seine geheime Hoffnung, dass sie die Anzahl der möglichen Objekte nicht signifikant reduzieren konnten, hatte sich nicht erfüllt. Vielleicht hätte er dann seinem Team diese Aktion noch ausreden können.

Doch es war ihnen geglückt, die Zahl der in Frage kommenden Rohbauten auf vierzehn einzugrenzen. Und gemeinsam mit Julia, Götz, Weber und den beiden engagierten Streifenbeamten, die Götz aufgetrieben hatte, legten sie sich bei sechs der vierzehn Häuser auf die Lauer.

Wir sind nicht ausreichend vorbereitet, fluchte er innerlich. *Wir hätten uns noch ein oder zwei Tage Zeit nehmen sollen, diese*

Aktion in Ruhe zu durchdenken. Aber Weber und Götz hatten nicht lockergelassen. „Was ist, wenn er heute Nacht wieder mordet? Können wir das mit unserem Gewissen vereinbaren, wenn wir morgen am nächsten Tatort stehen?" Diesen Totschlagargumenten hatte er nichts entgegenzusetzen.

Schäfer stand auf, schlenderte zu dem Fenster, von dem aus er die Straße gut im Blick hatte. Er war sich sicher, dass er den Mörder bemerken würde. Schließlich musste er sein Opfer hereinschleppen, gegebenenfalls sogar einen komplizierten Foltermechanismus aufbauen. Konnte Schäfer ihn mit dem Überraschungsmoment spielend überrumpeln? Oder war der Killer zu vorsichtig? Wieder und wieder prüfte er, dass seine Waffe geladen war. Schäfer war zum Zerreißen gespannt.

Das Zirpen der Grillen stellte Julias Nerven auf eine Zerreißprobe. Im Besprechungsraum hatte sich der Vorschlag noch so vielversprechend angehört. Zielführend, die einzige Chance, dieses Gemetzel zu beenden.

Aber nun war sie anderer Meinung. Nervös tigerte sie auf und ab. Es war eine gespenstische Nacht. Der wolkenverhangene Mond spendete kaum Licht. Die Gegend rund um die Baustelle war einsam. Gottverlassen. Jedes Geräusch draußen in der Natur ließ sie erschrocken zusammenzucken. Ihre Nackenhaare sträubten sich. Die Hände zitterten. War sie wirklich in der Lage, einen so gewissenlosen, brutalen Kerl zu überwältigen? *Was, wenn meine Nerven versagen? Oder wenn er mit mir gerechnet hat und mich zu seinem nächsten Opfer macht?*

Julia versuchte, die düsteren Gedanken zu verdrängen. *Du kannst dich wehren. Du bist Polizistin. Bewaffnet. Gut im Nahkampf ausgebildet.*

Aber ihre Angst konnte Julia nicht im Zaum halten. Ruhelos tigerte sie durch den finsteren Rohbau.

Wie es Julia wohl geht, fragte sich Götz besorgt. Er selbst hatte ein mulmiges Gefühl im Magen. Und er genoss den Ruf eines hartgesottenen Burschen. Als ehemaliger Profi im Ringen wusste er sich zu wehren.

Aber die Schatten in dem verwinkelten Rohbau steigerten die gespenstische Atmosphäre der abgelegenen Wohngegend ins Unerträgliche. Götz war froh, seine Dienstwaffe bei sich zu wissen. Unentwegt starrte er aus dem Fenster. Er wollte den Täter hinter Schloss und Riegel bringen. Er war bereit, sein eigenes Leben dafür zu riskieren. Alles aufs Spiel zu setzen. Doch die Nacht war lang. Und er hatte den psychischen Druck dieses Unterfangens völlig unterschätzt.

Hat Michael am Ende doch recht? Ist es ein unvorsichtiges Himmelfahrtskommando, das wir besser unterlassen hätten? Nein!, dachte Götz bestimmt. *Es ist der einzige Weg, weitere Morde zu verhindern.*

Weber saß zusammengekauert in der Ecke und dachte nach. Er fand es immer noch faszinierend, dass es ihnen gelungen war, Schäfer von diesem Weg zu überzeugen. Es war die perfekte Chance!

Ein plötzliches Geräusch zerschnitt die Stille. Weber zuckte zusammen. Seine Augen verengten sich zu Schlitzen. *Eine Katze?*

Kapitel 38

Zeit für den fünfzehnminütigen Check, sagte sich Schäfer mit einem ungeduldigen Blick auf die Uhr. Es war schwer genug, die eigene Angst im Zaum zu halten. Aber er hatte die Verantwortung für das Team! Am liebsten hätte er sie jede Minute angefunkt, um sicherzugehen, dass sie alle okay waren.

„Julia, alles in Ordnung bei dir?", flüsterte er in das Funkgerät.

Schäfer atmete auf, als er die vertraute Stimme hörte. „Alles in Ordnung. Sehr ruhig hier bei mir. Keine Vorkommnisse."

„Rainer, wie steht's bei dir?"

„Dito", drang Götz' Stimme mit einem metallischen Kratzen aus dem Funkgerät. „Eine gottverlassene Gegend hier. Keine Menschenseele. Keine Auffälligkeiten."

„Andreas, bei dir auch alles klar?", fragte Schäfer, dessen Puls sich langsam wieder beruhigte. Es schien alles in Ordnung zu sein. Stille. Keine Antwort.

„Andreas. Bitte kommen. Status-Check!"

Das Blut rauschte in Schäfers Ohren. *Was ist nur los mit ihm?* Aber Weber antwortete nicht. Zähneknirschend starrte Schäfer auf das Funkgerät. Seine Finger verkrampften sich um das Walkie-Talkie.

„Andreas, das ist nicht witzig. Melde dich doch bitte!", drang Julias schrille Stimme aus dem Funkgerät.

Verdammte Scheiße, warum muss ich immer Recht behalten! So eine Schnapsidee!, fluchte Schäfer innerlich. Aber er musste jetzt Ruhe bewahren.

„Vielleicht ist er kurz pinkeln", murmelte er in das Funkgerät. Doch er glaubte selbst nicht daran. Weber war Profi genug. Er hätte das Funkgerät mitgenommen. Sie alle wussten, was auf dem Spiel stand. Und welche Sorgen eine ausbleibende Antwort den Kollegen bereitete.

Dennoch zwang sich Schäfer, ruhig zu bleiben und bedacht zu handeln. Er zählte langsam bis zweihundert. Sein Puls raste. Der kalte Schweiß stand ihm auf der Stirn. *Reiß dich zusammen! Dein Team verlässt sich auf dich!*

„Andreas Weber. Bitte kommen. Status-Check. Bitte kommen", sprach er so unaufgeregt wie nur möglich in das Funkgerät.

Bedrückende Stille.

Schäfer schluckte. War der Super-GAU eingetreten? Sie mussten handeln. Jetzt!

„Abbruch! Wir treffen uns bei Webers Adresse!"

Verunsicherte „Verstanden"-Bestätigungen rauschten aus dem Funkgerät.

„Niemand unternimmt etwas, bevor wir komplett sind. Ist das klar?"

Schäfer bekam keine Antwort.

„Habt ihr das verstanden?", wiederholte er scharf.

„Versprochen", raunte Götz verbissen.

Seufzend schloss Schäfer eine Sekunde lang die Augen. Warum hatte er es nur so weit kommen lassen? Wenn wirklich der Fall der Fälle eingetreten war, kamen sie sicher zu spät.

Kapitel 39

Ungeduldig warteten die vier Polizisten auf Götz, der die weiteste Anfahrt hatte. Ihre versteinerten Mienen sprachen Bände. Sie alle waren krank vor Sorge. Weber hätte sie bemerken müssen, wenn er immer noch auf seinem Posten war. Dass er ihnen nicht entgegengelaufen war, werteten sie als ein schlechtes Zeichen.

„Lass uns sofort reingehen, Michael", drängte Julia. „Wir sind zu viert. Das sollte doch ausreichen, um mit diesem Dreckskerl fertig zu werden."

Schäfer wog die Gefahren ab. *Vermutlich kommen wir ohnehin zu spät*, dachte er verbittert. Natürlich wäre es klug, auf den erfahrenen und wuchtigen Götz zu warten. Aber wenn Weber noch am Leben war, dann brauchte er jetzt ihre Hilfe. „Einverstanden." Nachdenklich musterte der Kommissar die beiden Streifenpolizisten. „Tim, gehst du bitte einmal ums Haus und sicherst mögliche Fluchtwege hinter dem Rohbau?"

Der blonde Mittdreißiger nickte eifrig.

„Mario, du bleibst bitte hier und sicherst bei den Autos. Es ist möglich, dass er einen anderen Fluchtweg findet. Seid vorsichtig!"

Mit zusammengepressten Lippen starrte Julia Schäfer an. Die Panik stand ihr ins aschfahle Gesicht geschrieben. Sie wäre am liebsten blindlings losgestürmt. Doch auch in Überzahl mussten sie vorsichtig sein. Wenn der Killer noch hier war, dann war er gewiss gewarnt und auf der Hut.

„Wir beide gehen jetzt rein. Die Taschenlampen bleiben aus. Wir dürfen unsere Position nicht preisgeben." Schäfer schloss die Augen und atmete tief ein und aus. Er wartete, bis Tim hinter der Ecke des Rohbaus verschwunden war. Dann nickte er Julia stumm zu.

Die zwei Polizisten zückten ihre Waffen. Das Blut rauschte in Schäfers Ohren. Julias angespannte Miene verriet eine Mischung aus Angst und Konzentration. Vorsichtig lehnten sie sich zu beiden Seiten des Eingangs mit dem Rücken an die Wand. Schäfer zählte gut sichtbar mit den Fingern bis drei. Sie waren ein eingespieltes Team.

Julia schoss um die Ecke und drang in die Baustelle ein. Schäfer gab ihr Deckung. Angestrengt starrten sie in die Dunkelheit. Allein der fahle Schein des Mondes spendete durch die Öffnungen für die Fenster etwas Licht. Sie registrierten keine Bewegung. Nicht ein Laut erreichte ihre Ohren. *Verdammt! Wir kommen zu spät!*, fluchte Schäfer innerlich.

Vorsichtig arbeiteten sie sich durch das großräumige Zimmer. Am Ende angelangt, hielten sie kurz inne und lauschten. Ein schmerzerfülltes Stöhnen hallte durch die Stille. *Er lebt noch*, durchfuhr es Schäfer. Das Herz schlug ihm bis zum Hals. *Ist der Mörder noch bei ihm?*

Schäfer musste seine ganze Disziplin aufbringen, um nicht alle Vorsicht über Bord zu werfen und durch den Rohbau zu stürmen. *Es hilft Weber nichts, wenn wir uns jetzt unprofessionell verhalten. Dann landen wir am Ende noch alle in den Fängen des Täters*, mahnte er sich selbst zur Geduld.

Mit Handzeichen stimmten Schäfer und Julia ihre nächsten Schritte ab. Dann schoss Schäfer plötzlich in den angrenzenden Raum. Julia folgte ihm. Suchend blickten sie sich um. Der Lauf ihrer Pistolen zitterte. Nichts. Das Zimmer war leer. *Nach rechts oder links?*, fragte sich Schäfer. Er war unentschlossen, versuchte, sich zu erinnern. *Woher war das Stöhnen gekommen? Entscheide dich!*

Mit dem Kopf deutete Schäfer nach links. Julia nickte. Sie hatte verstanden. Auf leisen Sohlen durchquerten sie den Raum. Julia wartete auf Schäfers Zeichen. Dann preschte sie um die Ecke. Schäfer folgte ihr. Eine Bewegung. Ihre Waffen richteten sich auf die düstere Gestalt. Ein Mann kauerte auf dem Boden. Er sah verwirrt aus.

„Andreas?", wisperte Schäfer unsicher und starrte angestrengt in die dunkle Ecke.

„Ja", antwortete Weber mit gequälter, schwacher Stimme.

Angespannt suchten Schäfer und Julia das Zimmer ab. Weber war allein. Es war niemand sonst im Raum.

„Bist du schwer verletzt?", erkundigte sich Schäfer flüsternd und trat einen Schritt auf seinen Kollegen zu.

„Nein, ich glaube nicht. Mein Schädel brummt."

Schäfer trat näher, während Julia die beiden Eingänge zu dem Zimmer im Auge behielt. Prüfend sah er sich Weber an. Es lagen Glasscherben auf dem Boden. Und sein Kollege blutete am Hinterkopf.

„Was ist passiert?"

„Ich weiß es nicht genau. Ich habe ein Geräusch gehört. Dann hat mich offenbar jemand von hinten niedergeschlagen."

„Ist der Täter noch hier?"

Weber schüttelte besorgt den Kopf. „Ich weiß es nicht. Ich muss ein paar Minuten bewusstlos gewesen sein."

Nachdenklich blickte Schäfer zu Julia. Sie wirkte ebenfalls unsicher. Er musste eine Entscheidung fällen. Es war wichtig, dass sie die Wohnung bis in den letzten Winkel durchkämmten. Aber er wollte Weber nicht allein lassen. Er war wehrlos. Ein leichtes Opfer, falls der Täter sich noch auf der Baustelle befand.

Schäfer zückte sein Funkgerät: „Ist Rainer inzwischen da?"

„Ja, ich stehe vor dem Eingang", rauschte es.

„Komm bitte zu uns. Halte dich einfach links, dann kannst du uns nicht verfehlen."

„Verstanden."

„Sei vorsichtig. Weber wurde niedergeschlagen. Und wir wissen nicht, ob der Täter noch da ist!"

Wenige Minuten später hatte Götz seine Kollegen erreicht.

„Bleib du bitte bei Andreas. Julia und ich sehen uns den Rest der Baustelle an", entschied Schäfer.

„Sollen wir hier auf euch warten, oder soll ich Andreas schon mal nach draußen bringen?"

„Geht schon mal ins Auto. Seht euch die Platzwunde an. Und nehmt die Scherben mit. Die Spurensicherung soll sie auf Fingerabdrücke untersuchen."

Vorsichtig arbeiteten sich Julia und Schäfer durch die Räume. Es war ein großer, zweistöckiger Rohbau. „Er ist nicht mehr hier", stellte er schließlich enttäuscht fest.

„Warum sollte er sich auch hier im Haus verstecken? Er hatte alle Zeit der Welt."

„Aber warum hat er Weber verschont? Bei dieser Lust am Töten hätte er doch die perfekte Gelegenheit für einen weiteren Mord gehabt."

„Andreas war wohl nicht schwer als Polizist zu erkennen. Vermutlich wollte er kein Risiko eingehen, da davon auszugehen war, dass irgendwann Verstärkung eintrifft."

Schäfer nickte nachdenklich. „Oder Weber war einfach uninteressant für ihn. Vielleicht geht es ihm nicht nur ums Töten, sondern einzig und allein um die Opfer."

Wachsam verließen die beiden Kollegen die Baustelle. „Wie geht's dir?", fragte Julia besorgt.

Weber zuckte gefasst mit den Schultern. „Kopfschmerzen. Aber da bin ich wohl noch gut davongekommen, wenn ich bedenke, was er mit den anderen Opfern angestellt hat."

„Hast du ihn gesehen?"

Reumütig schüttelte Weber den Kopf. „Nein, er muss mich von hinten erwischt haben. Keine Ahnung, wie das passieren konnte."

Erleichtert klopfte Schäfer seinem Kollegen auf die Schulter. „Gut, dass nicht mehr passiert ist. Los, wir bringen dich ins Krankenhaus. Du solltest dich nähen lassen."

Kapitel 40

Julia war aufgewühlt, als sie die Tür zu ihrer Wohnung aufschloss. Sie hatten den richtigen Riecher gehabt. Beinahe hätten sie den Täter geschnappt. Aber Schäfer hatte Recht behalten. Es war viel zu riskant gewesen. *Wenn Andreas etwas passiert wäre* ... Nicht auszudenken!

Julias Hände zitterten, als sie sich ihren finsteren Gedankenspielen hingab. *Wie hätte der Mörder reagiert, wenn er mich in meinem Rohbau überrascht hätte? Wäre ich sein nächstes Opfer geworden? Ratten, zu Tode Peitschen, Pfählen ... Was kommt als Nächstes? Wie kann man das noch steigern?*

Ein eisiger Schauder lief Julia über den Rücken, als sie sich bildhaft vorstellte, wie sie schreiend vor Schmerzen von dem Mörder gerädert wurde. Er zertrümmerte ihre Arme, brach ihre Beine. Und tötete sie schließlich, indem er ihren Kehlkopf zerschmetterte. Sie hatte die mittelalterlichen Foltermethoden genau recherchiert. Und sie fürchtete sich vor dem, was noch vor ihnen lag.

Es war spät. Sie war todmüde. Aber die Angst vor dem Mörder würde sie nicht zur Ruhe kommen lassen. *Ich brauche Ablenkung*, sagte sich Julia. Gähnend lief sie in ihr Arbeitszimmer und setzte sich vor den Computer. Sie wollte vor Schäfer und den anderen Kollegen keine Schwäche zeigen. Falke war der Einzige, dem sie sich anvertrauen konnte. Lächelnd las sie seine letzte Nachricht. Er war so verständnisvoll, einfühlsam und interessiert an ihr und ihren quälenden Sorgen. Dann haute Julia in die Tasten und schüttete Falke ihr Herz aus.

Regungslos saß Schäfer auf seinem Bett. An Schlaf war nicht zu denken. Er war zu aufgewühlt, machte sich schwere Vorwürfe. *Wie hast du diesen Unfug nur zulassen können? Du hast gewusst, dass es zu riskant ist. Und du hast nichts getan, um dein Team vor diesem Blödsinn zu beschützen!*

Sein Blick verlor sich auf den beiden Zeitungsartikeln, die er in- und auswendig kannte. Schäfers Hände zitterten. Er wusste, dass heute um ein Haar ein dritter Zeitungsausschnitt in seiner unrühmlichen Sammlung dazugekommen wäre.

Höhnend lachten die fett gedruckten Überschriften ihn an.

Ehepaar bei Spaziergang von drei Jugendlichen erstochen

Stefanie Schäfer, geboren am 26.4.1972, gestorben am 27.6.2005

Kapitel 41

Tietz ließ seinen erbarmungslosen Blick durch die Runde schweifen. Er kochte vor Wut. Mit tiefen Augenringen und zerfurchten Gesichtern saßen seine blassen Mitarbeiter vor ihm.

„Diese Aktion wird noch ein Nachspiel haben!", polterte er ungehalten. „Ich hatte mich glasklar ausgedrückt! Schäfer, Sie haben vorsätzlich gegen meine Anweisungen verstoßen! Und damit Ihr ganzes Team in Gefahr gebracht. Unverantwortlich, was Sie letzte Nacht abgezogen haben!"

Schäfer erwiderte nichts. Tietz hatte recht.

„Es war nicht seine Idee", warf Götz ein. „Wir haben Michael ..."

Schäfer schnitt seinem alten Weggefährten barsch das Wort ab. „Es war meine Entscheidung! Wir haben den Vorschlag im Team diskutiert. Und da wir der Meinung waren, dass dieses Vorgehen unsere größte Chance ist, den Täter zu fassen, habe ich grünes Licht gegeben."

Schäfer sah Julia und Weber an, dass auch sie protestieren wollten. Aber sein eisiger Blick brachte sie zum Schweigen.

„Dann müssen Sie auch die Konsequenzen für dieses Himmelfahrtskommando tragen, Schäfer. Ich werde mit dem Staatsanwalt besprechen, welche Maßnahmen wir gegen Sie einleiten."

Schäfer nickte. „Tun Sie das. Aber lassen Sie uns bitte in der Zwischenzeit an dem Fall weiterarbeiten."

Tietz wollte bereits widersprechen, aber Schäfer kam ihm zuvor. „Ich stimme Ihnen zu, dass unser Vorgehen unverantwortlich war. Aber wir müssen uns auch vor Augen halten, dass wir dem Täter wohl noch nie so nahe waren, wie in jenem Moment. Wir waren auf der richtigen Spur. Mit etwas mehr Glück hätten wir ihn gestern hinter Schloss und Riegel bringen können."

„Wir wissen noch nicht, ob es wirklich der Mörder war, der Weber niedergeschlagen hat. Warum hat ihn der Täter denn nicht getötet, sondern nur verletzt?"

„Vielleicht hatte er nicht die Zeit. Es war ihm zu riskant. Oder es geht ihm nur um die Frauen, die er als seine Opfer auserwählt hat."

„Wer sonst dringt denn nach Mitternacht in einer gottverlassenen Gegend in einen leerstehenden Rohbau ein und schlägt dort einen Polizisten nieder? Natürlich haben wir noch keine Beweise. Aber alles, was wir aktuell wissen, spricht doch dafür, dass es sich um unseren Mörder handelt."

Tietz´ Augen verengten sich zu Schlitzen. Er war noch nicht überzeugt. Aber auch er stand gehörig unter Druck. Wenn dieser Vorfall ein Hoffnungsschimmer war, dem Täter auf die Spur zu kommen, dann durften sie diese Chance nicht ungenutzt verstreichen lassen. „Was genau haben Sie vor, Schäfer?", gab sich Tietz mit stechendem Blick geschlagen.

„Fassen wir noch einmal zusammen, was wir haben. Der Täter folgt einem klaren Muster. Er dringt nachts in Rohbauten ein, die bestimmte Kriterien erfüllen und im Umkreis von Bamberg liegen. Dort tötet er Frauen, die er vorher gefangen genommen hat. Auf bestialische Weise, mit Foltermethoden des Mittelalters. Das Muster scheint ihm wichtig zu sein. Er ist intelligent genug, um keine Spuren zu hinterlassen. Also können wir davon ausgehen, dass ihm klar ist, dass uns das Muster in die Karten spielt. Trotzdem hält er daran fest. Darum glaube ich, dass er auch jetzt nicht damit aufhören wird. Vermutlich wird er vorsichtiger sein, seinen Radius etwas erweitern. Aber ich bin der Meinung, er wird in der Form weitermachen, wie er seine Serie begonnen hat."

Götz und Weber nickten. Sie waren der gleichen Ansicht.

„Er hat inzwischen einige Tage nicht mehr zugeschlagen. Was wollte er in dem Rohbau, als er Andreas dort überrascht hat? Uns wurde bisher noch kein Mord gemeldet. Also hat er vergangene Nacht vermutlich nicht zugeschlagen. Aber hatte er sein Opfer vielleicht bereits dabei? Wollte er sich in dem Gebäude umsehen, ehe er seine Folterwerkzeuge montierte und sein nächstes Opfer zur Strecke brachte? Wenn es so sein sollte, dann wird er zeitnah zuschlagen müssen. Das Opfer wird sicher bald als vermisst gemeldet. Er steht unter Zeitdruck. Er will seine vierte Tat beenden."

„Also wird er heute Nacht zuschlagen müssen", vollendete Götz nachdenklich den Gedanken.

„Das ist doch reine Spekulation", widersprach Tietz.

„Ja, das ist es. Aber es ist auch plausibel. Und mehr haben wir nicht. Wenn der Täter bei den ersten drei Tatorten kaum Spuren hinterlassen hat, wird er gewiss nicht so unvorsichtig gewesen sein, ohne Handschuhe den Rohbau zu betreten. Wir werden auf den Scherben keine Fingerabdrücke finden. Wir waren letzte Nacht auf dem richtigen Dampfer."

„Sie haben letzte Nacht Ihr gesamtes Team in Gefahr gebracht! Wer sagt uns, dass er wirklich heute Nacht zuschlägt, dass er sich nicht einfach nur in dem Rohbau umsehen wollte, um mögliche Tatorte auszukundschaften?"

„Mein Bauchgefühl sagt mir, dass er in dem Rohbau war, um wieder zu töten!"

„So, so ... Ihr Bauchgefühl ..."

„Ja, mein Bauchgefühl. Ich stimme Ihnen zu, dass unsere Aktion unverantwortlich war. Aber wir hatten den richtigen Riecher. Er wird es wieder tun! Und es liegt an uns, das zu verhindern. Jetzt müssen wir die Operation nur so organisieren, dass wir ihn diesmal erwischen und unnötige Risiken vermeiden."

„Und wie genau stellen Sie sich das vor? Alle Rohbauten im Umkreis von fünfzig Kilometern um Bamberg mit einem Bus von Polizisten überwachen zu lassen?"

„Nicht ganz. Wir müssen spekulieren und uns auf die wahrscheinlichsten Ziele fokussieren. Und wir müssen zweigleisig fahren und die Zeit nutzen, die uns noch bleibt."

Herausfordernd blickte Tietz seinen Hauptkommissar an.

„Versetzen wir uns doch mal in die Lage des Mörders. Er weiß, dass wir ihm auf der Spur sind. Aber er muss jetzt töten. Er kann sich denken, dass wir die Rohbauten überwachen, die aus unserem aktuellen Kenntnisstand in Frage kommen. Was würde ich an seiner Stelle tun? Ich würde versuchen, mich in die Lage der Polizei zu versetzen. Der Radius ist offensichtlich. Er wird innerhalb der 15 Kilometer rund um Bamberg keinen Mord mehr begehen. Dazu ist er zu vorsichtig. Er wird sich von seiner Basis Bamberg entfernen. Schließlich muss er einen neuen Tatort finden, der seinen Anforderungen entspricht. Konzentrieren wir uns also auf einen Radius zwischen 15 und 25 Kilometern um Bamberg. Haben wir Gewissheit, dass er genau dort zuschlagen wird? Nein. Aber haben wir eine bessere Idee? Meiner Meinung nach nicht."

„Und wie wollen Sie verhindern, dass dieses Unterfangen wieder in einem Fiasko endet?"

„Wir brauchen Verstärkung. Wir dürfen uns nicht allein auf die Lauer legen. Im Idealfall bilden wir Paare, am besten mit einem Polizisten hier aus Bamberg und einem kampferprobten Kollegen aus einer Spezialeinheit."

„Wie viele Mann brauchen wir dann?"

„Das müssen wir herausfinden. Wir müssen nochmal mit dem Landratsamt die Rohbauten im neuen Radius recherchieren. Dann haben wir eine genaue Zahl."

„Bekommen wir das heute noch hin?"

„Das müssen wir! Weber und Kersten sollen das übernehmen. Götz und ich gehen in der Zeit die aktuellen Vermisstenmeldungen durch."

„Denken Sie denn, dass das nächste Opfer bereits als vermisst gemeldet ist?"

„Wenn wir Glück haben, und meine Theorie stimmt ... Vielleicht hat ein besorgter Ehemann seine Frau als vermisst gemeldet, die gestern Abend nicht von der Arbeit nachhause gekommen ist. Das gibt uns eine einmalige Gelegenheit. Bisher war uns der Mörder immer einen Schritt voraus. Wir konnten Verbindungen nur recherchieren, wenn die Opfer bereits tot waren. Vielleicht finden wir etwas heraus und können die Tat verhindern, ohne uns nachts auf die Lauer legen zu müssen."

„Ich weiß nicht", überlegte Tietz unsicher.

„Wenn wir es auf diesen beiden Wegen versuchen wollen, müssen wir jetzt loslegen! Ansonsten läuft uns die Zeit davon."

„Es ist mir alles zu spekulativ."

„Wenn er gestern tatsächlich bereits eine Frau im Kofferraum dabei hatte, als er Weber im Rohbau überrascht hat, dann haben wir morgen früh die nächste Leiche!"

„Nun gut. Versuchen wir es. Ich werde sehen, welche Ressourcen ich für heute Nacht bekommen kann."

Kapitel 42

Weber rieb sich die schweren Augen. Die vielen Buchstaben verschwammen. Ächzend stand er auf, reckte seine Arme in die Luft und trottete zum Kaffeeautomaten. Das kurze Aufstehen würde ihm guttun. Die Prüfung der Unterlagen erforderte volle Konzentration.

Genussvoll sog er den köstlichen Duft des Kaffees in seine Nase und schlenderte zurück in den kleinen Besprechungsraum, wo er sich mit den Papierstapeln verschanzt hatte, um ungestört arbeiten zu können. „Bring es hinter dich", sprach er sich selbst Mut zu.

Er hatte sich eine effiziente Methodik ausgedacht, wie er die vielen Daten auswerten konnte, die sie auf Anfrage von den Baufirmen erhalten hatten. Im ersten Schritt hatte er die Listen der Baustellen durchgeackert und die drei bisherigen Tatorte mit einem gelben Textmarker gekennzeichnet. Anschließend hatte er sich die Liste der Bauarbeiter vorgenommen, und gezielt danach gesucht, welche Handwerker an den betroffenen Rohbauten eingesetzt wurden.

Massivbau Reinhardt war das einzige Unternehmen, das auf allen drei Baustellen mitmischte. Akribisch wühlte er sich durch den Blätterhaufen und machte sich Notizen auf einem Schmierzettel.

„Schade", murmelte er enttäuscht. Er hatte keinen Namen gefunden, der an allen drei Tatorten gelistet war. „Wäre aber auch zu schön gewesen, um wahr zu sein."

Kurzentschlossen wählte er Schäfers Telefonnummer.

„Andreas, was gibt´s?"

„Ich bin durch."

„Sehr gut. Das war bestimmt ein Haufen Arbeit. Hast du was gefunden?"

„Nicht so, wie wir uns das erhofft haben."

„Keine Übereinstimmungen?"

„Nicht bei allen drei Tatorten."

„Und gab es Bauarbeiter, die wenigstens an zwei Baustellen eingesetzt wurden?"

„Ja, Richter und Smintek."

Schäfer machte eine kurze Denkpause. „Nur zwei Namen?"

„Ja."

„Dann sollten wir sie uns anschauen. Wann ist euer Termin beim Landratsamt?"

„Sie haben gesagt, sie brauchen bis zum frühen Nachmittag, bis sie alles für uns zusammengestellt haben."

„Okay, dann haben wir ja noch etwas Zeit. Schau dir bitte die beiden Handwerker mal an."

„Allein, oder soll ich jemanden mitnehmen?"

„Nimm Rainer mit. Er hat die Vermisstenmeldungen von gestern und heute bereits durchgesehen."

„War nichts dabei?"

„Nein, leider nicht. Wir haben vereinbart, dass er das am frühen Nachmittag nochmal überprüft."

„Alles klar, dann machen wir das so."

„Danke."

Weber legte auf und ging in sein Büro zurück, wo Götz gerade einen Bericht in den Computer eintippte.

„Hast du Zeit, Rainer?"

Götz blickte abwesend vom Bildschirm auf: „Wie kann ich dir helfen?"

„Wir sollen uns zwei Bauarbeiter ansehen. Richter und Smintek von Massivbau Reinhardt. Bist du dabei?"

Der bärenhafte Polizist nickte. Er wirkte froh, dem Bericht zu entkommen. Weber griff zum Telefon und wählte eine Nummer, die er auf seinem Schmierzettel notiert hatte.

„Andreas Weber, Kriminalpolizei Bamberg."

…

„Guten Tag. Können Sie mir bitte sagen, auf welcher Baustelle Peter Richter und Pavel Smintek heute arbeiten?"

…

„In Wildensorg?"

…

„Super. Vielen Dank. Auf Wiederhören."

Fragend starrte Götz seinen Kollegen an. „Und der andere?"

„Wir haben Glück", erklärte Weber. „Beide arbeiten heute auf derselben Baustelle. Ein Anbau in Wildensorg."

„Perfekt. Ich möchte kurz nach Mittag nochmal die Vermisstenmeldungen durchgehen."

Sie stiegen in Götz Wagen und fuhren eine gute Viertelstunde nach Wildensorg. Auf dem Weg rief Weber kurz bei Julia an. „Kannst du uns einen kleinen Gefallen tun und bitte mal überprüfen, was wir über einen Pavel Smintek und Peter Richter im System haben?"

...

„Ja, wir sind schon unterwegs."

...

„Nein, nur bei zwei der drei Tatorte."

...

„Interessant. Da werden wir ihm mal auf den Zahn fühlen. Danke!"

Als sie angekommen waren, pfiff Weber anerkennend. „Keine schlechte Aussicht, oder?"

Götz starrte ebenfalls hinauf zur Altenburg, einem Wahrzeichen von Bamberg, das majestätisch auf dem nächsten Hügel thronte. „Ja, das kann sich sehen lassen." Er sah sich suchend um. „Hausnummer sieben?"

„Genau."

Zielsicher steuerten sie auf das alte Einfamilienhaus zu, aus dem lautes Hämmern dröhnte. Am Straßenrand parkten ein Kastenwagen der Firma Reinhardt und ein Skoda Superb mit den Initialen „PS". Im Hof und im Garten waren Zementsäcke und Paletten mit Steinen gestapelt. Weber drückte den Klingelknopf. Kurz darauf öffnete eine Frau mittleren Alters die Tür und blickte sie fragend an.

„Rainer Götz, Kriminalpolizei Bamberg." Sie zeigten ihre Dienstausweise. „Das ist mein Kollege Rainer Götz."

„Kriminalpolizei?" Ihre Stimme war spitz. Mit weit geöffneten Augen schürzte sie die Lippen. „Ist etwas passiert?"

„Keine Sorge", beschwichtigte Weber freundlich. „Wir haben nur ein paar Fragen an die beiden Handwerker, die heute bei Ihnen sind."

Die Kommissare folgten der verunsicherten Frau einen langen Flur entlang. Das Hämmern wurde lauter. Die Luft roch nach Staub und Gestein.

Weber klopfte an die Tür. Doch unter ihren polternden Hieben hörten die Handwerker sie offensichtlich nicht.

„Nicht so zaghaft", grinste Götz und schlug mit der fachen Hand kräftig gegen die Holztür. Wenige Augenblicke später öffnete sich die Tür. Eine weiße Staubwolke drang aus dem Zimmer. Weber hustete. Dann spitzte ein rundes Gesicht mit Mundschutz und von weißem Staub bedeckten Haaren aus dem Raum. „Was ist denn schon wieder? Wenn wir ständig die Tür aufmachen müssen, hätten wir uns das Abkleben sparen können!"

„Rainer Götz, Kriminalpolizei Bamberg. Das ist mein Kollege Andreas Weber."

Verwundert starrte der Arbeiter die beiden Dienstausweise an, ehe der Groschen fiel. „Sind Sie wegen diesen Morden in den Rohbauten hier?"

„Ja, das sind wir", bestätigte Weber. „Sie wissen davon?"

„Der Chef hat was erwähnt, dass ihr Daten von uns angefragt habt."

Weber nickte. „Können wir uns einen Moment draußen auf der Straße unterhalten?" Er wollte weg von dem staubigen Durchbruch. Aber das Wohnzimmer der Bauherren erschien ihm beim Anblick der völlig verdreckten Handwerker keine gute Lösung zu sein.

„Ihr Kollege kann erstmal weiterarbeiten. Sie können ihn in ein paar Minuten ablösen."

Im Hof musterte Götz den staubigen Handwerker, der seinen Mundschutz abnahm und einen tiefen Zug von der erfrischenden, kühlen Spätsommerluft einatmete. Er war ein kleiner, untersetzter

Kerl Ende vierzig mit einem rundlichen Gesicht. Die Abdrücke auf seiner Nase verrieten, dass er normalerweise eine Brille trug.

„Sind Sie Pavel Smintek oder Peter Richter?", fragte Götz.

„Pavel Smintek." Er sprach mit einem leichten osteuropäischen Akzent, der sich aber so unauffällig in den fränkischen Dialekt einschlich, dass er schon lange hier in der Region leben musste.

„Können Sie sich erinnern, auf welcher Baustelle Sie vor drei Tagen gearbeitet haben?"

„Das war dieser abgelegene Rohbau, oder? Wir haben dort gemauert."

„Ist Ihnen dort irgendetwas aufgefallen?"

„Zum Beispiel?"

„Ein Spaziergänger, der sich auffällig oft dort umgesehen hat?"

„Nein, da war alles ganz normal."

„Nichts Ungewöhnliches?"

„Ich glaube nicht. Wir haben im Erdgeschoss eine Mauer hochgezogen. Draußen haben die Gerüstbauer ihr Gerüst aufgestellt. Sonst hab ich außer dem Bauherren niemanden gesehen."

„Wäre Ihnen das aufgefallen, wenn sich dort jemand Fremdes herumgetrieben hätte?"

„Eher nicht. Wir hatten beim Mauern keinen Blick auf die Straße. Aber den Gerüstbauern wäre das bestimmt aufgefallen. Das ist ja mitten in der Pampa. Außer dieser Baustelle ist da weit und breit noch nichts. Da kann man nicht unauffällig spazieren gehen."

Weber machte sich eine Notiz, die Mitarbeiter des Gerüstbauers telefonisch zu kontaktieren. Vielleicht hatten sie ja etwas gesehen.

„Können Sie uns sagen, wo Sie vergangenen Samstag nachts waren?"

Verdutzt starrte Smintek die beiden Polizisten an. „Sie meinen doch nicht etwa, dass ich …"

„Dass Sie was?"

„Na jemanden umgebracht habe?"

„Nein, das glauben wir nicht. Aber wir müssen diese Frage stellen, um in alle Richtungen zu ermitteln."

„Samstag und Sonntag bin ich immer Schafkopfen."

„Wie lange waren Sie dort?"

„Keine Ahnung. Bis zwei, halb drei vielleicht."

„Gibt es dafür Zeugen?"

„Klar, Schafkopfen kann man ja schlecht allein, oder?"

Weber reichte Smintek einen Stift und ein Papier. „Können Sie bitte hier die Namen und Telefonnummern der Zeugen aufschreiben?"

Götz wartete geduldig ab, bis Smintek fertig war, ehe er die nächste Frage stellte. „Immer samstags und sonntags? Das heißt, Sonntag vor einer Woche waren Sie auch Karteln?"

„Ja."

„Wie lange etwa?"

„Nicht ganz so lange. Bis eins, würde ich sagen."

„Und wo waren Sie in der Nacht von Dienstag auf Mittwoch?"

„Zuhause. Da hab ich geschlafen. Man kann ja nicht jeden Tag bis tief in die Nacht Karten spielen, oder?", fügte er mit einem verschmitzten Grinsen hinzu.

„Kann das auch jemand bezeugen?"

„Ja, meine Freundin. Saskia."

„Wo ist Ihre Freundin eigentlich, wenn Sie jedes Wochenende mit Ihren Kumpels Schafkopfen?"

„Arbeiten."

„Was arbeitet sie denn?"

„Sie bedient in einer Kneipe in der Sandstraße."

„Okay, vielen Dank, Herr Smintek. Ergänzen Sie die Telefonnummer Ihrer Freundin bitte noch auf dem Zettel? Dann können Sie Ihren Kollegen ablösen und zu uns schicken. Danke."

„Was hältst du von ihm?", fragte Weber, während sie auf den anderen Handwerker warteten.

„Macht auf mich einen unauffälligen, harmlosen Eindruck."

„Ja, auf mich auch. Und die Alibis wirken recht wasserdicht. Das sollte sich ja leicht überprüfen lassen."

„Das stimmt. Lass uns das auf dem Rückweg an Julia übergeben. Dann kann sie die Zeugen schon mal anrufen, bis wir im Büro sind."

Der ebenfalls völlig verstaubte Peter Richter trat aus der Haustür und steuerte auf die beiden Kommissare zu.

„Andreas Weber, Kriminalpolizei Bamberg."

„Rainer Götz."

„Peter Richter", stellte er sich vor und reichte den beiden Polizisten die Hand. Er hatte einen kräftigen, selbstbewussten Händedruck. Weber schätzte ihn gut fünf Jahre jünger als Smintek. Richter hatte kurzes Haar und einen athletischen Körperbau. Der gut definierte Bizeps stach aus dem schmutzigen Unterhemd hervor.

„Sie wissen, warum wir hier sind?", fragte Götz.

„Ja, wegen diesen Morden, oder?"

„Ja, genau. Sie wurden auf Baustellen verübt, auf denen Sie tätig waren."

„Wirklich?" Weber beobachtete Richter, wie er unruhig mit den Fingern spielte. Ein leichtes Zucken der Augenbrauen. Hatte er etwas zu verbergen?

„Ist Ihnen in den letzten Tagen auf den Baustellen etwas aufgefallen?"

„Was meinen Sie genau?"

„Unerwartete Besucher auf der Baustelle. Spaziergänger, die sich ungewöhnlich interessiert umgesehen haben. Etwas in der Art."

„Puh, Sie stellen Fragen. Keine Ahnung. Ich bekomm meistens nicht so viel mit. Sie sehen ja, wo ich heute zum Beispiel arbeite. Da seh ich doch nicht, ob draußen jemand spazieren geht."

„Okay, verstanden."

„Haben Sie sonst noch Fragen?"

„Ja. Können Sie uns bitte sagen, wo Sie in der Nacht von Samstag auf Sonntag waren?"

Richters Augen verengten sich zu Schlitzen. Weber sah, wie die Muskeln auf seinem angespannten Bizeps pulsierten. „Ist das Ihr Ernst?", knurrte er mit einem bedrohlichen Unterton. „Geht es jetzt wieder um diese alte Geschichte? Macht mich das verdächtig, Leute zu ermorden?"

„Wir stellen diese Frage allen Beteiligten. Das ist absolute Routine", erklärte Weber ruhig.

„Routine", lachte Richter sarkastisch. „Wollen Sie wissen, was damals los war?"

Götz antwortete nicht. Er blickte den Zeugen einfach nur interessiert an.

„Erst hat sie mich beschissen. Und als ich sie dann zur Rede gestellt hab, hat sie mich weggeschubst. Haben Sie gehört? Sie ist zuerst handgreiflich geworden! Ich hab mich nur zur Wehr gesetzt."

„Eine gebrochene Augenhöhle und eine angebrochene Nase?"

„Mein Gott, da sind halt die Gäule mit mir durchgegangen!", schrie Richter. „Das ist lange her. Ich hab meine Lektion gelernt. Aber das Miststück hatte es einfach verdient."

„Wollen Sie uns nun sagen, wo Sie in der Nacht von Samstag auf Sonntag gewesen sind? Oder sollen wir notieren, dass Sie kein Alibi angegeben haben?"

Wütend schüttelte Richter den Kopf. „Wo soll ich schon gewesen sein? Ich war zuhause und hab geschlafen. Hab erst die Kleine hingelegt, bin mit eingepennt. Dann hat mich meine Frau geweckt. Wir haben so bis halb zwölf einen Film geglotzt. Und dann sind wir ins Bett."

„Kann Ihre Frau das bezeugen?"

„Natürlich."

„Wie lange sind Sie schon verheiratet?"

„Drei Jahre."

„Und wie alt ist Ihre Tochter?"

„Zweieinhalb."

„Wo waren Sie letzte Woche von Sonntag auf Montag?"

Richter runzelte die Stirn. „Da waren wir nach dem Mittagessen im Hain spazieren …"

„Es geht uns um die Nacht."

„Da war ich auch zuhause und hab geschlafen."

„War Ihre Frau auch daheim?"

„Klar."

„Und von Dienstag auf Mittwoch?"

„Hören Sie mal, nur weil ich vor Jahren meiner Ex eine zementiert hab, bin ich kein Rumtreiber. Ich hab eine kleine Tochter zuhause. Sie bekommt gerade drei Zähne. Die Nächte sind scheiße. Und meine Frau braucht meine Unterstützung. Ich war auch von Dienstag auf Mittwoch daheim in meinem Bett!"

„Okay, vielen Dank. Wir werden das noch kurz mit Ihrer Frau überprüfen."

„Ja, machen Sie das. Sonst noch was?"

„Nein, vielen Dank. Sie können wieder zurück an die Arbeit gehen."

Nachdenklich blickte Weber Richter nach, der im Haus verschwand und krachend die Tür hinter sich zuschlug. „Impulsiver Bursche, oder?"

„Ja, aber ein Serienmörder?"

„Totschlag im Affekt trau ich dem schon zu", überlegte Weber. „Wenn mal wieder die Gäule mit ihm durchgehen. Aber drei sorgfältig durchgeplante Morde?"

„Kann ich mir auch nicht vorstellen", stimmte Götz zu.

„Aber altersmäßig würde es bei beiden passen", gab Weber zu bedenken.

„Stimmt. Das hab ich mir auch gedacht."

„Also gut, dann sind wir hier fertig. Lass uns zurückfahren. Ich muss bald weiter ins Landratsamt."

„Ja, und ich schau mal, ob neue Vermisstenmeldungen reingekommen sind."

Kapitel 43

„Melanie Schramm!", rief Götz aufgeregt.

„Keine anderen Vermissten?"

„Nein, Michael. Es ist die einzige neue Vermisstenmeldung in der Region."

„Passt sie in die Altersgruppe?"

„Ja!"

„Wo wohnt sie?"

„Das ist es ja. Coburg. Was meinst du? Zu weit entfernt?"

Schäfer dachte kurz darüber nach. Dann schüttelte er den Kopf. „Nein, warum? Nehmen wir mal an, er kennt die Frauen. Warum soll sie nicht nach Coburg gezogen sein? Oder warum soll er keine Frau aus Coburg kennen? Es ist schließlich nicht aus der Welt. Und Spardorf ist auch bei Erlangen. Das passt auch nicht direkt in den Radius."

„Aber er hat sie trotzdem in den Radius verschleppt, um sie dort zu töten", murmelte Götz nachdenklich.

„Genau. Hast du die Adresse?" Götz nickte. „Dann lass uns keine Zeit verlieren."

Stöhnend blickte Julia auf die Adressliste. „Du kannst bestimmt keine Listen mehr sehen nach heute Morgen, oder?"

„Nicht wirklich", brummte Weber. „Aber das gehört wohl zum Job."

„Können wir das heute noch schaffen?"

Weber lugte gehetzt auf seine Armbanduhr. Es war erst kurz nach Mittag. Das Landratsamt hatte die Informationen über die Baustellen im erweiterten Radius, die sie am Morgen telefonisch angefragt hatten, schneller als erwartet abgeliefert. „Komm, das schaffen wir!"

Die beiden Polizisten eilten zum Auto. Weber stieg auf der Fahrerseite ein und startete den Motor. „Ich fahr dich zu deinem Auto bei der Dienststelle. In der Zwischenzeit kannst du im

Handschuhfach auf die Landkarte schauen. Dann können wir uns die in Frage kommenden Orte schon mal aufteilen."

Julia nickte und begann sofort, die Liste der Baustellen mit der Landkarte abzugleichen. Es gab eine verstärkte Häufung im Westen, so dass sie die Grenze nicht genau in der Mitte von Bamberg zog. „Osten oder Westen?"

Weber überlegte kurz. „Westen."

An der Polizeidienststelle angekommen, hastete Julia zu ihrem Auto. Dann düsten sie los. Sie hatten viele Rohbauten zu begutachten. Und sie hofften inständig, dass nur wenige Tatorte auf der Short List landeten.

Kapitel 44

Schäfers Blick ruhte erneut auf den beiden Kindern. Es waren zwei Jungs. Fünf und zwei Jahre alt. Sie wirkten verunsichert, machten sich Sorgen, vermissten ihre Mama.

„Und wann genau hat Ihre Tochter das Haus verlassen?", fragte er die Mutter von Frau Schramm, die auch die Vermisstenanzeige aufgegeben hatte.

„Sie hat die Kinder bei mir vorbeigebracht und hat sich gegen 18 Uhr auf den Rückweg nach Coburg gemacht. Sie treffen sich immer um 19 Uhr in der Innenstadt."

„Und dieser Mädelsabend findet jede Woche zur selben Zeit am selben Ort statt?"

Melanie Schramms Mutter nickte.

„Fährt sie immer mit dem Auto in die Innenstadt?"

„Nein, mit dem Bus."

Schäfer warf Götz einen kurzen Seitenblick zu. Es war möglich. In ihrer Lebenssituation als alleinerziehende Mutter war Melanie Schramm nicht die Frau, die wegen eines spontanen Techtelmechtels mit einem anonymen Liebhaber nicht nachhause kam. Laut ihrer Mutter war sowas auch gar nicht ihre Art. Sie beschrieb ihre Tochter als fürsorglich und zuverlässig. Und selbst wenn sie eine heiße Nacht verbracht hätte, wäre sie am nächsten Morgen zu ihren Kindern geeilt.

Das Alter passte genau in das Schema des Mörders. Und die Tatsache, dass Melanie Schramm jede Woche diesen Termin hatte, war ein weiteres Indiz. Der Täter ging methodisch vor. Seine Bluttaten, bei denen er erfolgreich alle Spuren verwischte, erforderten ein hohes Maß an Präzision. Eins war klar: Dieser Mann überließ nichts dem Zufall. Und er wusste ganz genau, wann er seine Opfer unbemerkt abpassen und überwältigen konnte.

Schäfer hatte ein schlechtes Gefühl.

„Kennen Sie eine dieser Frauen? Könnte eine von ihnen eine alte Freundin oder Bekannte Ihrer Tochter sein?"

Eifrig blickte die Mutter auf die Bilder, die Götz eins nach dem anderen auf dem Tisch ausbreitete. Bis ihr ein jäher Gedanke kam.

„Was ist mit diesen Frauen?", erkundigte sie sich mit zitternder Stimme. Alle Farbe war aus ihrem Gesicht gewichen.

Götz blickte Schäfer unsicher an. Auch Schäfer grübelte. War es wirklich klug, Panik auszulösen, wo sie doch bisher nur einen ersten vagen Verdacht hatten? Sein nachdenklicher Blick streifte die beiden kreidebleichen Kinder.

„Wollt ihr kurz mit der Eisenbahn spielen gehen? Ich spiele gleich mit." Zögerlich fassten sich die tapferen Jungs an den Händen und liefen in das Wohnzimmer.

Schäfer wusste, dass er kein guter Lügner war. Frauen verfügten über ein sensibles Gespür für Kommunikation. Sie würde seine Unsicherheit wahrnehmen. Und sich dann von ihm betrogen fühlen. Kurzum beschloss er, Melanie Schramms Mutter reinen Wein einzuschenken: „Sie sind tot. Und wurden vermutlich alle vom gleichen Täter ermordet."

Angestrengt konzentrierte sich die Mutter auf die Fotos und blinzelte beherzt ihre Tränen weg. „Ich kenne keine dieser Frauen. Es tut mir leid."

Behutsam legte Schäfer eine Hand auf ihre Schulter.

„Bedeutet das, dass meine Melanie ...", schluchzte sie leise.

Schäfer warf einen besorgten Blick in Richtung Wohnzimmer. Die Kinder spielten mit einer Holzeisenbahn und schienen von dem Gespräch nichts mitzubekommen. *Beneidenswert ...*

„Es bedeutet gar nichts. Es kann auch zig andere Erklärungen geben. Die meisten Vermisstenfälle klären sich innerhalb der ersten Tage glimpflich auf. Aber es ist trotz allem eine Möglichkeit. Deshalb ist es wichtig, dass wir weitere Informationen bekommen. Noch haben wir keine Leiche gefunden. Selbst wenn sie in den Händen dieses Mörders sein sollte, können wir sie noch retten."

„Kennen Sie einen dieser Männer?", fragte Götz einem plötzlichen Impuls folgend und breitete weitere Fotos vor Melanie Schramms Mutter aus.

„Die sehen so normal aus ... Sind das Tatverdächtige?"

„Nein, nein", beschwichtigte Schäfer. „Das sind die Ehemänner der bisherigen Opfer. Wir suchen nach jeder möglichen Verbindung. Vielleicht hat Ihre Tochter ja einen dieser Männer gekannt, so dass nicht die ermordeten Frauen die Verbindung darstellen, sondern ihre Ehemänner." *Ein interessanter Gedanke.* Götz überraschte Schäfer immer wieder.

Verzweifelt starrte die alte Frau auf die Bilder. Aber es war zwecklos. Sie erkannte niemanden. „Bitte, finden Sie meine Tochter", flehte sie, als die beiden Polizisten sich anschickten, die Wohnung zu verlassen.

„Wir werden unser Menschenmöglichstes tun", versicherte Schäfer ernst. Er konnte sie so gut verstehen.

„Kommen Sie allein klar mit den Kindern?", fragte Götz besorgt.

„Ja, ich denke schon. Wir schaffen das."

Götz legte einen Flyer auf den Tisch. „Hier finden Sie Notfallnummern, falls Sie mit dieser außergewöhnlichen Situation überfordert sind. Die Kinder bekommen mehr mit, als man glaubt. Bitte zögern Sie nicht, kinderpsychologische Unterstützung in Anspruch zu nehmen."

„Michael, wir haben nichts!", fluchte Götz enttäuscht, als sie die Tür hinter sich geschlossen hatten. Götz' Hass auf den Täter wuchs ins Unermessliche. „Wenn er eine alleinerziehende Mutter umbringt, mach ich ihn fertig!", knurrte er bissig.

„Wir haben wenig. Aber lass uns mit dem arbeiten, was wir wissen. Wir können mit den Freundinnen sprechen. Uns den Weg in die Innenstadt ansehen. Die Umgebung des Cafés abchecken, wo sie sich treffen wollten. Vielleicht gibt es diesmal einen Zeugen. Irgendjemand muss doch etwas gesehen haben!"

Kapitel 45

Nervös trommelte Weber auf dem Armaturenbrett von Schäfers Wagen. *Kein Wunder*, dachte Schäfer mitfühlend. Er konnte sich an keinen Fall erinnern, der so sehr an seinen Nerven gezehrt hatte. Der Druck, das potenzielle Opfer rechtzeitig zu finden, lastete schwer auf ihnen. Und Weber hatte selbst noch eine Rechnung mit dem Killer offen.

Schäfer war sich nicht sicher, ob Weber nach dem Vorfall in dem Rohbau wirklich schon soweit war, wieder an dem Fall mitzuarbeiten. Er hatte sich bewusst dafür entschieden, Weber anstatt Götz mit zu dem Café zu nehmen, damit er ihn im Auge behalten konnte. *Eine persönliche Fehde mit dem Mörder wäre das Letzte, was wir jetzt gebrauchen können!* Deshalb hatte er Götz gebeten, Weber abzulösen und die restliche Rohbau-Liste abzufahren. *Ich muss wissen, ob ich mich auch nach diesem traumatischen Erlebnis auf ihn verlassen kann!*

Die Fahrt nach Coburg war nur ein Schuss ins Blaue. Es war ein naheliegender Schritt, dort zu starten, wo Frau Schramm am Abend ihres Verschwindens zum Mädelsabend verabredet gewesen war. Julia und Götz klapperten telefonisch die Freundinnen der Vermissten ab, sobald sie alle Baustellen besichtigt hatten.

„Glaubst du wirklich, dass wir ihm so auf die Spur kommen?"
Schäfer zuckte mit grimmiger Miene die Achseln. „Haben wir denn eine bessere Idee?"
„Vermutlich nicht", musste Weber einräumen. „Ich meine nur ... bisher hat er keine Fehler gemacht. Er ist wie ein Geist. Wie groß ist die Wahrscheinlichkeit, dass wir etwas finden?"
„Gering. Aber das ist Teil unseres Jobs", stellte Schäfer trocken fest.
„Ja, der frustrierende Teil."
„Jeder macht mal einen Fehler. Und wenn es so weit ist, dann müssen wir da sein!"
„Dann lass uns beten, dass heute dieser Tag ist. Wer weiß, was dieses Schwein sonst mit der armen Frau anstellt!"
Nachdenklich musterte Schäfer seinen Kollegen.
„Wie geht es deinem Kopf?"
„Alles gut. Ich habe einen harten Dickschädel."
Schäfer schätzte den unbändigen Kampfgeist und Einsatzwillen. Aber er konnte nur hoffen, dass Weber keine persönliche Sache daraus machte, nachdem ihn der Killer niedergeschlagen hatte.
„Du hättest dich ruhig ein oder zwei Tage krankmelden können. Etwas Abstand gewinnen. Ruhe finden."
„Ich brauche keinen Abstand, Michael. Ich bin klar im Kopf. Und ihr könnt jeden Mann gebrauchen. Zuhause würde mir nur die Decke auf den Kopf fallen. Da bin ich lieber mittendrin im Geschehen, als daheim die Wand anzustarren und die ganze Nacht zu grübeln."
„Wie war's eigentlich bei den beiden Bauarbeitern", wechselte Schäfer das Thema, um Weber eine Pause zu gönnen.
„Hat leider nicht viel gebracht", antwortete Weber. „Wie haben dir mal Fotos von den beiden auf dem Schreibtisch abgelegt, damit du dir selbst ein Bild machen kannst. Sie haben aber nichts gesehen. Und beide haben ein Alibi. Julia hat das bereits überprüft."

„Wasserdicht?"

„Smintek auf jeden Fall. War Karten spielen mit drei Kumpels, die das alle bestätigt haben."

„Und der andere?"

„Richter war bei allen drei Morden zuhause bei Frau und Kind. Seine Frau hat das bezeugt."

„Kein sehr starkes Alibi."

„Nein. Wir sollten ihn im Auge behalten."

Schäfer lenkte seinen Dienstwagen zielsicher durch die engen Gassen der Coburger Innenstadt, bis er das gut besuchte Parkhaus erreichte. Er stellte das Auto in der vierten Etage auf einem der wenigen freien Parkplätze ab.

„Sollten wir als erstes nicht das Parkhaus absuchen? Vielleicht finden wir Indizien, ob sie überhaupt hier angekommen ist."

Schäfer schüttelte den Kopf. „Guter Einfall. Aber laut ihrer Mutter hat sie immer die öffentlichen Verkehrsmittel genommen", erklärte er seinem Kollegen, der beim Gespräch mit Frau Schramms Mutter nicht dabei gewesen war.

Zielstrebig marschierte Schäfer voran. Weber folgte ihm zu der Bushaltestelle an der nächsten Straßenecke.

„An sich müsste sie hier an dieser Haltestelle ausgestiegen sein."

„Wenn er sie sich nicht bereits vorher geschnappt hat."

„Am frühen Abend? Im Bus?"

„Wir sollten alle Möglichkeiten in Betracht ziehen."

„Das stimmt. Aber lass uns zuerst den Weg vom Bus zum Café durchspielen."

„Einverstanden. Das ist immer noch die offensichtlichste Option."

Ungeduldig warteten die beiden auf den Bus. Während aus der hinteren Tür die Fahrgäste ausstiegen, zeigten Schäfer und Weber dem Busfahrer ihre Dienstausweise.

„Wird das lange dauern? Ich muss meinen Fahrplan einhalten."

„Keine Sorge. Wir möchten Ihnen nur ein Foto zeigen."

„Na dann zeigen Sie mal her."

Schäfer kramte in seiner Jackentasche und holte ein aktuelles Bild von Frau Schramm heraus. „Haben Sie gestern Abend diese Frau gesehen?"

Mit zusammengekniffenen Augen starrte der übermüdet wirkende Busfahrer auf das Foto. Dann schüttelte er achselzuckend mit dem Kopf. „Keine Ahnung, Leute. Ich kenn die Frau nicht. Tut mir leid."

„Hatten Sie gestern Abend Schicht?"

„Ja, aber eine andere Linie."

„Wissen Sie, wer gestern diese Linie gefahren hat?"

„Nein, da müssen Sie in der Zentrale nachfragen. Die haben Einsicht in die Dienstpläne."

„Könnten Sie die Kollegen nicht schnell anfunken?"

Mürrisch blickte er über seine Schulter in den hinteren Teil des Busses. „Die Leute werden schon ungeduldig. Ich muss meinen Plan einhalten. Tut mir echt leid. Versucht's wirklich mal bei der Zentrale. Die wissen das."

Schäfer hatte mehr Hoffnungen in das Gespräch gesetzt, aber er konnte den gehetzten Mann verstehen.

„Aber macht euch keine Hoffnungen", rief der Busfahrer den beiden Kommissaren hinterher, als diese aus dem Bus stiegen. „Die meisten Leute steigen hinten ein. Ich könnte Ihnen nicht einen einzigen Typen beschreiben, der gerade zu mir in den Bus gestiegen ist."

Weber drehte sich um und nickte dem Mann zu. „Trotzdem Danke für Ihre Zeit."

Der Busfahrer hob seine Hand zum Gruß und wollte gerade die Türen schließen, als Weber noch einmal herumwirbelte.

„Unter Kollegen erzählt man sich doch bestimmt so einiges … Sind Ihnen von gestern Abend irgendwelche ungewöhnlichen Vorkommnisse zu Ohren gekommen? Ein Streit? Ein aufdringlicher Fahrgast? Etwas in der Art?"

Der Busfahrer schüttelte den Kopf. „Nein, davon hätte ich, denk ich, gehört."

Mit einem Zischen schlossen sich die Türen. Schäfer und Weber standen ratlos an der Bushaltestelle.

„Nicht wirklich aufschlussreich."

„Ja. Lass uns zum Café laufen."

Auf dem Weg zeigten sie das Foto auch allen Passanten, die ihren Weg kreuzten. Aber niemand hatte etwas gesehen.

Dann betraten sie das kleine, gemütliche Café. Es waren noch nicht viele Gäste da. Doch es lag bereits der köstliche Duft nach frischem Kaffee in der Luft.

Zielsicher steuerten die beiden Polizisten auf den Tresen zu, wo eine dunkelhaarige Frau Ende zwanzig gerade die Spülmaschine ausräumte.

„Kann ich Ihnen helfen?"

„Ja", lächelte Schäfer freundlich und zeigte der netten jungen Bedienung seinen Dienstausweis. „Wir sind auf der Suche nach einer Frau namens Melanie Schramm." Er legte das Bild auf den Tresen. „Haben Sie sie schon einmal gesehen?"

Interessiert studierte sie das Foto. Schäfer beobachtete sie aufmerksam. Sein Herz schlug schneller, als er die Erkenntnis in ihrem Gesicht wahrnahm.

„Ja, ich kenne sie. Sie ist regelmäßig mit ein paar anderen Frauen bei uns zu Gast."

„Hatten Sie gestern Abend auch Dienst?"

„Ja."

„War Frau Schramm gestern hier?"

Die junge Frau schloss nachdenklich die Augen und überlegte. Dann starrte sie Schäfer irritiert an. „Nein", murmelte sie langsam, so als würde ihr die Tragweite mit jedem Buchstaben mehr bewusst. „Aber ... ihre Freundinnen waren da. Und jetzt wo Sie so fragen ... sie haben auch recht aufgeregt telefoniert, so als hätten sie versucht, jemanden zu erreichen und sich Sorgen gemacht."

„Vielen Dank. Das hilft uns wirklich sehr weiter."

„Was ist mit ihr?", fragte sie mitfühlend. „Ist etwas passiert?"

„Das wissen wir noch nicht", antwortete Weber ruhig.

Nervös kehrte die Bedienung zu ihrer Arbeit zurück. Weber und Schäfer sahen sich noch einen Augenblick lang um. Dann verließen sie das Café.

„Michael, wir stehen vor der nächsten Katastrophe! Dieser Fall entgleitet uns."

„Ja, ich weiß!", murmelte Schäfer niedergeschlagen und rieb sich erschöpft die Schläfen. „Uns läuft verdammt nochmal die Zeit davon!"

Kapitel 46

Nachdenklich legte Götz den Hörer auf. „Das bringt doch alles nichts!", fluchte er verbittert.

„Ist so etwas schon einmal vorgekommen?", hörte er Julia an der anderen Leitung sagen.

...

„Haben Sie eine Idee, wo sie sein könnte?"

...

„Treffen Sie immer allein in dem Café ein, oder begegnen Sie sich auch manchmal schon auf dem Weg dorthin?"

...

„Kennen Sie die genaue Buslinie, mit der Frau Schramm immer zu den Treffen fährt?"

...

„Und sie hat in den vergangenen Tagen nichts Ungewöhnliches erwähnt? Dass sie belästigt wird? Sich verfolgt oder beobachtet fühlt?"

...

„Wir tun, was wir können! Ich danke Ihnen für Ihre Zeit und Unterstützung."

...

„Wenn Ihnen noch etwas einfällt, können Sie mich Tag und Nacht unter dieser Telefonnummer erreichen."

Julia legte auf und erwiderte Götz neugierigen Blick. „Ist es bei dir auch nicht gut gelaufen?"

Götz schüttelte frustriert den Kopf. „Sie können es sich auch nicht erklären. Das bringt uns alles nicht weiter. Kein Mensch hat eine Ahnung, wo Frau Schramm steckt!"

Julia stieß lautstark die Luft aus ihren Lungen. Es war ein schlimmes Gefühl, den Namen der vermissten Frau zu kennen, aber keine Spur von ihr zu haben. So konnten sie diesen Wettlauf gegen die Zeit nicht gewinnen.

Götz' Telefon klingelte. „Vielleicht ist jemandem noch etwas eingefallen", murmelte er hoffnungsvoll und nahm das Gespräch an.

„Es ist Michael", flüsterte er Julia leise zu, die verbissen nickte.

„Mach den Lautsprecher an", drängte sie mit hoher Stimme.

„… eine weitere Sackgasse."

„Und sie war definitiv nicht im Café?"

„Ja, die Bedienung hat sie gleich wiedererkannt. Die Damen sind Stammgäste. Sie war sich hundertprozentig sicher. Habt ihr von ihren Freundinnen was Hilfreiches erfahren?"

„Nein. Nichts. Sie haben auf sie gewartet, sich Sorgen gemacht. Aber niemand hat etwas gesehen. Frau Schramm ist wie vom Erdboden verschluckt."

„Und der Busfahrer?", warf Julia ein.

„Wir haben gerade auf dem Rückweg mit der Zentrale telefoniert. Sie haben uns zu dem Busfahrer durchgestellt, der gestern die Linie gefahren ist."

„Und? Konnte er sich an Frau Schramm erinnern?"

„Es gab keine besonderen Vorkommnisse. Keinen Streit. Kein Handgemenge. Keine Belästigungen von Fahrgästen."

„Habt ihr ihm ein Bild gezeigt?"

„Ja, wir haben es ihm auf sein Handy geschickt. Aber er kann sich nicht erinnern. Die Leute steigen in der Regel hinten ein. Wir vermuten, dass es schon gedämmert hat. Und es war viel los, so dass der Busfahrer nicht auf einzelne Gesichter im Rückspiegel geachtet hat."

„Aber wo ist sie verdammt nochmal verschwunden?"

„Ich weiß es nicht", musste sich Schäfer resigniert eingestehen. „Langsam aber sicher brauchen wir ein Wunder!"

Kapitel 47

„Wie viele Leute haben Sie bekommen?", fragte Schäfer Markus Tietz, der aufgeregt in ihre Team-Besprechung geplatzt war.

Sie saßen im großen Konferenzraum. Ihre Gesichter waren ein Spiegel der strapaziösen Reise durch die Dunkelheit, als hätte der Schatten der vergangenen Stunden eine tiefe Ermüdung in ihren matten Augen hinterlassen. Sie brauchten eine Pause. Aber nicht heute Nacht. Sie befanden sich in einem Wettlauf mit der Zeit. Und es ging um das Leben von Melanie Schramm.

„Die Bereitschaftspolizei stellt acht Leute für uns ab. Und ich kann euch vier Leute von dieser Dienststelle anbieten."

Schäfer nickte. Es war besser als nichts. Und gut zu wissen, dass Tietz nun endlich mit ihm an einem Strang zog.

„Mit uns Dreien sind wir also 15 Leute."

„Uns Dreien?", erkundigte sich Weber mit spitzer Stimme. Er ahnte sofort, dass Schäfer sich nicht verzählt hatte.

„Nach gestern möchte ich nicht, dass du dich so schnell noch einmal in diese Drucksituation begibst."

„Das ist meine Entscheidung, oder?", erwiderte Weber scharf. „Ich werde das Team heute nicht im Stich lassen!"

„Wir wissen, dass wir auf dich zählen können. Aber das ist meine Entscheidung! Ich leite dieses Team und diesen Einsatz."

Entrüstet sprang Weber von seinem Stuhl auf. „Traust du mir nicht zu, dass ich mit dem Mörder fertig werde? Ist es das?"

Weber wirkte zutiefst gekränkt. Und Schäfer konnte ihn gut verstehen. Aber sein Entschluss stand fest. „Nein, das glaube ich nicht. Das gestern hätte jedem von uns passieren können. Wir haben es mit einem gefährlichen Serienmörder zu tun. Aber auch wenn ich weiß, dass du die Drucksituation aushalten kannst, möchte ich dich nicht sofort wieder in diese Lage versetzen. Wir haben genügend Leute, um die wahrscheinlichsten Tatorte abzudecken."

„So eine Scheiße!", fluchte Weber und stürmte aus dem Raum.

Schäfers Stimme zerschnitt die bedrückte Stille. „Lasst uns weitermachen." Der neue Kollege tat ihm leid. Er machte einen exzellenten Job, war ein wertvolles Teammitglied geworden. Aber gerade deshalb konnte und wollte Schäfer ihm das nicht noch einmal zumuten. Zumal es für diese nächtliche Aktion nicht förderlich war, wenn die Suche nach dem Mörder zu einer persönlichen Fehde wurde. Die Nerven lagen ohnehin schon blank. Und Weber hatte nun eine ganz besondere Rechnung mit dem Killer offen, die bei aller Professionalität zu unüberlegten, emotionalen Handlungen und somit zu Fehlern führen konnte. Es war eine schwere, aber die richtige Entscheidung. „Es ist unschön, aber wir müssen jetzt dran bleiben. Wir haben also 15 Leute zur Verfügung. Wenn wir noch einen hätten, könnten wir mit acht Paaren ganze acht Rohbauten im Auge behalten."

„Tim ist für jede Schandtat zu haben. Soll ich ihn nochmal anrufen?"

Fragend blickte Schäfer Markus Tietz an. Nach dem gestrigen Fiasko wollte er nichts mehr über seinen Kopf hinweg entscheiden. Tietz nickte ihm zu. „Erledige das bitte schnell, Rainer. Danke."

„Gibt es denn keine Spur zu dem möglichen nächsten Opfer?"

„Ja und nein", räumte Schäfer mit enttäuschter Stimme ein. „Wir glauben, dass wir das nächste Opfer kennen. Der Name ist Melanie Schramm. Die Frau stammt aus Coburg, passt in die Altersgruppe und wird seit gestern Abend vermisst. Doch wir konnten erneut keine Verbindung finden. Keine Spur. Nichts. Wir tappen weiter im Dunkeln."

„Habt ihr alle Schritte in die Wege geleitet, sie zu finden?"

„Natürlich. Alle Dienststellen in Franken sind alarmiert. Aber bisher ohne Erfolg. Sie ist wie vom Erdboden verschluckt."

„Es handelt sich um eine alleinerziehende Mutter. Wir müssen diese Mordserie heute beenden!", fügte Götz grimmig hinzu.

„Wie viele zu überwachende Objekte müssten wir im Idealfall abdecken?", erkundigte sich Tietz.

„Rainer, Andreas und ich haben die Rohbauten in drei Farben eingeteilt: Grün für die Baustellen, die perfekt in das bisherige Muster passen. Gelb für weitere Kandidaten, die durchaus in Frage kommen. Rot für Baustellen, deren Fortschritt oder Lage überhaupt nicht in das Schema passen", erklärte Julia. „Wir haben acht grüne Objekte. Das würde sehr gut passen mit den 16 Leuten. Zwei Objekte schwanken zwischen grün und gelb. Die lassen wir noch außen vor."

„Einverstanden", bestätigte Schäfer. „In einer Stunde machen wir Lagebesprechung mit den Kollegen von unserer Dienststelle. Dann teilen wir die acht Paare auf. Die Kollegen von der Bereitschaftspolizei briefen wir vor Ort."

„Ruht euch in dieser Stunde noch ein bisschen aus", empfahl Tietz gutmütig. „Ihr habt eine weitere lange Nacht vor euch."

Kapitel 48

Die Nacht war düster. Dicke, schwere Regentropfen hämmerten unablässig auf die provisorisch angebrachte Plane, die den Rohbau vor störenden Pfützen bewahrte. Es war eine ungemütliche Atmosphäre.

„Was für ein beschissener Spätsommer." Götz zog den Reißverschluss seiner Jacke ein Stück weiter nach oben und pustete sich in die eisigen Hände, um ihnen wieder Leben einzuhauchen.

Sein hartgesottener Partner saß auf dem kalten Boden und starrte auf seine staubigen Schuhe.

„Zeit für den nächsten Status-Check", murmelte Götz schlecht gelaunt nach einem kurzen Blick auf seine Armbanduhr. Der schweigsame Kollege nickte grimmig. Er war ein bulliger Kerl Ende zwanzig mit einem verschlagenen Gesicht. Götz war froh, ihn auf seiner Seite zu wissen. *Diesen Burschen von der Bereitschaftspolizei möchte ich nicht im Dunkeln begegnen.*

„Einsatzleitung an Adler 4. Bitte kommen!", krachte Schäfers Stimme aus dem Funkgerät.

„Hier Adler 4. Bei uns ist alles ruhig. Keine besonderen Vorkommnisse."

„Alles klar. Bleibt auf der Hut, Jungs. Ich melde mich in 15 Minuten wieder."

„Verstanden."

Nachdenklich starrte Götz aus dem Fenster. *Ist es ein gutes Zeichen, dass die Nacht noch so ruhig ist? Oder bedeutet es nur, dass wir schon wieder auf die falschen Pferde gesetzt haben?* Melanie Schramm war nach wie vor verschwunden. Sie hatten keine Spur gefunden. Götz glaubte, dass der Täter nicht länger warten konnte. Mit jedem Tag, an dem er die arme Frau gefangen hielt, stieg das Risiko, erwischt zu werden. Und doch hoffte er auf eine weitere Nacht Aufschub. *24 Stunden mehr Zeit, Frau Schramm zu finden, ehe dieser kranke Bastard sie zu Tode foltert!*

Plötzlich erstarrte er. Mit zusammengekniffenen Augen stierte er in die wolkenverhangene Nacht. *Verfluchter Regen! Ich brauche klare Sicht!*

Aber er hatte sich nicht getäuscht. Sein Herzschlag nahm Fahrt auf. „Winkler", zischte er seinem Kollegen leise zu. „Das solltest du dir mal ansehen."

Wie vom Donner gerührt sprang der massige Polizist gewandt auf die Beine und eilte zu Götz ans Fenster. Die beiden Männer starrten gespannt hinaus auf die Straße.

„Scheinwerferlicht."

„Es kommt auf uns zu", bestätigte Winkler.

Sie hatten sich vor Beginn ihres Einsatzes die Umgebung genau angesehen. Es war ein neues Baugebiet. Und sie befanden sich im letzten Rohbau. Fünfzig Meter weiter begann bereits der Waldrand.

Das Herz hämmerte in Götz' Brust, als der Wagen die letzte Baustelle vor ihnen passierte.

„Er kommt zu uns", stellte Winkler trocken fest.

„Du übernimmst den Eingang", flüsterte Götz hastig. „Wir dürfen den Kerl nicht unterschätzen." Er zückte seine Dienstwaffe und entsicherte sie. „Er hat Weber eiskalt erwischt. Und der ist beileibe kein Amateur."

Winkler nickte Götz ernst zu und verschwand leichtfüßig um die Ecke. Götz ging in die Hocke und spähte aus dem Fenster. Es war nicht die erste brenzlige Situation, in der er sich befand. Routiniert konzentrierte er sich darauf, ruhig zu atmen.

Er drückte den Senden-Knopf des Funkgeräts: „Hier Adler 4. Bei uns nähert sich ein Auto. Wir sind auf Position. Können die Situation noch nicht einschätzen. Schalten jetzt das Funkgerät aus. Melden uns in zehn Minuten oder brauchen Verstärkung."

Schluckend schaltete er das Funkgerät ab. Das leiseste Knacken konnte sie verraten und den Zugriff vermasseln. *Wir müssen diese einmalige Gelegenheit nutzen!*, schwor sich Götz, als das Auto am Straßenrand parkte. Der Motor verstummte. Die Scheinwerfer erloschen.

Die gespenstische Stille war pures Gift für seine Nerven. Unruhig vergewisserte er sich, dass seine Pistole entsichert war. Normalerweise würde Winkler den ahnungslosen Eindringling am Eingang überrumpeln und kaltstellen. Aber wenn etwas Unvorhergesehenes passierte, musste er auf den Punkt da sein.

Er lauschte in die Nacht und hörte, wie sich die Autotür öffnete. Angestrengt lugte er nach draußen. Aber es war zu dunkel, um mehr als düstere Schemen zu erkennen. Die Tür knallte zurück ins Schloss. Eilige Schritte schlurften um das Auto herum. Götz' ruhige Atmung war vergessen. Sein Puls raste in gespannter Erwartung.

Eine weitere Tür öffnete sich. *Eine zweite Person?* Götz erkannte einen Schatten, der vom Auto nach oben ragte. *Der Kofferraum!*

Seine Gedanken überschlugen sich. *Schleppt er Frau Schramm gleich in den Rohbau?* Es war egal, ob er zuerst das Opfer oder die Folterwerkzeuge auslud. Die Tatsache, dass sich der Killer nicht zunächst in der Baustelle umsah, kam ihnen entgegen. *Wenn seine Hände nicht frei sind, können wir ihn leichter überwältigen.*

Etwas klapperte leise. Götz spitzte die Ohren. *Dieser verdammte Regen! War das Glas?* Es konnte aber auch das Klirren von Stahl auf Stahl sein. Er war sich nicht sicher.

Götz versuchte, das Kopfkino auszublenden, als sich seine Vorstellungskraft die Folterutensilien ausmalte, die der Mörder vermutlich gerade aus dem Kofferraum hievte.

Er lauschte angestrengt. Eilige Schritte näherten sich dem Rohbau. *Das ist gut. Wenn ich ihn höre, dann hört Winkler ihn auch!* Götz schlich auf Zehenspitzen zur nächsten Wand. Wenn er hier um die Ecke bog, hatte er freies Schussfeld in Richtung Eingang. So konnte er seinen Kollegen am besten unterstützen.

Götz hielt den Atem an. Der erste Schritt hallte dumpf auf dem betonierten Untergrund. *Winkler, worauf wartest du denn?*

Ein plötzlicher Krach ließ Götz zusammenzucken. Es hörte sich an wie ein harter Zusammenprall. Gefolgt von einem gequälten Stöhnen. Etwas knallte lautstark zu Boden. Es schepperte, als ein schwerer Gegenstand zerbarst.

Götz setzte sich in Bewegung. Blitzschnell schoss er mit gezückter Waffe um die Ecke. Sein Körper bebte. Er war auf alles gefasst.

Er brauchte eine Sekunde, um die Situation zu erfassen. Der Boden war ein Meer von Scherben und Splittern. Schäumende Flüssigkeit bildete feuchte Pfützen. Erleichtert stellte er fest, dass

Winkler einen zappelnden jungen Mann unsanft mit dem Gesicht an die raue Wand drückte.

„Hilfe! Hilfe!", kreischte der Kerl panisch und versuchte vergeblich, sich aus dem eisernen Griff zu befreien.

Götz stapfte hastig durch die knirschenden Scherben und half Winkler, den protestierenden Mann zu Boden zu drücken und ihm Handschellen anzulegen. „Kriminalpolizei Bamberg. Was machen Sie hier?"

„Polizei?", stammelte der Kerl völlig aufgelöst. „Hier? Was wollen Sie denn von mir?"

„Sie sind vorläufig festgenommen!"

„Aber ... Warum denn? Ich habe doch ..."

„Was zur Hölle machen Sie hier?", brummte Götz mit seiner bärenhaftesten Stimme.

„Ich wollte doch nur Getränke vorbeifahren", stöhnte der junge Mann schmerzerfüllt.

„Um diese Zeit?"

„Ja, verdammt! Wir fahren morgen für ein paar Tage weg! Ich wollte nur nochmal nach dem Rechten sehen und den Handwerkern frische Getränke hinstellen."

„Winkler, durchsuch ihn bitte!"

Winkler tastete den jammernden Mann nach einem Geldbeutel ab und schüttelte schweigend den Kopf.

„Können Sie sich ausweisen?"

„Klar. Liegt im Auto."

Götz drückte dem ächzenden Mann sein schweres Knie in die Wirbelsäule und legte den Lauf seiner Waffe an den Hinterkopf. Dann wandte er sich an seinen Kollegen. „Geh bitte raus zum Auto und sieh dich dort um. Ich möchte wissen, was sonst noch im Kofferraum ist. Und wir brauchen seine Papiere."

„Alles klar."

„Muss das denn sein?", wimmerte der junge Mann angsterfüllt.

Götz schloss reumütig die Augen. Vermutlich packten sie einen unschuldigen, unbedarften Bauherren hart an und jagten ihm den Schreck seines Lebens ein. Dann aber zogen die Bilder der vergangenen Morde vor seinem geistigen Auge vorüber. „Ja", antwortete er barsch. „Das muss leider sein." *Wir können nicht vorsichtig genug sein.*

Winkler eilte im Spurt zurück in den Rohbau und reckte Götz einen Ausweis entgegen. Der junge Bursche gefiel ihm. *Schnell und effizient. Bullig und trotzdem geschmeidig wie eine Katze.*

„Was war im Kofferraum?"

„Nur ein weiterer Kasten mit Getränken. Der Rest des Wagens ist leer."

„Gut", murmelte Götz nachdenklich und nahm den Lauf der Pistole vom Kopf des schreckensstarren Mannes. Dann nahm er den Ausweis in die Hand und studierte das Foto. Nickend nahm er das Knie von der Wirbelsäule und griff nach seinem Funkgerät.

„Hier Adler 4. Einsatzleitung, bitte kommen."

„Na endlich", seufzte Schäfer erleichtert. „Wir kommen hier fast um vor Sorge. Was ist denn verdammt nochmal los bei euch?"

„Wir hatten einen falschen Alarm. Werner Balzer ist der Name unseres Bauherren, korrekt? Bitte bestätigen."

„Positiv."

„Alles klar. Er wollte seinen Bauarbeitern frische Getränke bringen und ist uns dabei in die Arme gelaufen."

„Dann kümmert euch um ihn." Götz konnte die Enttäuschung in Schäfers Stimme hören. „Und kehrt zurück auf euren Posten. Ich informiere die Kollegen. Die Nacht ist noch lang."

„Wird gemacht. Verstanden."

Erst jetzt bemerkte Götz, dass seine Knie noch immer vor Aufregung zitterten. Er wusste, dass der arme Bauherr nichts dafür konnte. Aber er hätte den Kerl trotzdem am liebsten an die Wand geklatscht, als sie ihm zurück auf die Beine halfen, die Handschellen lösten und sich für die rüde Behandlung entschuldigten. *Und ich dachte, wir haben ihn! Aber so einfach macht er uns das nicht ...*

Kapitel 49

Es war ein kühler Morgen. Der Regen prasselte in Strömen vom Himmel.

Zunächst waren sie noch guter Dinge gewesen. Zwar hatten sie den Mörder nicht geschnappt. Aber gegen Ende des Einsatzes waren die Nerven blank gelegen. Sie alle hatten ein mulmiges Gefühl bei der Sache gehabt. Der Angriff auf Weber war in den Hinterköpfen allgegenwärtig. Das Morgengrauen hatte ihnen vor allen Dingen die Erleichterung gebracht, die schaurige Nacht unbeschadet überstanden zu haben.

Und doch blieben Zweifel. Die Zeit war reif für den vierten Mord. Aber bei niemandem hatte sich etwas getan. Nichts als Stille. Unheilschwangere Stille.

Hatten sie einen Fehler gemacht? Oder war ihnen der Täter einfach überlegen? Die Ungewissheit, ob an einem anderen Ort ein Mord geschehen war oder nicht, hatte sie beinahe um den Verstand gebracht. Bis der fatale Anruf kam. Er hatte wieder zugeschlagen! Noch blutiger und bestialischer als zuvor.

Mit knallroten Augen und blassem Gesicht starrte Schäfer seine betretenen Kollegen an. *Wir haben versagt*, dachte er verbittert.

„Lasst uns reingehen", beschloss er schließlich. Seine Stimme war kaum mehr als ein Flüstern.

Markus Tietz nickte. Er war zum ersten Mal bei einem Tatort dieses Falls dabei. Und er sollte es bereuen.

Auf dem Weg zum Eingang des Rohbaus klopfte Weber Schäfer schüchtern auf die Schulter: „Es tut mir leid. Ich bin wirklich voll aus der Haut gefahren. Als ich in Ruhe darüber nachgedacht habe, ist mir klar geworden, dass ich an deiner Stelle genauso gehandelt hätte."

Schäfer sah ihn beschwichtigend an: „Kein Problem. Es war keine einfache Entscheidung. Sie hat mir auch wehgetan. Du machst einen guten Job. Aber ich konnte es nicht verantworten."

Schäfer war dankbar für die Aussprache. Doch seine düsteren Gedanken waren woanders. Er wollte gar nicht wissen, was sie an dieser Baustelle erwartete. Die Erzählungen am Telefon sprachen Bände.

In banger Erwartung passierten die Polizisten die ersten drei Räume. Dann blieben sie in Schockstarre stehen.

Schäfer schluckte. So etwas hatte er in seiner langen Laufbahn noch nicht gesehen. Alle Muskeln von Götz' massivem Körper waren in Anspannung. Er konnte die zügellose Wut nicht in Worte fassen.

Geistesgegenwärtig fing Weber seine Kollegin Julia auf, als sie zitternd zusammenbrach.

Tietz starrte entsetzt auf die Leiche. Sein Mund öffnete sich. Aber kein Laut löste sich von seinen blassen Lippen. Dieser Tatort war die Hölle.

Schäfer konnte es nicht glauben. Sie hatten von vielen Foltermethoden gelesen, sich eingehend mit dem Thema beschäftigt. Und von allen Foltern hatte er diese am meisten gefürchtet. Er musste stark sein. *Schau dir den Tatort genau an! Jedes Indiz kann dir helfen, diese Bestie zur Strecke zu bringen! Jede Kleinigkeit. So schmerzlich der Anblick auch sein mag.*

Schäfers aufmerksame Augen erfassten die Konstruktion an der Decke. Der Täter hatte aufwändig stabile Halterungen in der Decke verschraubt, an der er die Ketten verankert hatte. Die Füße des Opfers hingen noch immer an den Ketten. Schäfers Blick streifte über den Boden. Er musterte die gewaltige Blutlache, die sich wie ein kleiner See vor seinen Füßen erstreckte.

Tietz würgte und hielt sich panisch die Hand vor den Mund.

„Gehen Sie nach draußen", murmelte Schäfer ohne den Anflug eines Vorwurfs. Auch ihm stand die Galle im Hals. Doch er wusste, dass er sie herunterwürgen konnte. „Wir dürfen den Tatort nicht verunreinigen."

Während Tietz kreidebleich aus dem Rohbau sprintete, begutachtete Schäfer weiter die Leiche. Der Mörder hatte sein Opfer mit gespreizten Beinen kopfüber an den Fußknöcheln aufgehängt und bei lebendigem Leib vom Schritt in Richtung Brustbein zersägt. Blutige Fetzen aus Muskeln, Fleisch und Gedärmen hingen aus der klaffenden, einen halben Meter langen Wunde heraus. Der kleine See unter der hängenden Leiche war eine stinkende Mischung aus Blut und Innereien.

„Er muss die Säge zwischen den gespreizten Beinen angesetzt haben", erklärte der Gerichtsmediziner mit leiser Stimme. „Dann hat er sich nach unten bis zum Brustbein durchgesägt."

Das Blut gefror in seinen Adern, als Schäfer versuchte, sich die unvorstellbaren Schmerzen vorzustellen, wenn die scharfzahnige Baumsäge sich durch Fleisch, Sehnen und Knochen arbeitete, sich unaufhaltsam den Weg vom Schritt bis hinab zur Brust bahnte. Es war eine der qualvollsten Hinrichtungsmethoden des düsteren Mittelalters. Ein abscheuliches Kapitel der Menschheitsgeschichte. Dadurch, dass das Opfer kopfüber aufgehängt war, floss das Blut in den Kopf. Das führte dazu, dass es deutlich länger dauerte, bis man vor Schmerzen oder Blutverlust das Bewusstsein verlor. Die maximalen Qualen.

Schäfers Blick fiel auf den in der Mitte auseinanderklaffenden Körper. Das Gesicht war schmerzverzerrt, eine groteske Fratze der unvorstellbaren Torturen, die die arme Frau vor ihrem blutigen Tod durchgemacht hatte.

„Melanie Schramm", wisperte er heiser. Mit Tränen in den Augen dachte Schäfer an ihre beiden Kinder, an die besorgte Mutter, an die Höllenqualen, die diese arme Frau erleiden musste, die sich so sehr auf ihren wöchentlichen Frauenabend gefreut hatte. *Wer tut einem anderen Menschen nur so etwas an? Wer hat so einen Hass auf diese Frauen?*

„Andreas, holst du Julia bitte ein Glas Wasser?"

Schäfer nahm besorgt wahr, wie nah Julia diese Morde gingen. Es war, als konnte er ihre Gedanken lesen. Sie war auch mit auf der Lauer gelegen. *Es hätte gestern auch sie anstatt Weber erwischen können. Hätte der Täter auch sie verschont? Oder hätte er sie anstatt Melanie Schramm in zwei Hälften zersägt? Nicht auszudenken ...*

„War der Tatort auch auf unserer Liste?", erkundigte sich Tietz, der auf wackligen Knien in den Raum zurückkehrte. Er war blass und stank nach Erbrochenem. Ein Schweißfilm funkelte auf seiner Stirn.

Schäfer nickte stumm. „Es war einer der beiden Wackelkandidaten, die wir zwischen grün und gelb eingestuft hatten."

„Verdammte Scheiße!", entfuhr es Tietz. „Dann waren wir so nah dran! Vier Leute mehr, und wir hätten das Schwein geschnappt. Das darf doch einfach nicht wahr sein!"

Schäfer nickte stumm. Aber etwas störte ihn an dieser Aussage. Eine Gänsehaut breitete sich auf seinem Rücken aus. Denn er war sich nicht mehr sicher, ob er die Vermutung von Tietz teilte.

Kapitel 50

Neugierig blickte sich Schäfer im Eingangsbereich von Andreas Webers Haus um. Er selbst war dagegen gewesen, das vereinbarte Treffen zu Webers Einstand trotz all dieser Umstände durchzuziehen. Seiner Meinung nach benötigte das Team jetzt eins: Ruhe, Abstand und eine gehörige Portion Schlaf. Hinter ihnen allen lag ein Marathon. Aber sowohl Götz als auch Julia und Andreas hatten auf ihn eingeredet, dass ihnen die Ablenkung eines gemeinsamen Team-Abends guttun würde. „Wir sind so aufgewühlt von diesem Mord, dass wir nicht an Schlaf denken können, Michael." *Ich auch, aber es fühlt sich trotzdem nicht richtig an!*

„Du siehst grauenvoll aus", begrüßte Julia ihren alten Freund mit einem gequälten, aufgesetzten Lächeln.

Schäfer nickte. „Ja, das kann ich mir vorstellen. Ihr wisst ja, wie ich Pressekonferenzen hasse. Das setzt mir mehr zu als diese schlaflosen Nächte."

Sie waren verzweifelt. Sie hatten keine Spur. Also hatte Schäfer mit Staatsanwalt Hirscher und Tietz vereinbart, mit einem Hilferuf an die Presse heranzutreten. Die Schreiberlinge hatten sich auf die Mordserie gestürzt wie eine Horde halbverhungerter Geier. Sie hatten die verzweifelten Polizisten zerfleischt, gequält, mit Kritik überhäuft.

Aber am Ende konnten sie die Journalisten überzeugen, dass sie möglichst unspektakulär über die brutale Mordserie berichteten. „Wenn ihr uns helfen wollt, diesen Kerl hinter Schloss und Riegel zu bringen, dann zelebriert nicht die blutigen Morde. Schreibt von den Tatorten und Zeitpunkten. Bittet um Mithilfe von potenziellen Zeugen. Aber lasst bitte die Brutalität aus euren Artikeln raus!" Mehr konnten sie im Moment nicht tun. Nun galt es zu hoffen, dass die Presse den richtigen Ton fand, der keine Massenpanik im Landkreis Bamberg auslöste.

„Hast du nochmal mit dem Chef gesprochen?", erkundigte sich Götz.

„Ja, hab ich. Es gibt Neuigkeiten."

Gebannt hingen die Kollegen an Schäfers Lippen.

„Hirscher hat Tietz beauftragt, eine Soko zu gründen."

Auch wenn das bei einem Fall dieser Tragweite ein zu erwartender Schritt war, wirkte das Team niedergeschlagen. Sie waren eine eingespielte, schlagkräftige Truppe. Nun würde die große Polizeimaschinerie anlaufen.

„Leitest du die Soko?"

„Tietz leitet die Soko direkt", erklärte Schäfer betont ruhig, um die Aufregung des Teams zu zügeln. „Es wird eine kommissarische Gruppe gebildet, die uns vor allem bei den Recherchen und bei der Abarbeitung der Hinweise entlasten soll. Jetzt, wo wir die Presse um Unterstützung gebeten haben, wird die Post abgehen. Da können wir jede Hilfe gut gebrauchen."

„Was wird unsere Rolle in der Soko sein?"

„Für uns ändert sich nicht viel. Wir übernehmen weiter die Feldarbeit, ermitteln vor Ort, vernehmen Verdächtige, Zeugen und

Angehörige. Nur dass wir jetzt von einem breiten Recherche-Team im Hintergrund versorgt werden."

„Was ist mit den Nächten?"

„Wir dürfen die Überwachungsaktionen fortsetzen. Und Tietz versucht sogar, weitere Ressourcen zu bekommen, um unsere Bandbreite zu erhöhen."

„Und heute Nacht?"

„So schnell geht das nicht. Und nach der letzten Nachtschicht brauchen wir alle eine Pause. Auch die Kollegen von der Bereitschaftspolizei. Wir arbeiten morgen an einem Konzept, wie wir ab übermorgen mit zwei getrennten Teams eine durchgehende Nachtwache an den wahrscheinlichsten Tatorten sicherstellen können."

„Wir sollten darüber nachdenken, auch die gelb markierten Ziele einzubeziehen. Wir könnten mobile Einheiten hinzuziehen, die die Baustellen zyklisch abfahren und kontrollieren."

„Gute Idee, Julia", nickte Schäfer. „Wir werden den Vorschlag morgen mit einbeziehen. Aber jetzt lasst uns nicht unsere eigenen Regeln brechen: An den Team-Abenden wird doch nicht über den Fall gesprochen, oder?"

Da sie alle direkt nach der Arbeit zu Weber gefahren waren, und Weber niemanden zuhause hatte, der das Abendessen hätte vorbereiten können, bestellten sie kurzerhand Pizza. Es war eine seltsame Atmosphäre. Das ansonsten so gesprächige, gut gelaunte Team konnte diesmal die bedrückenden Gesprächspausen nicht vermeiden. Jeder hing seinen eigenen düsteren Gedanken nach.

„Lasst uns lustige Geschichten aus unserer Jugend erzählen", schlug Julia vor. „Du fängst an, Rainer."

Es war ein verzweifelter Versuch, dem Abend eine unbeschwerte Note zu verleihen. Aber Götz ließ sich nicht lange bitten.

Schäfer erhob sich von seinem Platz und machte sich auf den Weg zur Toilette. Er hatte keine Lust auf Gesellschaft, wollte seine Gedanken mit sich selbst und seiner Vergangenheit ausmachen, anstatt gute Miene zum bösen Spiel zu machen.

Neugierig blickte er sich auf dem Weg zur Toilette in Webers Wohnung um. Es hingen wenige Bilder an den Wänden. Kein Wunder. Schließlich hatte er keine Kinder und war frisch geschieden. *Wen sollten die Bilder auch zeigen?*, dachte Schäfer verbittert, der dieses Gefühl nur zu gut kannte. Seit dem Tod seiner Frau hatte er sich nicht mehr verliebt, sich auf keine neue Frau mehr eingelassen. Steffi war seine große Liebe gewesen. Es gab keine andere, die ihren Platz jemals einnehmen konnte.

Die wenigen Bilder zeigten Weber in einem gemütlichen Garten, der nicht hier an das Haus anzugrenzen schien. Eine kleine Holzhütte befand sich im Hintergrund. Schäfer machte sich eine gedankliche Notiz, ihn späterer danach zu fragen. So konnte er zumindest seinen Teil zur Team-Konversation beitragen, ohne zu viel von sich selbst preisgeben zu müssen. Er passierte ein Bücherregal, das in einem Flur aufgestellt war. Neugierig ließ er seinen Blick über die Buchtitel schweifen. Einige Krimis. Fachbücher über Psychologie. Bestseller wie „Die Säulen der Erde", „Die Päpstin" oder „Der Medicus". *Guter Geschmack*, dachte Schäfer und öffnete die Toilettentür.

Beim Wasserlassen fiel ihm erneut der Satz von Markus Tietz ein: „Dann waren wir so nah dran! Vier Leute mehr, und wir hätten das Schwein geschnappt." *Wir hätten diesen vierten Mord verhindern können!*

Was stört mich an diesem Satz?, grübelte Schäfer. *Warum glaube ich nicht daran? Ich habe ein seltsames Gefühl. Irgendetwas stimmt hier nicht. Der Täter ist uns zu überlegen.*

„Du bist dran", drängte Julia, als Schäfer wieder in das geräumige Esszimmer zurückkehrte.

Schäfer wusste, wie gut ihn sein Team kannte. Er war nicht der Typ, der heitere Geschichten aus seiner Jugend erzählte. Also störte niemand sich sonderlich, als er die Frage einfach ignorierte und das Wort an seinen Gastgeber richtete: „Sind die Hütte und der Garten hier auf diesem Grundstück, die ich auf den Bildern im Flur gesehen hab?"

Weber schüttelte den Kopf. „Nein, ich habe nur einen Minigarten hinter dem Haus. Deshalb hab ich mir hier in Bamberg einen Schrebergarten angemietet. So kann ich am besten abschalten."

„Deine Grill-and-Chill-Area?"

„Einmal habe ich dort gegrillt, ja. Vielleicht mach ich das öfter mal. Meistens sitze ich einfach nur da und beobachte die Natur. Und ich schnitze gern. Dabei kann ich am besten abschalten. So wie andere gerne angeln oder was weiß ich was machen."

Was mache ich gerne, um abzuschalten?, fragte sich Schäfer nachdenklich. *Ich sitze nur in meinem Sessel, starre teilnahmslos ins Leere, wenn ich mich nicht auf meine Bücher konzentrieren kann. Und krame jeden Abend diese verdammten Zeitungsartikel aus der Schublade, die mich nicht loslassen. Die mich bis ins Grab verfolgen werden.*

„Baust du dann auch Gemüse, Blumenbeete oder sowas an?", erkundigte sich Götz interessiert.

„Das hab ich schon vor. Dazu sind diese Gärten ja da. Bisher hatte ich aber noch keine Zeit, mich darum zu kümmern. Vielleicht, wenn dieser Fall endlich vorbei ist. Sorry, wir sprechen ja nicht darüber. Hoffentlich bald", korrigierte er sich mit einem verwegenen Grinsen.

Die Gesellschaft löste sich früher auf als sonst. Die Stimmung war noch immer gedrückt. Und sie brauchten dringend ein paar Stunden Schlaf. Aber sie alle wussten: Die Bilder von der zersägten Melanie Schramm würden sie noch tagelang in ihren Albträumen verfolgen.

Schäfer fuhr nachhause. Er hatte ein eigenartiges Gefühl im Magen, als hätte er etwas Wichtiges übersehen. Ein kurzer Gedanke, der ihm sofort wieder entfallen war. Der vielleicht der fehlende Mosaikstein zu einer Spur sein konnte. *Warum kann ich mich nicht mehr erinnern, was mir eingefallen ist?*

Er schob es auf die Müdigkeit, die seinem ganzen Körper zusetzte. Es waren zwei harte Tage gewesen. Erschöpft schloss er die Tür zu seiner Wohnung auf und eilte sofort in das Schlafzimmer. *Du musst schlafen, Michael*, sagte er sich selbst. Aber als er auf der Bettkante saß, griff er wie ein Roboter zu seiner Nachttischschublade. Mit zitternden Händen holte er die beiden Zeitungsartikel heraus. Müde starrte er auf die Überschriften.

„Du bist gerade dabei, es wieder gegen die Wand zu fahren", murmelte er leise. „Aber nochmal ertrage ich diese Machtlosigkeit und diese Schuldgefühle nicht!"

Mit einem bitteren Gallegeschmack im Mund legte er die Zeitungsartikel behutsam in die Schublade zurück. Dann schaltete er das Licht aus und legte sich schlafen.

Doch Schlaf sollte er keinen finden. Seine Gedanken kreisten. Die Bilder von Melanie Schramm verfolgten ihn. Und das Gefühl, etwas übersehen zu haben, ließ ihn verzweifeln.

Kapitel 51

Das Läuten des Telefons riss den übermüdeten Polizisten aus seinen Gedanken. Schäfers Herz hämmerte in seiner Brust. *Ein weiterer Mord? Haben wir uns verzockt? War die Annahme, dass der Täter seinen Rhythmus von zwei bis vier Tagen beibehält, zu gewagt und naiv gewesen?*

„Michael Schäfer", meldete er sich erschöpft.

…

„Oh mein Gott. Ich komme!"

„Was genau ist passiert?", fragte Tietz.

„Es handelt sich um eine Frau gleichen Alters. Wir sind gerade dabei, die Identität zu klären."

„Wir waren uns doch beide einig, dass er erst in zwei bis drei Tagen wieder morden wird", wunderte sich Tietz nachdenklich.

„Ja, ich hab auch nicht so schnell mit einem weiteren Mord gerechnet."

„Sind wir uns sicher, dass er es war? Vielleicht ein anderer Täter? Ein Trittbrettfahrer auf Basis der Presseberichte?"

Schäfer schüttelte den Kopf. „Nein, das glaube ich nicht. So viele Details waren in den Presseberichten nicht erwähnt. Und es ist das gleiche Muster. Das gleiche Alter. Eine neue mittelalterliche Foltermethode. Auch wenn die Spurensicherung noch nicht ganz fertig ist, haben wir bislang keinerlei Spuren. Und es ist ein Rohbau, der perfekt zum Täter passt. Und der sogar auf unserer Liste steht!"

„Im erweiterten Radius?"

„Nein, im inneren Kreis. Nicht weit von Bamberg entfernt."

Nachdenklich tigerte Tietz im Besprechungsraum auf und ab. Auch Schäfer grübelte. Was konnten sie noch tun?

„Wie genau hat er es diesmal gemacht?"

Schäfer betätigte die Maus, um den Bildschirmschoner seines PCs auszublenden. Dann winkte er Tietz zu sich und zeigte ihm die ersten Bilder vom Tatort. Das grausam zugerichtete, an unzähligen Stellen aufgeplatzte Gesicht. Den von Blutergüssen und Schwellungen übersäten Körper. Die schweren Steine lagen noch auf dem Boden des Rohbaus.

„Eine Steinigung?"

Schäfer nickte betroffen. „Ich möchte gar nicht wissen, wie viele Steine er auf die arme Frau geschleudert hat, bis sie endlich das Bewusstsein verlor."

Angewidert schüttelte Tietz den Kopf. „So ein barbarischer Teufel!"

„Götz ist bereits in der Spurensicherung und versucht, dort mehr rauszufinden. Danach ruft er noch in Erlangen beim Pathologen an. Aber nach den Erfahrungen von den letzten Morden können wir hier nicht mit vielen hilfreichen Indizien rechnen. Weber kümmert sich um die Klärung der Identität der Toten. Vielleicht haben wir wieder eine Vermisstenmeldung …"

„Wir müssen schnellstmöglich die nächtliche Überwachung in die Wege leiten!", forderte Tietz.

„Julia und ich werden ein Konzept erarbeiten. Frau Kersten hatte noch eine sehr gute Idee, wie wir uns innerhalb der verfügbaren Ressourcen noch etwas breiter aufstellen können, ohne zu viel Risiko einzugehen."

„Das ist gut. Kommen Sie bitte in zwei Stunden in mein Büro zur nächsten Lagebesprechung."

Mit einem Kopfnicken verabschiedete Schäfer Tietz, der den Raum verließ, um dem besorgten Staatsanwalt Bericht zu erstatten.

„Ich schau mal bei den Kollegen vorbei", kündigte Schäfer an und erhob sich ebenfalls von seinem Stuhl. „Falls letzten Abend eine Vermisstenmeldung eingegangen ist, können wir die Identität, denke ich, schnell klären."

Julia war bereits damit beschäftigt, eine Landkarte des Großraums Bamberg auf dem großen Besprechungstisch auszubreiten. Aber Schäfer war noch abwesend. Etwas stimmte hier nicht. Der Täter war ihnen zu weit voraus. Die Zufälle häuften sich. Und Schäfer glaubte nicht an Zufälle. Nicht bei einem Fall wie diesem.

Nur wenige Stunden, nachdem sie die beiden jugendlichen Verdächtigen nicht mehr überwacht hatten, war der zweite Mord geschehen. Schon damals hatte Schäfer den Eindruck gehabt, als hätte der Täter nur darauf gewartet, dass die Jugendlichen nicht mehr beschattet wurden, damit er die Polizisten noch eine Weile auf diese falsche Fährte schicken konnte. Um in Ruhe seinen teuflischen Plan weiterverfolgen zu können.

Dann hatte er mit Andreas Weber einen erfahrenen Polizisten überwältigt, der eigentlich alle Vorteile auf seiner Seite gehabt hatte. Es hätte andersherum sein müssen. Dass der Täter unbedarft in den Rohbau eindringt und vom lauernden Weber überrascht wird. Aber es schien, als hätte der Täter gewusst, dass Weber auf ihn wartete.

Und nun die beiden letzten Morde ... So viel Glück konnte der Mörder einfach nicht haben. Die Wahrscheinlichkeit, dass er sich gerade für einen der beiden grün-gelben Baustellen entschied, die sie nicht überwacht hatten, lag bei zwanzig Prozent. Und die anderen Baustellen wären besser geeignet gewesen. Der Täter handelte sehr bedacht. *Warum hat er gerade diesen Rohbau ausgewählt? Und warum hat er so plötzlich seinen Rhythmus geändert? Als wüsste er genau, dass morgen die Überwachung erweitert wird. Als wollte er diese letzte Gelegenheit, ungestört zu töten, nicht ungenutzt verstreichen lassen.*

Woher weiß der Täter all diese Details?, grübelte Schäfer. Er zermarterte sich den Kopf. Viele dieser Dinge waren nur einem kleinen Kreis bekannt. *Irgendwo müssen wir eine undichte Stelle haben!* Schäfer ging gedanklich alle in Frage kommenden Personen durch.

Markus Tietz war ein schwieriger Mensch, unterstützte sein Team zu wenig, war barsch, launisch und unerträglich. Aber Schäfer kannte ihn schon lange. Seine Integrität stand außer Frage. Ihn konnte Schäfer ausschließen.

Doch die anderen, die all diese Details gewusst hatten, waren allesamt Mitglieder seines Teams. Verzweifelt schüttelte Schäfer den Kopf. *Nein, das ist nicht möglich!*

„Wollen wir starten?", fragte Julia und riss Schäfer jäh aus seinen Gedanken. Neugierig starrte sie ihn an. „Was ist denn los mit dir? Du wirkst heute so abwesend ..."

Schäfer warf einen letzten Blick über seine Schulter. Dieses Gespräch musste unter vier Augen stattfinden. Er trat näher an Julia heran und blickte ihr eindringlich in die Augen.

„Hast du nicht auch das Gefühl, dass der Täter uns immer einen Schritt voraus ist? Als ob er genau wüsste, was wir als Nächstes tun?", flüsterte er verschwörerisch.

Julias Augen verengten sich zu Schlitzen. „Worauf willst du hinaus?"

„Ich frage mich, ob es möglich ist, dass wir eine undichte Stelle haben."

„Aber diese Details weiß doch nur ein sehr kleiner Kreis", warf Julia ein.

„Ich weiß", bestätigte Schäfer diesen Gedanken, der ihn ebenfalls quälte. „Rainer und dich kenne ich schon so lange, für euch lege ich die Hand ins Feuer."

Schäfer ließ den Satz im Raum stehen. Er wollte nicht aussprechen, was er dachte. Julia war intelligent genug, um die Aussage selbst zu interpretieren.

„Denkst du an Andreas?", schlussfolgerte sie zögernd.

Eindringlich blickte Schäfer seine alte Freundin an. „Du kennst ihn doch noch von früher. Was ist er für ein Typ? Können wir uns auf ihn verlassen?"

Fassungslos starrte Julia Schäfer an.

„Er ist der Einzige, mit dem ich nicht seit Jahren zusammenarbeite. Der Einzige, dem ich noch nicht blind vertrauen kann."

„Ich kann mir das nicht vorstellen, Michael. Ich kenne ihn aus meiner Jugend. Das ist schon lange her. Aber er macht auf mich nicht den Eindruck, als würde er uns verraten."

„Vielleicht tut er es auch nicht wissentlich. Womöglich weiß er gar nicht, dass er die undichte Stelle ist. Was ist zum Beispiel, wenn er sich privat mit irgendjemandem austauscht?"

Mit weit aufgerissenen Augen starrte Julia ihren Teamleiter an. Irgendetwas an ihrem Blick kam Schäfer seltsam vor. Sie wirkte aufgewühlt, erschrocken.

„Ich kann es mir auch nicht vorstellen", ergänzte er nachdenklich. „Er macht einen sehr professionellen Eindruck. Ich halte ihn für viel zu erfahren, um sich so einen Fauxpas zu leisten."

Julia wich Schäfers Blick aus. Sie wirkte mit einem Mal ganz blass. *Was ist denn nur los mit ihr?* Schweigend starrte sie Schäfer an. Ihre Hände zitterten leicht. *Was in drei Teufels Namen hat das zu bedeuten?*

„Ich glaube, ich muss mit dir reden, Michael", flüsterte sie leise. „Aber nicht hier."

Kapitel 52

Unsicher ließ sich Julia auf den Stuhl im Büro fallen. Sie hatte um ein ungestörtes Gespräch gebeten, so dass sie in dieses Zimmer ausgewichen waren.

Aufmerksam beobachtete Schäfer seine alte Weggefährtin. Ihre geweiteten Augen irrten suchend umher. Das verkrampfte Lächeln machte einen gequälten Eindruck. *Was ist nur in sie gefahren? Sie wirkt ja, als stünde sie kurz vor dem Zusammenbruch.* Schäfer kannte diesen Gesichtsausdruck. Die bange Miene. Der ausweichende Blick, wenn ein Täter auf seine Vernehmung wartete. Blass und zitternd, mit mutlos hängenden Schultern. Wohlwissend, dass er schuldig war und nun alles herauskam. *Will sie mir etwa sagen, dass sie aus dem Fall aussteigen möchte?* Insbesondere der Mord mit der Säge hatte ihr schwer zugesetzt. Sie war eine Frau. Die Zielgruppe des Killers. Schäfer könnte es ihr nicht übelnehmen, wenn sie der Fall zu sehr mitnahm.

„Ich muss dir dringend etwas beichten", druckste Julia herum.

Schäfer antwortete nicht. Er blickte sie freundlich und einladend an. Aber tief in seinem Inneren brodelte es. Ihr seltsames Verhalten verunsicherte ihn. *Womit hadert sie so sehr?*

„Vielleicht bin ich die undichte Stelle", wisperte sie plötzlich.

Schäfer starrte sie verständnislos an. Sie hatte ihn völlig auf dem falschen Fuß erwischt. *Was meint sie damit? Sie steht doch sicher nicht mit dem Killer in Kontakt!* Seine Welt drehte sich. Aber Schäfer zwang sich, ruhig zu bleiben und abzuwarten. *Erzähl schon weiter!*

„Ich hab dir doch von dieser Partnervermittlung im Internet erzählt", stammelte Julia langsam, als Schäfer sich nicht zu ihrer Aussage äußerte. „Und von meinem Chat-Partner, mit dem ich mich so gut verstehe."

„Hast du noch viel Kontakt mit ihm?"

„Wir schreiben uns täglich. Über alles, was uns bewegt. Unsere Sorgen. Unsere Ängste. Unsere Albträume."

Schäfer atmete schwer. Nun hatte er eine Ahnung, in welche Richtung sich dieses Gespräch entwickelte. *Gott steh mir bei*, dachte er. *Wie viele Abgründe hält dieser Fall denn noch für mich bereit?*

„Und da hast du ihm von unserem Fall erzählt?"

„Gibt es denn so viele andere Dinge im Moment, die mich beschäftigen? Die mich nicht schlafen lassen? Vor denen ich mich zu Tode fürchte?"

Schäfer schüttelte den Kopf. Er konnte sich nicht viele Dinge vorstellen, die eine vernichtendere Wirkung hatten als ein Fall wie dieser. Nur die beiden Zeitungsartikel in seiner Nachttischschublade.

„In welcher Tiefe habt ihr euch denn über den Fall ausgetauscht?"

In Schäfer brodelte es wie in einem Vulkan. Aber er verbarg seine Gefühle hinter einer Maske aus stoischer Ruhe, die er nicht empfand. Er wusste, dass seine Kollegen ihn stets für diese Fähigkeit bewunderten. Sie nannten ihn ihren professionellen Fels in der Brandung, der sich durch nichts und niemanden erschüttern ließ. Aber er war erschüttert. Julias Worte zogen ihm den Boden unter den Füßen weg.

„Unsere Misserfolge haben mich schwer belastet. Ich habe ihm davon erzählt. Und im Dialog haben wir uns auch über die nächsten Schritte ausgetauscht, die wir planen, um den Mörder zu fassen."

Schäfer schwieg. Das Blut rauschte in seinen Ohren. Er fühlte sich machtlos und geschlagen. Er hatte es geahnt: Diesem Fall war er nicht gewachsen. Julia saß vor ihm, wand sich mit Tränen in den Augen auf ihrem Stuhl. Sie wirkte wie ein unsicheres Kind, das darauf wartete, eine wutentbrannte Standpauke von ihrem Vater zu hören. Aber aus Schäfers gebrochener Stimme sprach einzig bittere Enttäuschung.

„Und hältst du es für möglich, dass er dich ausgehorcht hat?"

„So wie ich ihn einschätze, nein."

„Aber wie gut kennst du ihn denn?"

„Wenn ich mit ihm schreibe, habe ich das Gefühl, dass wir uns direkt in unsere Seelen blicken."

„Es ist nur Text, Julia. Nur Wörter und Buchstaben. Nichts weiter."

Julia wirkte verletzt. Diese Nachrichten bedeuteten ihr offensichtlich etwas. Wollte sie nicht glauben, dass Falke sie hintergangen hatte? Oder womöglich gar der Mörder war.

„Du hast keine Ahnung von unserem Austausch, Michael!", entgegnete sie scharf. Fühlte sie sich unter Druck gesetzt, unverstanden? Oder fürchtete sie die potenzielle Wahrheit in seinen Worten?

„Aber du weißt doch, dass wir keine Details zu laufenden Ermittlungen preisgeben dürfen. Niemals."

„Natürlich weiß ich das!", fuhr Julia ihren alten Freund an. Sie wirkte wie ein verängstigtes Tier, das in die Ecke gedrängt wurde. „Aber mir ging es total beschissen! Ihr lasst das vielleicht nicht so sehr an euch heran. Aber ich bin eine Frau im Alter der Opfer! Ich war auch in einem dieser Rohbauten! Meinst du, das belastet mich nicht? Der Täter hätte auch mich erwischen können! Und dann? Hätte er mich kopfüber an der Decke aufgehängt und bei lebendigem Leib zersägt! Was denkst du, wie ich nachts schlafe? Ich habe jemanden gebraucht, mit dem ich reden kann!"

„Wir kennen uns schon so lange, Julia. Warum bist du nicht zu mir gekommen?"

Für einen kurzen Moment glaubte Schäfer, die Antwort auf seine Frage in Julias Gesicht zu erkennen. *Weil ich dich dann aus Sorge von dem Fall abgezogen hätte! Ist es das? Redest du deshalb nicht mit mir über deine Ängste, weil du dabei bleiben möchtest? Weil du diesem Schweinehund das Handwerk legen willst?*

Aber Julia war zu sehr in Rage, um weitere bissige Antworten zu unterdrücken. „Was soll ich mit dir bereden, Michael? Schau dich doch mal an! Du bist ja selbst total fertig! Und redest du mit uns? Du bist der perfekte Kommissar, machst deine Arbeit wie ein

Roboter. Und dann? Dann ziehst du dich in dein Schneckenhaus zurück, lässt niemanden an dich heran. Nicht mal mich! Und fechtest die Kämpfe gegen deine eigene Seele mit dir selbst aus. Willst du mir jetzt Vorträge halten, dass man mit anderen über seine Ängste reden soll?"

Schäfer versuchte mit aller verbliebenen Kraft, seine berühmte versteinerte Miene zu wahren. Doch an ihrem entsetzten Blick erkannte er, dass Julia in seinen traurigen Augen gesehen hatte, wie sehr sie ihn getroffen hatte. Rasch biss sie sich auf die Zunge. Sie hatte den Disput gewonnen. Aber er konnte ihr förmlich ansehen, wie sehr sie ihre harschen Worte bereute.

„Ich möchte die letzten Nachrichten lesen, damit wir gemeinsam bewerten können, wie gut das Detailwissen zu meinen Befürchtungen passt, dass der Täter weiß, was wir vorhaben."

Julia starrte ihn lange an. Schäfer wich ihrem bittenden Blick nicht aus. Aber er sagte nichts. Ihre Vorwürfe standen zwischen ihnen. Und er ließ sie stehen.

„Einverstanden. Aber lass uns bitte nur die Teile anschauen, die mit unserem Fall zusammenhängen."

Schäfer nickte. „Selbstverständlich. Deine Privatsphäre geht mich nichts an."

Es war ein simpler, korrekter Satz. Doch es sprach eine ungewohnte Kälte aus seiner Stimme, die Julia die Tränen in die Augen trieb. Wortlos stand sie auf und verließ den Raum. Schäfer folgte ihr zu ihrem Rechner. Mit noch immer zitternden Fingern meldete sie sich in dem Internetportal an.

Aufmerksam überflog Schäfer die Teile der Nachrichten, die Julia ihm zeigte.

Irgendwie geht es bei unserem Fall nicht voran. Wir haben zwei Tatverdächtige. Junge Leute. Die eigentlich nicht in unser Profil passen. Aber wir haben nichts in der Hand. Wir mussten sie laufen lassen. Ich habe einen von den beiden verhört, und ich glaube nicht, dass sie eine solche Tat begangen haben. Auch wenn ein paar Indizien dafür sprechen. Mit Sicherheit werden wir sie zwei Tage überwachen. Aber irgendwie kommt es mir so vor, als tappen wir noch immer im Dunkeln. Kannst du dir vorstellen, wie frustrierend das ist? Wie hilflos ich mich dabei fühle?

Ich weiß nicht, was ich tun soll. Es ist alles so aussichtslos. Letzte Nacht hat er schon wieder zugeschlagen. Es war so brutal. Wenn ich mir vorstelle, was diese armen Frauen erleiden mussten. Falke, ich habe wirklich Angst vor ihm! Wenn ich ihm in die Hände falle ... Wie kann ein Mensch nur solche Schmerzen ertragen?

Heute Nacht haben wir unsere Überwachung pausiert, werden uns morgen noch besser und breiter aufstellen. Vielleicht finden wir ihn so. Aber ich bete, dass er nicht in meinem Rohbau aufschlägt.

Ich kann nicht mehr schlafen. Wie soll ich abschalten, wenn wir keinerlei Spuren haben? Dabei ist dieser Fall doch so wichtig. Diese Machtlosigkeit treibt mich echt in den Wahnsinn. Verstehst du das?

Wir sind heute die möglichen Tatorte abgefahren. Denn der Täter hat ein klares Muster. Nur Spuren hinterlässt er keine. War das gruselig, im Dunkeln in diese Baustellen zu gehen, sich die Baustellen anzusehen, welche genau den Vorstellungen des Mörders entsprechen. Vielleicht schaffen wir es, sie alle in der Nacht zu überwachen. Wenigstens im Umkreis von zwanzig Kilometern. Wenn man keine Spuren findet, muss man den Mörder eben auf frischer Tat ertappen. Aber ich fürchte mich so sehr vor diesen Nächten!

Gequält schloss Schäfer die geröteten Augen. Mitfühlend legte er Julia die Hand auf die Schulter. Wie sollte er ihr nach diesen Blicken in ihre Seele noch böse sein? Sie mussten jetzt zusammenhalten. Durften sich von diesem Bastard nicht auch noch ihre

Freundschaft zerstören lassen. Aber er musste diese Spur nachverfolgen. So wichtig ihm auch die Freundschaft mit Julia war, führte kein Weg daran vorbei, der Sache auf den Grund zu gehen.

„Mit diesen Details wäre er uns immer einen Schritt voraus, wenn es sich tatsächlich um den Täter handelt."

„Aber wäre das nicht ein riesiger Zufall?"

„Ich glaube nicht an Zufälle", antwortete Schäfer. „Vor allem nicht bei einem Killer, der so gut wie keine Fehler macht. Wann hast du dich bei diesem Internetportal angemeldet? Kurz vor dem ersten Mord?"

Julia nickte stumm. Das Mosaik fügte sich immer mehr zusammen. Und Schäfer sah ihr an, dass die Indizien sie erdrückten.

„Und wann genau kam die erste Nachricht von diesem Falke?"

„Warte kurz, ich habe sie alle aufgehoben", erwiderte Julia und scrollte auf dem Bildschirm nach unten. Fassungslos starrte sie auf das Datum. Es war der Abend des Tages gewesen, an dessen Morgen sie die erste Leiche gefunden hatten.

„Aber woher sollte er wissen, dass ich …"

„Sei doch nicht so naiv, Julia. Es war der erste Tatort. Wir haben damals noch nicht an eine Serie gedacht, waren beileibe nicht so wachsam, wie wir es heute sind. Er muss sich nur irgendwo in der Nähe aufgehalten haben. Vielleicht hat er uns beobachtet. Es ist nicht schwer, an die Information zu kommen, welcher Polizist an welchem Fall arbeitet."

„Aber woher sollte er wissen, dass ich mich an diesem Portal angemeldet habe?"

„Ich weiß es nicht, Julia. Aber ich bin nicht so bewandert im Internet. Und erst recht kein Hacker. Wer weiß, welche Möglichkeiten ihm zur Verfügung stehen. Aber ich kann nicht anders. Wir müssen uns diesen Falke genauer ansehen."

Julia schluckte. Schäfer spürte, dass sich alles in ihr gegen diesen Schritt sträubte. „Und wenn er unschuldig ist, habe ich ihn für immer verloren", murmelte sie mehr zu sich selbst.

„Ich werde unseren IT-Dienstleister bitten, den Menschen hinter dem Account ausfindig zu machen. Dann warten wir mal ab. Aber wenn er aus dem Raum Bamberg stammt und in die Altersstruktur der ermordeten Frauen passt, dann muss ich ihn vernehmen."

Julia nickte. Doch ihre Augen wurden glasig.

„Das Einzige, das ich dir anbieten kann ist, dass ich so behutsam wie möglich vorgehe. Ich habe begriffen, dass er dir wichtig ist. Und ich werde mein Menschenmögliches tun, einen Weg zu finden, dass du ihm hinterher noch in die Augen sehen kannst, wenn er wirklich nichts mit der Sache zu tun hat. Aber mehr kann ich nicht für dich tun."

Kapitel 53

Weber und Götz saßen sich auf ihren Bürostühlen gegenüber und grübelten verbissen.

„Dieser Dreckskerl spielt Katz und Maus mit uns."

„Es muss einfach eine Verbindung geben."

„Irgendeinen Anhaltspunkt."

„Wir haben bestimmt etwas übersehen!"

„Vielleicht finden wir eine Verbindung, wenn wir die Identität des fünften Opfers endlich haben."

Weber winkte ab. „Wie oft haben wir schon auf dieses Pferd gesetzt." Er stand auf und ging zu der Wand, an der sie die Fotos der engsten Kontakte der Mordopfer festgepinnt hatten. Gedankenverloren fuhr er mit den Fingerspitzen über die Bilder. „Was treibt jemanden dazu, auf diese Weise zu töten?"

„Wut. Hass."

„Aber was führt zu einem so unbändigen Hass, dass man diese Frauen so quälen muss?"

„Unerwiderte Liebe?"

Nachdenklich nahm Weber die Fotos der beiden Ehemänner ab. „Wagner und Knauer. Und der Ex-Mann von Frau Schütte", murmelte er gedankenverloren. „Was meinst du, Rainer?"

„Ich kann mir das nicht vorstellen. Wir haben keinerlei Verbindung zwischen den Familien gefunden."

„Und wenn wir was übersehen haben?"

„Unsere Internetrecherchen waren zu gründlich."

„Ja", nickte Weber frustriert. „Und das Internet vergisst nicht. Da kann man nicht einfach seine Spuren verwischen, wenn man sich kennt."

„Und die Fotos zuhause haben wir auch mehrmals durchkämmt. Nichts!"

Die beiden Männer hingen ihren eigenen Gedanken nach.

„Was ist eigentlich mit unseren zwei Jugendlichen?", warf Götz unvermittelt in den Ring.

„Vogel und Schuster?"

„Genau."

„Ihr Alibi beim dritten Mord war einfach zu gut", murmelte Weber kopfschüttelnd.

„Ja, ich weiß. Und Vogel ist nicht der Typ, der sich selbst die Finger schmutzig macht. Aber dieser Schuster ..."

„Das ist ein kranker Typ, da hast du recht. Schon fast etwas unheimlich. Doch sie können es nicht gewesen sein."

Götz wirkte unzufrieden mit der Antwort. Aber Weber sprang gedanklich schon einen Schritt weiter.

„Da halte ich es für wahrscheinlicher, dass wir bei den Baufirmen irgendwas übersehen haben."

„Das ist aber auch ein unübersichtliches Geflecht von Partnern, Subunternehmern und so weiter ..."

„Da hast du recht. Sollten wir uns das nochmal vornehmen?"

„Vermutlich. Es ist eine Suche nach der Nadel im Heuhaufen. Ich glaube zwar nicht, dass wir was finden. Aber es schadet auch nicht, das nochmal aufzurollen."

„Du klingst nicht überzeugt", stellte Weber vorsichtig fest, dem nicht entgangen war, dass Götz nicht voll bei der Sache war. „Hast du eine bessere Idee?"

„Ich weiß nicht ... Gedanklich hänge ich immer noch bei diesen beiden Jugendlichen."

„Aber die haben wir doch abgehakt."

„Was ist, wenn sie nur den dritten Mord nicht begangen haben?"

Weber schüttelte verwundert den Kopf. „Aber wie passt denn das zusammen?"

„Da bin ich mir noch nicht sicher. Irgendwas stört mich an der Sache."

„Warum sollen sie denn vier Morde nach diesem Muster begehen, wenn der dritte Mord auf ein anderes Konto geht?"

„Das ist eine gute Frage. Zum einen war es sicher nicht schwer zu erraten, dass wir sie nach der Untersuchungshaft überwachen. Das war ein offensichtlicher Schritt. Es wäre also dumm und fahrlässig gewesen, sofort wieder zuzuschlagen."

„Aber wer soll es dann gemacht haben?"

„Vielleicht gibt es einen Hintermann. Einen Folterfanatiker."

„Meinst du nicht, das ist etwas weit hergeholt?"

„Natürlich. Aber alle offensichtlichen Verflechtungen haben wir schon tausendmal durchgespielt!"

„Ja", brummte Weber geschlagen. „Vielleicht ist es an der Zeit, abstrakter zu denken."

„Lass uns einfach mal eine wirre Theorie spinnen. In diesem Forum zu diesem Mittelalterspiel sucht sich so ein stinkreicher Typ mit kranken Gewaltfantasien und ausgereifter Persönlichkeitsstörung Gefolgsleute, die er irgendwie motivieren kann, seine perversen Fantasien in die Tat umzusetzen. Er zieht im Hintergrund die Fäden. Und junge gestörte Burschen wie Schuster tanzen willig nach seiner Pfeife."

„Wenn das über das Internet abläuft, müsste es Spuren geben."

„Ja. Aber nach diesem Muster haben wir nicht gesucht. Vogel und Schuster sind aus unseren Analysen rausgepurzelt, bevor wir tiefer schürfen mussten."

„Du meinst, es war zu einfach?"

„Vielleicht."

Götz hielt einen Augenblick lang inne und dachte über seine wahnwitzige Theorie nach. Es war total abwegig. Aber einen Versuch war es allemal wert.

„Oder es läuft nicht über das Internet", spann Weber weiter.

„Was aber voraussetzt, dass sich der Hintermann und seine Mittäter persönlich kennen."

„Und dass sie offen ihre Faszination zum Thema mittelalterliche Folter voreinander ausbreiten."

„Denkst du an dieses Gamer-Treffen, wo sich Gleichgesinnte nur so tummeln?"

„Oder an die Uni", murmelte Weber nachdenklich.

„Inwiefern?"

„Dieser Professor Dr. Strehle war mir auch nicht ganz geheuer. Sehr abweisend. Nicht gerade kooperativ, wenn es darum ging, Auskünfte herauszurücken, die schließlich zu Schuster und Vogel führten. Was hab ich mich über diesen akademischen Mistkerl geärgert. Aber ich habe nie über das Warum nachgedacht ..."

„Meinst du im Ernst, dass ..."

„Nein, Rainer. Aber können wir es ausschließen?"

„Wie wollen wir vorgehen?"

„Das Internet-Forum geben wir an den IT-Dienstleister ab", schlug Weber kurzentschlossen vor. „Die sollen sich nochmal durch alle Daten, Verbindungen, Kontakte und Nachrichtenverläufe wühlen."

„Soll ich mir morgen früh diesen Professor Strehle mal vorknöpfen?"

„Ja, vielleicht kommst du ja bei ihm weiter. Dann setze ich in der Zwischenzeit nochmal das Recherche-Team der Soko auf die ganzen Dokumente von den Baufirmen an."

Götz nickte grimmig. Es war tatsächlich eine Suche nach der Nadel im Heuhaufen. Aber das war ihm lieber, als abzuwarten.

Das Telefon am Bürotisch klingelte. Götz lugte auf die Nummer, die ihm bekannt vorkam. „Sieht nach Spurensicherung aus", murmelte er und starrte Weber an. Skeptisch nahm er den Hörer ab. „Rainer Götz."

„Schmidtlein von der Spurensicherung. Ihr solltet mal vorbeikommen. Wir haben da eventuell etwas gefunden."

Kapitel 54

Schäfer stand vor der Haustür und zögerte. Wenn er nun auf die Klingel drückte, gab es kein Zurück mehr.

Es war fahrlässig, allein einen Tatverdächtigen in dessen Haus aufzusuchen. Von der extremen Brutalität dieses Killers ganz zu schweigen. *Und ich habe mich noch über meine Kollegen geärgert, ihren Vorschlag, die Baustellen allein zu überwachen, als verantwortungslos bezeichnet. Und jetzt tue ich das Gleiche!*

Unwillkürlich strich Schäfers Hand über die Pistole, die einsatzbereit in seinem Holster steckte. *Was hab ich mir nur dabei gedacht, allein hierher zu fahren?* Aber er wusste, wie sehr Julia ihre Einsamkeit belastete.

Die Indizien sprachen gegen diesen Mann. Der Täter wusste zu vieles, das Falke über Julias Nachrichten in Erfahrung gebracht hatte. Doch es bestand immer noch die Möglichkeit, dass er unschuldig war. Schäfer wollte Julias Hoffnungen nicht unnötig zunichtemachen. Sein Ärger über die langjährige Freundin war verflogen. Ihre Worte hatten ihn tief getroffen. Weil sie wahr waren! Wie konnte gerade er von seinen Kollegen erwarten, dass sie sich mit ihren Ängsten ihm gegenüber öffneten. Wo er seit einem Jahrzehnt wie ein Zombie durch die Welt geisterte und seine unerträglichen Seelenqualen ausschließlich mit sich selbst ausmachte.

Wie gebannt starrte Schäfer auf das Türschild. „Frederick Wolf". Schäfer atmete ein letztes Mal tief durch. Dann drückte er auf den Klingelknopf. Und wartete.

Es dauerte einige Sekunden. Dann hörte er Schritte von der anderen Seite der Tür. Er hatte richtig spekuliert. Julia hatte ihm erzählt, dass Wolf im Außendienst arbeitete. Schäfer wusste, dass am Freitag in vielen Firmen Office-Day war, an dem die nächste Woche vorbereitet und Besuchsberichte geschrieben wurden.

Ein gutaussehender, dunkelhaariger Mann öffnete die Tür. Schäfer schätzte ihn auf Ende dreißig.

„Michael Schäfer, Kriminalpolizei", stellte sich der Kommissar vor und streckte Frederick Wolf seinen Dienstausweis entgegen.

„Kriminalpolizei?", wiederholte Wolf überrascht. „Worum geht es denn?"

„Das ist eine lange Geschichte. Darf ich reinkommen?"

Wolf öffnete die Tür und bedeutete Schäfer mit einer einladenden Geste, einzutreten.

Wachsam schlenderte Schäfer über den Flur. Es war eine moderne Wohnung mit wenigen persönlichen Bildern, aber exklusiver Einrichtung. Wolf schien gut zu verdienen. Schäfer war hochkonzentriert. Aus dem Augenwinkel beobachtete er jede Bewegung des Verdächtigen. Er hasste das Gefühl, ihn in seinem Rücken zu wissen. Der Mörder hatte schon einmal einen Polizisten hinterrücks niedergeschlagen. Schäfer war auf alles gefasst.

Der Kommissar folgte dem langen Gang in das Esszimmer. Ein großer, massiver Tisch aus Eichenholz stand flankiert von acht Stühlen in dem hellen, freundlichen Raum.

„Bitte, setzen Sie sich doch."

Schäfer wählte seinen Platz mit Bedacht. Er setzte sich auf einen Stuhl mit dem Rücken zur Wand, von dem aus er den ganzen Raum und die beiden Eingänge bestens überblicken konnte. Interessiert musterte er Frederick Wolf. Er wirkte nachdenklich. *Überlegt er, warum ich hier bin? Oder grübelt er, wie er mich loswerden kann, damit er seinen sicherlich vorhandenen Fluchtplan in die Tat umsetzen kann?*

Wolf setzte sich Schäfer gegenüber und blickte ihn erwartungsvoll an. „Ich arbeite an einem Fall von drei Vergewaltigungen im Landkreis Bamberg", log Schäfer. Er hatte sich auf dem Weg zu Wolfs Wohnung eine Geschichte zurechtgelegt, um Julia so lange wie möglich aus dem Spiel zu lassen.

Perplex zog Wolf eine Augenbraue hoch. *Wittert er eine Falle? Wundert er sich, warum ich nicht gleich auf seine Morde zu sprechen komme? Oder ist es ehrliche Verwunderung, was er mit einer Vergewaltigung zu tun haben soll?*

Schäfer setzte wie so oft das Schweigen als Waffe ein. Er hatte das Thema des Gesprächs auf den Tisch gelegt. Nun wollte er sehen, wie Wolf darauf reagierte.

Nach einem langen Moment unbehaglicher Stille räusperte sich Wolf unsicher und blickte Schäfer mit gerunzelter Stirn an: „Helfen Sie mir bitte. Ich verstehe nicht, warum Sie hier sind."

Schäfer griff in seine Jackentasche und breitete drei Bilder vor Frederick Wolf auf dem Tisch aus. „Diese drei Frauen wurden in den vergangenen beiden Wochen von einem Unbekannten vergewaltigt."

Schäfer beobachtete aufmerksam, wie Wolf auf die Bilder reagierte. Es war ein cleverer Trick. Er hatte Fotos von den Mordopfern gewählt. Wenn Wolf wirklich der Täter war, würde er die Frauen erkennen. Und gewiss irgendeine Form der Regung zeigen, wenn ihm klar wurde, warum Schäfer wirklich hier war. Aber der Kommissar erkannte nichts in Wolfs Gesicht. Keine Spur von Stolz oder Erregung. Lediglich Nervosität und Interesse.

Langsam schüttelte Wolf den Kopf. „Es tut mir leid, ich kenne keine dieser Frauen. Was genau wollen Sie eigentlich von mir?"

„Wir untersuchen alle möglichen Verdächtigen im Großraum Bamberg."

„Und was genau macht mich verdächtig?"

„Um ehrlich zu sein, tappen wir etwas im Dunkeln. Wir haben nur wenige Spuren. Der Täter war maskiert. Die drei Opfer haben ihn nicht erkannt."

„Und wie kommen Sie dann auf mich?", unterbrach Wolf den Kommissar, ehe dieser seinen Gedanken zu Ende gebracht hatte.

„Die drei vergewaltigten Frauen haben eines gemeinsam: Sie sind in einem Internet-Portal angemeldet. Auf einer Dating-Seite."

Wolf nickte langsam. Er war nicht auf den Kopf gefallen und erfasste den Zusammenhang sofort. „Und jetzt haben Sie alle männlichen Nutzer dieses Portals im Großraum Bamberg ermittelt und sehen sich die einzelnen Menschen hinter den Accounts an", schlussfolgerte er.

„So ist es", bestätigte Schäfer.

Nachdenklich ruhte Wolfs Blick auf der Tischplatte. „Ich möchte Ihnen meine Beweggründe, warum ich mich bei diesem Portal angemeldet habe, im Detail erklären. Darf ich Ihnen ein Glas Wasser anbieten?"

Alle Alarmglocken in Schäfers Kopf schrillten. *Sucht er nach einem Weg, zu flüchten? Oder sich in der Küche mit einem Messer zu bewaffnen?* Noch nie hatte Schäfer den sanften Druck seines Pistolenhalfters so bewusst gespürt, wie in jenem Moment. *Ich bin bereit*, dachte er selbstbewusst. *Wenn du der Killer bist, werde ich dich nicht entkommen lassen!*

„Gern", antwortete er schließlich. Wolf musterte den Kommissar mit einem überraschten Gesichtsausdruck. *Sieht man mir meine Angst so sehr an? Wundert sich Wolf, warum ich so angespannt bin? Oder fragt er sich, wie ich so blöd sein kann, ihm eine Fluchtmöglichkeit zu geben?*

Schweigend erhob sich Wolf von seinem Platz und schlenderte in die Küche.

Kapitel 55

Angespannt betraten Weber und Götz das Büro der Spurensicherung. Der Anruf hatte sich vielversprechend angehört. Beim DNA-Fund vor einigen Tagen hatte Schmidtlein nicht halb so enthusiastisch geklungen.

„Was habt ihr denn gefunden?", fragte Götz.

Schmidtlein ließ gleich die Katze aus dem Sack: „Fingerabdrücke."

„Auf einem der Steine?"

„Nein, bei der Steinigung muss er Handschuhe getragen haben. Da konnten wir noch nichts sicherstellen."

„Von welchem Tatort stammen sie dann?"

„Vom Dritten. Franziska Knauer."

„Das Pfählen", murmelte Götz angewidert.

„Wie seid ihr darauf gestoßen, wo doch zwei neuere Tatorte untersucht werden müssen?", wunderte sich Weber.

„Das ist eine lange Geschichte", sagte Schmidtlein. „Die Leiche von Frau Knauer war noch bei der Gerichtsmedizin. Als sie die Obduktion abgeschlossen hatten, haben die Kollegen den aus dem Körper entfernten Pfahl zur Untersuchung in unser Labor geschickt."

„Und?"

„Erinnert ihr euch noch daran, dass der Pathologe vermutet hat, dass der Mörder die Spitze des Pfahls in Öl getaucht haben muss, damit er geringere innere Verletzungen anrichtet, um das Opfer länger leiden zu lassen?"

Götz nickte grimmig.

„Er hatte recht. Wir haben Spuren von Öl auf der Spitze des Pfahls gefunden."

„Wie hängt das mit den Fingerabdrücken zusammen?"

„Es war ein Universalöl, wie es zum Schmieren von Werkzeugen, Scharnieren, mechanischen Gelenken und so weiter verwendet wird."

Götz starrte Schmidtlein fragend an. Es war ihm noch nicht klar, worauf das alles hinauslief.

„Ben Renner aus meinem Team hat sich daran erinnert, dass beim dritten Tatort eine Dose mit so einem Universalöl herumstand. Nicht in dem Zimmer, wo wir die Leiche gefunden haben. Es war in einem anderen Raum."

Weber machte große Augen und nickte anerkennend. „Da hat er gut aufgepasst."

„Und diese Dose Öl habt ihr jetzt auf Fingerabdrücke untersucht?", folgerte Götz.

„Genau. Wir sind noch einmal auf die Baustelle gefahren und haben die Fingerabdrücke genommen."

„Warum hattet ihr das nicht gleich gemacht?"

Schmidtlein wirkte enttäuscht, dass Götz erneut das Haar in der Suppe suchte, selbst wenn die Spurensicherung ihm handfeste Indizien vorlegte. „Wissen Sie, wie viele Werkzeuge und andere Gegenstände sich auf einer Baustelle befinden? Und wie viele Fingerabdrücke sich daran tummeln? Wir haben alles akribisch durchgeackert, was sich in der Nähe des Leichnams befand. Aber wir können doch nicht jeden verdammten Gegenstand in dem kompletten Rohbau auseinandernehmen!"

„Ist ja gut", beschwichtigte Götz. „Es war kein Vorwurf. Ich möchte es nur verstehen."

„Was habt ihr auf der Öldose gefunden?", fragte Weber angespannt und lenkte das Gespräch zurück auf die neuen Beweise.

„Viele Fingerabdrücke. Die meisten konnten wir niemandem zuordnen. Aber ein Treffer war dabei, der bei uns in der Datenbank hinterlegt ist."

Schmidtlein machte eine kurze Pause. Weber und Götz hielten die Luft an.

Kapitel 56

Schäfers Gedanken rasten. Er spürte den Schweiß auf seinen Handflächen. Das Herz hämmerte in seiner Brust. *Was mache ich, wenn er eine Schusswaffe in der Küche versteckt hat?* Aufmerksam lauschte er. Horchte auf das Klimpern der Gläser. Auf das sprudelnde Geräusch, als Wolf Mineralwasser in die beiden Gläser eingoss. Schäfer schluckte. *Warum dauert das solange? Was hat Wolf vor?*

Langsame Schritte näherten sich. Wolf kehrte zurück. *Er ist nicht geflüchtet,* wunderte sich Schäfer. *Was hat er verdammt nochmal vor?*

Sein ganzer Körper war in Alarmbereitschaft. Wolf trat durch den Durchgang in das Esszimmer. Schäfer beobachtete jede seiner Bewegungen, untersuchte akribisch die beiden Hände. Es war kein Messer zu sehen. Nervös ruhte Schäfers Hand auf dem Griff seiner Pistole. Die Augen wanderten hinab zu Wolfs Hosentaschen, suchten nach auffälligen Beulen, die eine versteckte Waffe signalisieren konnten. Nichts.

Schäfer entspannte sich nicht. Verkrampft beobachtete er den Tatverdächtigen, wie er sich ihm näherte und das Wasserglas abstellte. Dann kehrte Wolf auf seinen eigenen Platz zurück, setzte sich und nahm einen tiefen Schluck aus dem frisch eingeschenkten Glas.

Schäfers Kehle fühlte sich staubtrocken an. Alle Instinkte seines Körpers lechzten nach einem Schluck Wasser. Aber er wagte es nicht. Hatte Wolf ihm etwas ins Glas gemischt? KO-Tropfen? Oder Gift? *Sei nicht albern,* beruhigte sich Schäfer selbst. *Du siehst Gespenster!*

Wolfs verwunderter Blick ruhte unsicher auf dem Kommissar. Der Polizist konnte sich vorstellen, dass er gerade ein eigenartiges Bild abgab. Ein panisches Nervenbündel. Als litt er unter Verfolgungswahn.

„Ich wollte Ihnen ja erzählen, warum ich mich überhaupt bei diesem Portal angemeldet habe", beendete Wolf schließlich die nervöse Stille.

„Ja, das würde mich schon interessieren", krächzte Schäfer. „Wenn ich ehrlich sein soll, dann verstehe ich persönlich nicht, wie man seine Partnerwahl über das Internet treffen kann. Und unter uns gesagt: Sie haben das doch bestimmt nicht nötig."

„Manchmal ist es nicht so einfach", entgegnete Wolf mit einem entwaffnenden Lachen. „So etwas hat man schneller nötig, als man denkt. Ich habe zehn Jahre lang in einer Beziehung gelebt. Aber irgendwie hab ich es versäumt, den Deckel drauf zu machen. Wir haben uns beide auf die Arbeit konzentriert, ich allen voran natürlich. Kinder und heiraten, das haben wir einfach verpasst. Vielleicht war ich damals noch nicht so weit. Vielleicht waren wir auch nur in unserem Trott gefangen und haben nicht gesehen, dass wir den nächsten Schritt machen müssen. Aber irgendwann ist unsere Beziehung daran zerbrochen."

Er machte eine kurze Pause. Schäfer hing gebannt an seinen Lippen.

„Und dann stehst du da. Die guten Frauen in deinem Alter sind alle schon vergeben, verheiratet, haben Familie. Wo soll man da jemanden kennenlernen, mit dem man den Rest seines Lebens verbringen möchte? Früher gab es die Disco. Aber da gehen Frauen in meinem Alter nicht mehr hin. In Bars trifft man meistens nur irgendwelche Gruppen von Frauen, die Mädelsabend machen, aber auf die zuhause vermutlich auch jemand wartet."

„Und da haben Sie sich irgendwann für das Dating-Portal angemeldet, um auf diesem Weg jemanden kennenzulernen?"

„Genau. Ich habe mich lange gegen die Idee gewehrt. Mein bester Kumpel hat mir das immer wieder geraten. Und am Ende hab ich mich, wenn ich ehrlich bin, einfach nur angemeldet, damit ich endlich meine Ruhe vor ihm habe."

„Das klingt nach einem Aber. Und wie stehen Sie jetzt dazu?"

„Ich bin mir nicht sicher. Vielleicht hab ich wirklich eine Frau kennengelernt, mit der sich etwas entwickeln könnte. Wir haben uns noch nie getroffen. Aber es ist seltsam. Vorher fand ich E-Mails immer so unpersönlich. Doch irgendwie haben wir in einer Tiefe miteinander geschrieben, dass man das Gefühl hat, dem anderen direkt in die Seele zu blicken." Er hielt einen Augenblick lang inne und starrte gedankenverloren auf die Tischplatte. „Schwer zu beschreiben, wenn man es nicht selbst erlebt hat", fügte er nachdenklich hinzu.

Spricht er über Julia? Empfindet er die gleiche Hoffnung wie sie? Oder will er mich ablenken, in Sicherheit wiegen? Schäfer würde es Julia von Herzen wünschen. *Doch ich traue dem Braten noch nicht!*

„Woher weiß ich, dass Sie mir die Wahrheit sagen? Dass sie dieses Dating-Portal nicht dazu benutzen, um Frauen zu kontaktieren und sie dann zu vergewaltigen?"

Wolf setzte sein gewinnendes Lächeln auf: „Weil ich ein netter Kerl bin und Sie mir vertrauen."

Schäfer starrte ihn ungläubig an.

„Keine Sorge, das ist mir schon klar, dass das kein Argument ist. Es war nicht ernst gemeint. Können Sie mir nicht einfach sagen, wann diese Frauen vergewaltigt wurden?"

Schäfer nannte ihm die drei Daten der letzten Morde.

„Wenn Sie noch einen Moment Zeit haben, kann ich Ihnen gerne anbieten, einen Blick in meinen Terminkalender zu werfen. Als Außendienstler bin ich viel unterwegs. Wenn ich mich recht erinnere, habe ich für alle drei Zeitpunkte ein Alibi. Mit Hotelreservierung, Belegen, allem was dazugehört."

Schäfer nickte ihm auffordernd zu. Und so verließ Wolf ein zweites Mal das Esszimmer.

Schäfer lauschte angestrengt, war weiterhin wachsam. Aber tief in seinem Herzen spürte er, dass Frederick Wolf nicht der Mann war, den er suchte.

Kurze Zeit später kam Wolf zurück. Er hatte sein aufgeklapptes Notebook dabei und platzierte es vor Schäfer auf dem Tisch. Der Kommissar musterte ihn genau. Keine Anzeichen einer Waffe. Also versuchte er, sich mit all seinen Sinnen auf den Bildschirm zu konzentrieren.

„Vergangenen Monat war ich fünfmal für mehrere Tage in der Schweiz. Ich kann meine Sekretärin gern bitten, Ihnen die Flugtickets, die Belege und so weiter zukommen zu lassen. Ich kenne ja die genaue Uhrzeit nicht, wann die Vergewaltigungen passiert sind. Aber an einem der Abende zum Beispiel war ich noch mit den Kunden essen. Ich bin erst zwischen Mitternacht und halb eins wieder im Hotel angekommen. Am nächsten Tag gingen um neun Uhr die Meetings weiter. Nachts gibt es soweit ich weiß gar keine Flüge mehr. Und mit dem Auto von der Schweiz zurückzufahren und um neun Uhr wieder im Meeting zu sitzen, hätte nicht einmal Michael Schumacher in seinen besten Tagen geschafft. Meine Sekretärin kann Ihnen gern die Telefonnummern der Kunden geben. Sie werden das sicher bestätigen."

„Könnten Sie Ihre Sekretärin bitten, mir das alles zusammenzustellen?"

Wolf warf einen kurzen Blick auf seine teure Armbanduhr. „Ich schreib ihr gleich eine kurze E-Mail. Vielleicht ist sie noch da, dann haben wir die Antwort schon am frühen Abend."

Wolf zog ein leeres Blatt Papier aus seiner Notebook-Tasche. „Ich such noch schnell die Telefonnummern der Kunden, mit denen ich abends unterwegs war, aus meinem Adressbuch raus. Dann schreib ich sie Ihnen gleich mit auf."

Schäfer nickte abwesend. Diese Spur hatte sich als die nächste Sackgasse erwiesen. *Ich hoffe nur, dass ich Julias Chancen bei diesem Mann nicht zunichtegemacht habe.*

Enttäuscht und erleichtert zugleich stand Schäfer wenige Minuten später vor der Tür. Er hatte nichts in der Hand. Es musste doch einen Weg geben, dieser Bestie auf die Spur zu kommen. Sie hatten alles schon zigmal probiert. Aber das half nichts.

Er hatte neue Bilder in der Jackentasche. Fotos von den neuen Mordopfern. Kurzum beschloss Schäfer, noch einmal eine Runde bei den Angehörigen der ersten Opfer zu drehen. Es war ein aussichtsloser Akt der Verzweiflung. Aber es war besser als nichts zu tun und auf die nächsten Morde zu warten.

Kapitel 57

Zum Zerreißen gespannt hingen Weber und Götz an Schmidtleins Lippen. „Nun sag schon!"

„Ein gewisser Peter Richter."

„Richter?", wiederholte Weber perplex. „Peter Richter?"

„Genau. Seine Fingerabdrücke sind registriert, weil er vor Jahren mal wegen Körperverletzung angezeigt wurde."

„Richter! Ich fass es nicht", stammelte Weber.

Götz Gedanken überschlugen sich. „Und das Öl aus dieser Dose stimmt eindeutig mit dem Öl an dem Pfahl überein?"

„Die Zusammensetzung ist identisch."

„Aber es sind noch andere Fingerabdrücke drauf?"

„Ja, in Summe sieben Unterschiedliche."

Götz rieb sich mit den Fingerspitzen über die Schläfen und starrte an die Wand. Es gab so viele Möglichkeiten, wie dieser Treffer interpretiert werden konnte, dass ihm der Kopf schwirrte.

„Was aber bedeuten kann, dass Richter auch ganz normal bei seiner täglichen Arbeit die Dose angefasst hat", überlegte Weber laut.

„Was entweder bedeutet, dass er unschuldig ist, oder, dass uns ein halbwegs erfahrener Anwalt diesen Beweis vor Gericht um die Ohren haut", brummte Götz.

Schmidtlein nickte. „Mehr hab ich leider nicht. Tut mir leid. Der Rest ist nun eure Aufgabe."

„Vielen Dank. Das hilft uns wirklich weiter", lobte Götz. „Richten Sie bitte Renner aus, dass ich ihm morgen eine Kiste Bier für eure Truppe reinstelle!"

„Eine Frage noch ...", sagte Weber. „Die DNA-Spuren, die ihr unter den Fingernägeln gefunden hattet, haben ja keinen Treffer zutage gebracht. Heißt das, dass es Richter nicht gewesen sein kann? Oder, dass wir von ihm nur die Fingerabdrücke, aber keine DNA-Probe in der Datenbank haben?"

„Von Richter haben wir nur die Fingerabdrücke gespeichert", antwortete Schmidtlein. „Bei häuslicher Gewalt werden keine DNA-Proben genommen."

„Alles klar. Danke."

Götz hielt Weber die Tür auf und schloss sie, als sie sich beide im Flur befanden.

„Was hältst du davon?", fragte er seinen Kollegen.

Weber zögerte einen Augenblick. „Schwer zu sagen. Es könnte alles Zufall sein."

„Warum nimmt der Mörder ein Öl von der Baustelle? Wieso bereitet er es nicht zuhause vor? Er plant doch sonst alles so genau."

„Vielleicht hat er es einfach vergessen ... Er ist auch nur ein Mensch. Bislang hat er keine Fehler gemacht. Aber bei fünf Morden ist es eine Frage der Zeit, bis auch ihm mal ein Fehler unterläuft."

„Möglich wäre es", brütete Götz. „Stellen wir uns doch mal vor, er hatte das Opfer schon im Rohbau, wollte gerade mit der Tortur beginnen. Und dann bemerkt er, dass er was vergessen hat."

„Er wird nervös", stieg Weber in das Gedankenspiel ein. „Zum ersten mal läuft etwas nicht nach Plan."

„Also muss er improvisieren. Und das schnell. Und findet die Öldose."

„Aber warum hat er seine Handschuhe nicht getragen?", gab Weber zu bedenken.

Götz nickte. „Guter Einwand." Er zermarterte sich den Kopf, als sie an ihrem Büro ankamen. Er legte die rechte Hand auf die Türklinke. Dann hielt er plötzlich inne. „Was ist, wenn er die Dose mit den Handschuhen einfach nicht so gut handhaben konnte?

Hatte ich auch vor Kurzem, als ich zuhause was geölt habe. Ich hab mir Handschuhe angezogen, weil ich mir die Hände nicht mit dem Schmieröl vollmachen wollte. Da hatte ich aber zu wenig Gefühl in den Fingern, um das Öl wirklich an die richtige Stelle zu sprühen."

„Denkbar. Aber trotzdem reine Spekulation. Wir wissen nicht, was genau passiert ist, warum er das gemacht hat. Gehen wir nochmal einen Schritt zurück zu den Fakten. Alles, was wir wissen ist, dass Richters Fingerabdrücke auf der Öldose sind."

„Naja, wenn er auf der Baustelle gearbeitet hat, kann er die Dose natürlich mal in der Hand gehabt haben."

„Warte mal. Richter war ja nur auf zwei der drei Tatorte tätig. Lass mich mal nachsehen." Weber eilte ins Büro zu seinem Schreibtisch und wühlte in einer Schublade. „Ich hab die Liste noch hier." Hastig blätterte er durch den Papierstapel. „Da haben wir's. Peter Richter."

„Und?"

„Verdammt! Er ist nur an den ersten beiden Tatorten aufgeführt!"

Götz' Herz setzte einen Schlag aus. „Aber wie kommen dann seine Fingerabdrücke auf die Dose?"

Kapitel 58

Erst am Vortag hatte Schäfer einmal mehr Bilder gemeinsam mit den Angehörigen des letzten Opfers angesehen. Er hasste diese Arbeit. Der Anblick des erschütterten Ehemanns, der verzweifelt versuchte, die Fassung zu bewahren und sich zu konzentrieren, damit der Mörder seiner geliebten Frau bestraft werden konnte. Die weinenden Kinder, total aufgelöst, die nicht verstanden, warum ihnen ihre Mutter geraubt worden war.

Es war eine aufwühlende Aufgabe. Doch Schäfers Instinkt sagte ihm, dass der Täter seine Opfer nicht zufällig ausgewählt hatte. Die Muster waren zu auffällig. Und die Morde zu brutal. Es mussten starke Emotionen im Spiel sein. Schäfer war sich sicher: Der Killer wollte diese Frauen leiden sehen! Hass, Wut, Neid. Das waren die Motive, die solch extremen Mordserien oft zugrunde lagen. *Es muss eine Verbindung geben! Wir haben den Zusammenhang nur noch nicht erkannt.*

Gedankenverloren fuhr Schäfer durch die Straßen. Es war bereits später Nachmittag. Sein Entschluss stand fest. Er konnte jetzt nicht einfach nachhause gehen und sich auf die Nachtwache verlassen. Schäfer selbst war erst für den nächsten Tag wieder eingeteilt. Aber er würde zuhause keine Ruhe finden. Nur grübeln und tatenlos zusehen, wie der Mörder ein weiteres Mal zuschlug. Als er endlich sein Ziel erreicht hatte, parkte er den Dienstwagen und näherte sich nachdenklich dem kleinen Haus.

„Michael Schäfer, Kriminalpolizei Bamberg", meldete er sich, als die zögerliche Stimme aus der Sprechanlage drang.

„Moment. Ich mache Ihnen auf."

Die Mutter von Maria Schütte war verwirrt. Sie konnte sich keinen Reim daraus machen, warum Schäfer wieder hier war.

„Haben Sie den Mörder meiner Tochter endlich gefunden?", wollte sie schließlich wissen.

Reumütig schüttelte Schäfer den Kopf. „Nein, leider nicht."

„Hat er es wieder getan?"

Schäfer nickte betroffen. Er wollte keine weiteren Details vor der armen Frau ausbreiten. Es musste erschütternd genug für sie sein, dass der Killer noch auf freiem Fuß war.

„Wie kann ich Ihnen helfen?"

„Ich weiß, dass ich damit alte Wunden aufreiße. Aber ich möchte noch einmal mit Ihnen Ihre alten Bilder durchgehen."

„Aber das haben wir doch schon so oft gemacht", protestierte die alte Frau. Schäfer konnte verstehen, dass sie sich vor den vielen Erinnerungen an ihre Tochter fürchtete.

„Es tut mir leid. Aber uns fehlt der Zusammenhang zwischen den Opfern, die Verbindung. Sie muss da sein. Und ich möchte alles versuchen, was in meiner Macht steht, um einen weiteren Mord zu verhindern."

Die alte Frau nickte tapfer und erhob sich von ihrem Stuhl. „Wenn das so ist ...", murmelte sie leise und verschwand im Wohnzimmer.

Wenige Augenblicke später kehrte sie mit einer Kiste voller Fotoalben und wohlsortierten Bildern zurück, die sie in weißen Plastikbehältern aufbewahrte.

„Ich danke Ihnen", sagte Schäfer warmherzig. Es war ehrlich gemeint. Er wusste, was er den Angehörigen der Opfer abverlangte.

Mühsam arbeitete sich Schäfer durch das Bildmaterial. Fotoalben mit Kinderbildern. Was für ein süßes, unschuldiges, glückliches Baby Maria Schütte doch gewesen war. Und jetzt war sie tot. Dieser Gedanke musste einer Mutter das Herz aus dem Leib reißen. Bilder von einem Zeltlager. Fotos aus der Schule und mit Freunden im jugendlichen Alter. Hier und da zeigte Schäfer der blassen Mutter eines der Bilder und hakte noch einmal sorgfältig nach: „Kennen Sie alle jungen Männer auf diesem Foto?"

Die alte Frau riskierte einen kurzen Blick, schloss traurig die Augen. Dann nickte sie.

„Hatte Ihre Tochter jemals Streit mit einem von ihnen? Stand sie noch immer mit einem dieser Männer in Kontakt?"

„Ich kann mir bei keinem dieser Männer vorstellen, dass sie meiner Maria so etwas antun würden."

„Aber man kann Menschen nicht in ihre Seele blicken. Hatte Ihre Tochter einmal Streit mit ihnen? Oder eine einseitig beendete Beziehung, die in Enttäuschung oder Wut geendet haben könnte?"

„Nein, es waren alles nur gute Freunde. Und die meisten waren es bis zu ihrem Tod. Soweit ich weiß, hatte sie zu keinem von ihnen eine Beziehung."

Schäfer seufzte. Warum gab es in diesem verdammten Fall keine Spuren? Nicht mal Indizien. Nichts! Der Kommissar zwang sich zur Ruhe. *Konzentrier dich! Eine bessere Idee als das hier hast du im Moment nicht!*

Aufmerksam blätterte er weiter, wühlte sich geduldig durch die mit Fotos vollgestopften Schachteln. Bilder von einer ausgelassenen Feier. Vermutlich einer Hochzeit. Geburtstagsfeiern, Taufen, Grillabende an einem schönen Sommerabend.

Plötzlich verengten sich Schäfers Augen zu nachdenklichen Schlitzen. Die Alarmglocken in seinem Kopf schrillten. Aber warum? Hatte er etwas übersehen? Er wusste, dass er sich auf seine Instinkte verlassen konnte. Die alte Frau beobachtete ihn neugierig.

Schäfer legte das aktuelle Bild beiseite und widmete sich wieder dem Stapel, auf dem er die bereits angesehenen Bilder abgelegt hatte. Das erste Foto zeigte vier Freundinnen, die Arm in Arm lächelnd beieinanderstanden. Kopfschüttelnd legte er das Bild beiseite. Dieses Foto hatte er nicht gemeint. Angestrengt starrte er auf das nächste Bild. Das war es! Woher kannte er diesen Mann?

Kapitel 59

Auf wackligen Knien lief Götz neben Weber die fünf Treppenstufen zur Haustür hinauf. Seine Gedanken rasten noch immer. Endlich überschlugen sich die Ereignisse. Er hatte die ganze Fahrt lang versucht, Schäfer auf dem Handy anzurufen, um ihn über den neuen Stand auf dem Laufenden zu halten. Aber er war nicht erreichbar. *Seltsam. Das sieht ihm gar nicht ähnlich.*

Götz atmete noch einmal tief ein, ehe er den Finger ausstreckte und auf den Klingelknopf drückte. Aus dem Augenwinkel vergewisserte er sich, dass die Streife, die sie für den Notfall als Verstärkung angefordert hatten, auch wirklich am Straßenrand parkte. *Mit etwas Glück können wir die nächtliche Überwachung heute abblasen.*

Richters Frau öffnete die Tür. Sie war Ende dreißig, hübsch, aber mit dunklen Augenringen gezeichnet.

„Rainer Götz und Andreas Weber, Kriminalpolizei Bamberg."

„Kripo?" Ihre Stimme zitterte leicht.

„Wer ist es denn?", rief Richter aus dem Inneren des Hauses.

Götz zeigte seinen Dienstausweis. „Dürfen wir hereinkommen? Wir möchten mit Ihrem Mann sprechen."

Wortlos trat Frau Richter zur Seite und ließ die beiden Polizisten eintreten.

Richter saß im Wohnzimmer vor dem Fernseher. Er trug ein Unterhemd, das seine muskulösen Arme zur Geltung brachte, und nippte gerade an einem schäumenden Glas Bier. In der Ecke spielte ein kleines Mädchen mit einem Puppenhaus.

Überrascht blickte Richter zu den beiden Kommissaren auf. Langsam stellte er das Bierglas auf dem Tisch ab. Mit verkrampften Kiefermuskeln kaute er auf seiner Unterlippe.

„Guten Abend Herr Richter", eröffnete Götz das Gespräch.

Richter nickte ihm schweigend zu.

„Wir haben nochmal ein paar Fragen an Sie."

Besorgt setzte sich Frau Richter neben ihren Mann und griff nach seiner Hand. Der Kontakt schien dem überrumpelten Mann neues Leben einzuhauchen. „Was wollen Sie denn schon wieder von mir?"

„Wir haben Fingerabdrücke von Ihnen gefunden. An einem der Tatorte."

Richter schluckte, fing sich aber schnell wieder. „Ich bin Handwerker. Ich arbeite mit den Händen. Da fasse ich schon mal das eine oder andere an. Ist das denn so ungewöhnlich?"

„Nein, normalerweise nicht."

„Ich kann Ihnen gern erklären, was ich auf der Baustelle gemacht hab. Aber dazu müsste ich schon wissen, wo genau Sie die Fingerabdrücke gefunden haben."

„Auf einer Öldose."

„Was für eine Öldose?"

„Universalöl."

„Universalöl ...", wiederholte Richter nachdenklich. „Da werd ich irgendein Werkzeug geölt haben."

„Auf einer Baustelle, auf der Sie gar nicht gearbeitet haben?", ließ Götz die Bombe platzen.

Richter schüttelte verwirrt den Kopf.

„Schauen Sie mal", sagte Weber und breitete die Liste der von Massivbau Reinhardt übermittelten Handwerkereinsätze auf dem Wohnzimmertisch aus. „Das hier sind die Arbeitseinsätze, die uns von Ihrem Arbeitgeber gemeldet wurden."

Skeptisch betrachtete Richter die Blätter.

„Sieht das für Sie korrekt aus?", bohrte Götz nach.

„Schon, ja", bestätigte der Bauarbeiter heiser.

„Dann erklären Sie uns bitte mal, wie Ihre Fingerabdrücke an eine Öldose kommen, die auf einer Baustelle steht, an der Sie gar nicht eingesetzt wurden!"

Richter wurde blass um die Nasenspitze. Seine Frau krallte panisch ihre Fingernägel in seine Hand.

„Beim Holger?"

Götz war überrascht von der Antwort. Er hatte sich auf eine völlig andere Reaktion gefasst gemacht, mit einem Fluchtversuch oder einem tätlichen Angriff gerechnet. Viele in die Enge getriebenen Täter reagierten auf diese Weise. „Bei welchem Holger?"

„Holger Aller. Der Bauherr. Dort bei der Memmelsdorfer Straße."

Herr Aller, schoss es Götz durch den Kopf. *Na klar, das war der Name des Bauherren, auf dessen Baustelle der dritte Mord in der Nähe der Memmelsdorfer Straße verübt wurde. Woher zum Teufel weiß Richter das?*

„Ich kann mir vorstellen, was Sie jetzt denken und schlussfolgern. Aber da sind Sie auf dem völlig falschen Dampfer!"

Götz erwiderte nichts. Er wollte Richter selbst erzählen lassen, was Sache war.

„Der Holger ist ein alter Kumpel von mir", fuhr der Verdächtige fort. „Von früher. Vom Fußball."

Jetzt hatte Götz eine Ahnung, worauf das hinauslief.

„Okay, okay. Ich hab am Wochenende schwarz auf seiner Baustelle geholfen. Schauen Sie sich doch um. Dieses ganze Haus. Wir haben gedacht, wenn ich viel selber mache, und die niedrigen Zinsen, ... Aber jetzt wo unsere Kleine da ist, fehlt uns das Geld an allen Ecken und Enden. Ich versuch mit der Schwarzarbeit doch nur, meine Familie durchzubringen!"

Götz schloss einen kurzen Moment die Augen. *Schwarzarbeit!* Das interessierte ihn gerade überhaupt nicht. „Kann Herr Aller das bezeugen?"

„Wenn Sie ihn einfach so danach fragen, wird er es vermutlich abstreiten, um mich nicht wegen der Schwarzarbeit reinzureiten. Aber wenn Sie ihm sagen, dass ich unter Mordverdacht stehe, bestätigt er das bestimmt. Es gibt auch andere Zeugen. Ich war ja nicht der Einzige."

„Wären Sie einverstanden, zur Sicherheit eine DNA-Probe abzugeben?"

Richter machte ein mürrisches Gesicht, aber nickte schließlich. „Wenn's sein muss. Ja."

Weber nahm die Speichelprobe ab und steckte sie in seine Jackentasche. „Vielen Dank."

Plötzlich schoss Götz ein Bild in den Kopf. Er sah das Auto vor sich. Hinter dem Transporter der Firma Massivbau Reinhardt. Er räusperte sich, versuchte, seine Gedanken zu ordnen. Dann wandte er sich erneut an Richter: „Als wir Sie auf der Baustelle in Wildensorg besucht hatten, wer von Ihnen war mit dem Firmentransporter gefahren?"

„Wie bitte?"

„Es waren zwei Autos am Straßenrand geparkt. Ein Kleinlaster mit dem Firmenlogo. Und ein Skoda."

„Pavel war mit seinem eigenen Auto da", stammelte Richter verwirrt. „Er wollte sich die Zeit sparen, vorher extra in die Firma zu fahren. Also hatten wir ausgemacht, dass wir uns direkt in Wildensorg treffen."

Dachte ich mir's doch! BA-PS. Pavel Smintek. Ein Skoda. Mitglied der Volkswagen-Gruppe. Die Fasern aus dem Kofferraum!

Götz fing Webers Blick ein. „Ich denke, wir sind hier fertig. Lass uns Herrn Smintek auch noch einen Besuch abstatten", sagte er mit einer beiläufigen Ruhe, die er nicht empfand.

„Das könnt ihr euch sparen", winkte Richter ab.

Götz wurde hellhörig. „Warum?"

„Seine Frau ist heute unterwegs. Da wird er nicht daheim sein."

„Wieder Schafkopf spielen?", vermutete Weber.

„Wenn man es so nennen will", raunte Richters Frau mit einem aufgesetzten Lachen.

Der sarkastische Unterton ihrer Stimme weckte Götz' Interesse. Und der vorwurfsvolle Blick, mit dem Richter seine Frau bedachte, beschleunigte seinen Herzschlag. „Wie würden Sie es denn nennen?"

„Bei seiner Geliebten wird er wieder sein!"

„Hör doch auf, Tina", flüsterte Richter sauer.

„Wie lange geht das schon?"

„Keine Ahnung", seufzte Richter. „Ich kenn sie ja nicht. Er erzählt nur immer davon."

Das Bild von Smintek schoss Götz in den Kopf. *Kleingewachsen, untersetzt, lichtes Haar, Brille. Nicht gerade der Traumtyp, den man sich als Liebhaber anlacht.*

„Aber seine Kumpels haben doch alle drei bestätigt, dass …", wunderte sich Weber.

„Seine Kumpels sind gut instruiert, jedem, der sie danach fragt, zu bestätigen, dass er beim Schafkopfen dabei war."

„Vielen Dank für Ihre Zeit", sagte Götz knapp und drängte zurück zur Haustür. Das Herz hämmerte in seiner Brust.

„Verdammter Mist, ein falsches Alibi mit drei Zeugen!", fluchte er, als sie im Stechschritt auf die Polizeistreife zueilten.

Der Streifenbeamte kurbelte das Fenster herunter und blickte Götz fragend an.

„Haltet bitte hier die Stellung. Passt auf, dass Richter das Haus nicht verlässt. Falls er es tut, schlagt sofort Alarm!" *Wir können uns erst sicher sein, wenn wir die DNA abgeglichen haben!* „Komm schon!", rief Götz aufgeregt Weber zu und sprintete zu seinem Auto. „Fordere du schon mal neue Verstärkung für Sminteks Wohnung an. Ich versuche während der Fahrt, Michael zu erreichen."

Kapitel 60

Tietz öffnete die Tür und schüttelte umgehend den Kopf. Das führte zu nichts!

Sein mürrischer Blick schweifte durch den kleinen Raum. Die fünf Damen mit den Headsets blickten kurz auf und widmeten sich dann wieder ihren Anrufen.

„Sind das alles eingehende Anrufe?", stammelte Tietz, als Polizeihauptmeister Drescher neben ihn trat.

„Nein. Die Anrufflut nach dem Pressebericht ebbt langsam ab. Aber es war ein harter Kampf, das kann ich Ihnen sagen."

„Also verfolgen die Kolleginnen jetzt die vielen anderen Hinweise nach?"

„Genau. Sie rufen die Leute an, die uns per E-Mail Hinweise geschickt haben. Es ist aufwendig. Aber nur so können wir die Spreu vom Weizen trennen."

„War schon etwas Brauchbares dabei?"

„Wir haben einige Hinweise an Schäfers Team weitergeleitet, ja."

Tietz versuchte, seine Enttäuschung so gut es ging zu überspielen. „Die Kollegen tappen nach wie vor im Dunkeln."

„Dann haben wir die richtigen Hinweise noch nicht gefunden", murmelte Drescher nachdenklich.

„Wie viele Anrufe hatten wir?"

Drescher winkte ab. „Fragen Sie besser nicht. Mehr als tausend."

„Woher kommt das, wenn doch offensichtlich niemand etwas gesehen hat?"

„Ich weiß ja nicht, was wirklich in diesem Fall abgeht. Die Pressemitteilung wirkte mir arg gefiltert. Und trotzdem war es schrecklich genug, um die Leute in Panik zu versetzen und um Schlagzeilen zu machen." Drescher verdrehte stöhnend die Augen. „Dann will jeder helfen. Und jeder glaubt, etwas gesehen zu haben."

Tietz nickte. Das war der Nachteil, wenn man die Presse bewusst einschaltete. Es war wie eine Lotterie. Mit viel Glück zog man das große Los und brachte einen sadistischen Mistkerl hinter Schloss und Riegel. Aber in den meisten Fällen verbrannte man wertvolle Ressourcen mit stupider Fleißarbeit.

Er hatte seine Differenzen mit Schäfer und seinem Team. Aber er spürte, wie sie für diesen Fall an ihre Grenzen gingen. Es war an der Zeit, dass sie das Glück der Tüchtigen belohnte. Aber er hatte wenig Hoffnung. Der Killer war wie ein Phantom.

„Bleibt dran! Und lasst den Kollegen umgehend alles zukommen, was nach dem Hauch einer Spur aussieht."

„Machen wir. Wir haben zweimal am Tag einen Jour fixe mit Weber. Dabei fassen wir alle verwertbaren Informationen zusammen und geben die Kontakte weiter, falls sie den Spuren selbst nachgehen möchten."

Tietz nickte zufrieden. „Das hört sich gut an. Weber und Götz sind ein gutes Gespann für solche Analysen. Die sollen sich darum kümmern."

„In Ordnung, Herr Tietz."

Die Bilder zogen vor seinem geistigen Auge vorüber. Der Anblick der zersägten Melanie Schramm und der gesteinigten fünften Leiche verfolgte ihn nachts in seinen Träumen.

„Wie lange wird es noch dauern, bis Sie alles aufgearbeitet haben?"

„Zwei bis drei Tage, schätze ich."

Tietz nickte und ließ die Information sacken.

„Beeilen Sie sich! Uns läuft die Zeit davon."

Kapitel 61

Ungeduldig trommelte Götz mit den Fingerspitzen auf dem Lenkrad seines Wagens. Die Wohnung sah verlassen aus. Keine eingeschalteten Lichter. Der Skoda war auch nicht auf der Straße geparkt.

„Wo bleiben die denn?", fluchte Götz.

Zwei Minuten später trafen die beiden Polizeistreifen ein und parkten ihre Autos auf dem Gehweg.

„Na endlich! Los geht´s!", rief Götz und öffnete die Fahrertür.

Tausend Gedanken schossen ihm durch den Kopf, als sie sich mit schweren Schritten Sminteks Wohnung näherten.

Weber drückte den Klingelknopf. Die beiden Kommissare behielten die Fenster genau im Auge. Aber sie registrierten keinerlei Bewegung.

„Hast du die Nummer?", frage Götz.

„Ja." Weber zückte sein Handy und wählte die Ziffern. „Es geht niemand ran. Scheint ausgeschaltet zu sein."

„Will er sich ungestört mit seiner Liebschaft vergnügen? Oder will er, dass wir ihn nicht orten können?"

Weber zuckte die Schultern. „Sollen wir einen Durchsuchungsbeschluss anfordern?"

„Das dauert zu lange", beschloss Götz. „Wir müssen noch den nächtlichen Einsatz vorbereiten."

„Aber wenn wir sicher wüssten, dass er der Täter ist ..."

„... dann würde uns das auch nicht dabei helfen, ihn zu finden", stellte Götz fest. „Wir müssen ihn zur Fahndung ausschreiben. Und hoffen, dass er uns ins Netz geht. Wenn er untergetaucht ist, dann ist die nächtliche Überwachung der Rohbauten unsere einzige Chance!"

Kapitel 62

Immer wieder hielt Wagner aufgewühlt inne, als Schäfer mit ihm die alten Bilder durchwühlte. Die Erinnerungen an glücklichere Tage mussten grausam sein. Wie ein Schlag ins Gesicht.

„Müssen wir das wirklich alles nochmal durchgehen?", fragte er flehend.

„Ich kann mir vorstellen, wie schwer Ihnen das fällt. Aber es ist wichtig."

„Suchen Sie denn etwas Bestimmtes?"

Der Kommissar runzelte ausweichend die Stirn. „Nur eine vage Vermutung."

Wagner rollte geschlagen mit den Augen. Schäfer war bewusst, dass er nicht sehr auskunftsfreudig war. Aber was hätte er ihm sagen sollen? Es war nicht mehr als ein Hoffnungsschimmer, auf den er sich vor lauter Verzweiflung stürzte.

Herr Wagner reichte Schäfer den nächsten Karton, der bis zum Rand mit Fotografien vollgestopft war. Müde rieb sich der Kommissar die Augen. Die immense Anzahl der Fotos war zermürbend. Aber wenigstens wusste er jetzt, wonach er suchte.

Es waren Bilder aus Frau Wagners Jugend und Studentenzeit. Fröhliche Erinnerungen an ein unbeschwertes, ausgelassenes Leben. Sie hatten viel gefeiert. Lachten auf den Bildern liebenswert in die Kamera. Immer wieder turtelte sie mit verschiedenen Partnern. Ein Grillabend am Badesee mit einem riesengroßen, spindeldürren Kerl, der sie seinem Blick nach regelrecht vergöttert hatte. Ein Wanderurlaub mit Freunden auf einer Hütte, bei dem reichlich Schnaps geflossen war.

Plötzlich durchfuhr es Schäfer wie ein Blitz. *Ist er das?* Ein eisiger Schauder jagte ihm über den Rücken. Angestrengt starrte er auf das Foto. Ein etwas untersetzter, kleiner Mann mit Brille und lichtem Haar küsste Frau Wagner bei einer Grillparty auf die Wange.

Aufgeregt untersuchte Schäfer das Bild. Seine Gedanken rasten. Ihre Hände waren umschlungen. Sie waren ein Paar. Aber war das wirklich der Mann, den er suchte? Nachdenklich griff er mit zitternden Fingern in seine Jackentasche und zog das Foto heraus, das er von Frau Schüttes Mutter mitgenommen hatte.

Der Kommissar legte die Fotos nebeneinander und starrte sie an. Das Gesicht war durch den Kuss größtenteils verdeckt. Schäfer konnte sich nicht sicher sein. Aber es war möglich. Unter den fragenden Blicken von Herrn Wagner wühlte sich Schäfer geduldig weiter durch das Bildmaterial. Nichts. Das war das einzige Foto, das er mit dem mysteriösen Unbekannten in Verbindung bringen konnte.

„Kennen Sie diesen Mann?", wandte er sich schließlich an Herrn Wagner.

Der schnappte sich das Bild und hielt es in kurzer Distanz vor sein Gesicht. Langsam schüttelte er den Kopf. „Das muss vor meiner Zeit gewesen sein. Keine Ahnung, mit wem sich Andrea da herumgetrieben hat."

Kurzentschlossen zeigte Schäfer ihm auch das andere Bild, auf dem der Mann klarer zu sehen war.

„Ist das der Scheißkerl, der meine Frau umgebracht hat?"

„Das wissen wir nicht."

„Wieso haben Sie dann sein Bild dabei?"

„Weil ich das Gefühl habe, ihn zu kennen. Aber ich weiß nicht, woher. Deshalb bin ich gerade dabei, zu überprüfen, ob ich ihn auf einem der vielen Fotos der anderen Opfer gesehen habe."

Herr Wagner nickte langsam. Er verstand die Logik. Aber er kannte diesen Mann nicht.

„Es tut mir leid. Ich kann Ihnen nicht weiterhelfen. Ich kenne ihn wirklich nicht."

„Was denken Sie? Ist es der gleiche Mann auf den beiden Bildern?"

Herr Wagner legte die beiden Fotos nebeneinander und starrte sie lange mit gerunzelter Stirn an. Dann schüttelte er den Kopf.

„Das ist schwer zu sagen. Man erkennt ihn kaum. Es könnte sein. Sie haben definitiv Ähnlichkeit. Aber sicher bin ich mir nicht."

Enttäuscht nahm Schäfer das Bild von Frau Schüttes Mutter wieder an sich. Er hatte sich mehr von dem Besuch versprochen. Doch es gab noch drei weitere Mordopfer.

Nachdenklich kramte er auf dem Weg zum Auto sein Handy aus der Hosentasche. Er wollte den Kollegen einen kurzen Lagebericht durchgeben. „Auch das noch!", fluchte er. Der Akku war leer. Das Telefon ließ sich nicht mal mehr einschalten. Er hängte das Handy an das USB-Ladegerät neben dem Zigarettenanzünder und startete den Motor. Sein Blick fiel noch einmal auf die Fotos auf dem Beifahrersitz. Er musste diesen Weg weitergehen. Schäfer spürte, dass das seine einzige Chance war.

Kapitel 63

Es dämmerte bereits. Das für die nächtliche Überwachung eingeteilte Team hatte sich zur Lagebesprechung im Büro versammelt.

Julia und Götz übernahmen die Einweisung und Einteilung der Kollegen. In Zweierteams würden sie sich eine weitere Nacht auf die Lauer legen. Am nächsten Tag war Schäfer dran und übernahm die Leitung des Einsatzes.

„Lasst uns beginnen", sagte Julia und erhob sich von ihrem Platz. Sie stellte sich neben die große Pinnwand, an der sie eine Landkarte vom Bamberger Umland aufgehängt hatten. Dann positionierte sie eine grüne Stecknadel: „Hier werden sich Rainer Götz und Thomas Adam verstecken."

Die beiden Kollegen nickten ernst.

Julia trieb eine rote Stecknadel in die Landkarte. „Das ist der Rohbau von Harald Zapf und Bernd Schnellinger."

Mit klopfendem Herzen starrte sie auf die gelbe Stecknadel. Sie fürchtete sich vor diesem Einsatz. Der Täter war so brutal. Doch sie konnte ihre Kollegen nicht im Stich lassen. Auch wenn es wahrscheinlich war, dass der Täter heute Nacht wieder zuschlug. „Hier werde ich mich mit Alexander Herold auf die Lauer legen."

„Alexander ist nicht da", rief ein aufmerksamer Kollege aus dem Kontingent der Bereitschaftspolizei dazwischen.

Seufzend ließ Julia den Blick durch den Raum schweifen. Rasch hatte sie die anwesenden Polizisten gezählt. Es waren nur 15. Einer zu wenig.

„Kannst du bitte kurz klären, was da los ist?", flüsterte Götz Julia zu. „Dann erkläre ich den Kollegen schon mal kurz die Situation und worauf wir achten müssen. Wenn wir wissen, was mit dem Kollegen los ist, können wir ja mit der Landkarte fortfahren."

Julia nickte, griff nach ihrem Mobiltelefon und verließ hastig den Raum.

„Julia Kersten, Mordkommission Bamberg am Apparat. Hallo. Wir vermissen Alexander Herold. Wir haben Einsatzbesprechung für die Überwachung von möglichen Tatorten, und Herold war uns zugeteilt."

Julia machte eine kurze Pause und lauschte den Erklärungen aus der Dienststelle der Bereitschaftspolizei. „Das ist schlecht. Richten Sie bitte gute Besserung von uns aus. Können Sie denn kurzfristig einen Ersatzmann bereitstellen?"

Julia legte die Stirn in Falten. Das Fußball-Derby in Nürnberg hatte sie ganz vergessen. „Schade, da kann man nichts machen. Das verstehen wir. Vielleicht finden wir noch eine andere Lösung."

Enttäuscht legte Julia auf und eilte in das Büro von Markus Tietz. Sie zerbrach sich den Kopf, wie sie den geplanten Einsatz retten konnte. *Welche Möglichkeiten haben wir noch?* Das Büro war verschlossen. Tietz war schon zuhause.

Ein zweites Mal zückte sie ihr Telefon und wählte eine gespeicherte Nummer. „Hallo Herr Tietz, wir haben einen kurzfristigen Ausfall bei der nächtlichen Überwachung, und die Bereitschaftspolizei hat keine freien Leute mehr. Können Sie mich bitte kurz zurückrufen? Vielleicht können wir noch schnell einen Kollegen aus unserer Dienststelle mobilisieren. Ansonsten müssten wir auf die Überwachung einer Baustelle verzichten. Rufen Sie mich bitte kurz zurück. Danke."

Abwesend lief Julia zurück zum Besprechungsraum. Als sie gedankenverloren um die Ecke bog, stieß sie beinahe mit Weber zusammen.

„Huch, was machst du denn noch hier?", keuchte sie erschrocken.

„Ich hab nochmal alles zu Smintek recherchiert, was ich finden konnte."

Weber hatte dunkle Augenringe. Er sollte schleunigst schauen, dass er nachhause kam. Es war schon spät.

„Hast du etwas gefunden?"

„Nein. Nichts, was uns weiterhilft", schüttelte er enttäuscht den Kopf.

Die Machtlosigkeit zermürbte Julia jedes Mal auf's Neue. Sie wussten nicht, wo Smintek war. Nun konnten sie nur noch darauf vertrauen, dass sie ihm diesmal auf den richtigen Baustellen auflauerten.

„Es ist wirklich der Wurm drin. Jetzt ist uns auch noch ein Kollege von der Bereitschaftspolizei ausgefallen. Mein Partner für die heutige Überwachung."

„So kurzfristig?"

„Ja, ein plötzlicher Anfall von Magen-Darm-Grippe. Der Dienststellenleiter hat gesagt, er habe auf einmal heftige Bauchkrämpfe bekommen und würde jetzt sogar ins Krankenhaus gebracht. Hört sich für mich eher nach einer Blinddarmentzündung an."

„Oh Mann ... Habt ihr schon Ersatz gefunden?"

Besorgt schüttelte Julia den Kopf. „So kurzfristig wird das schwer. Die Büros sind wie ausgestorben."

„Dann lasst mich doch einspringen", schlug Weber hilfsbereit vor.

Julia zögerte. Es war vielleicht ihre einzige Option. Aber es war zu riskant. Schäfer hatte Weber aus gutem Grund aus den Nachtschichten herausgenommen. Der Angriff auf Weber hatte gezeigt, wie gefährlich diese Aktion war. Man musste sich dabei hundertprozentig aufeinander verlassen können. Die Kollegen von der Bereitschaftspolizei waren die perfekte Lösung. Sie waren kampferprobte, hartgesottene Männer ohne emotionale Bindung zu dieser Mordserie.

„Michael würde das nicht gutheißen, Andreas."

„Bevor ihr auf ein Objekt verzichten müsst, ist das doch sicher die bessere Lösung."

„Ich weiß nicht ..."

„Wenn genau in diesem Rohbau der nächste Mord verübt wird, werden wir uns das nie verzeihen, Julia!"

Unsicher starrte Julia auf ihr Telefon. „Lass uns Michael anrufen und sein Okay einholen."

Weber nickte. Und Julia wählte Schäfers Nummer.

„Nur die Mailbox. Verdammt, warum geht heute niemand ans Telefon?"

„Dann lass uns jetzt Nägel mit Köpfen machen. Wir haben keine Zeit mehr. Gehen wir zu Rainer und überzeugen ihn, dass es nicht anders geht. Ich fahr schnell nachhause und hol mir was Wärmeres zum Anziehen. Heute Nacht soll es ganz schön abkühlen."

Julia nickte. Vielleicht war es so das Beste.

Kapitel 64

Schäfer saß in dem kleinen Wohnzimmer und wartete darauf, dass der Mann des fünften Mordopfers die Fotoalben holte.

Herrn Flaschners Trauer war noch frisch. Er sah müde und ausgezehrt aus. Aber nachdem Schäfer ihm erklärt hatte, was er vorhatte, war der Mann sofort bereit gewesen, sich den schmerzhaften Erinnerungen der Bilder noch einmal zu stellen.

Weber ist bestimmt schon zuhause, überlegte Schäfer. *Und Rainer und Julia sind vermutlich gerade auf dem Weg zu den ihnen zugeteilten Baustellen. Sie sollen sich auf ihre Aufgaben konzentrieren. Aber wäre es nicht fair, ihnen zumindest von der Spur zu erzählen? Oder lenke ich sie dadurch nur ab?*

Kurzentschlossen tastete Schäfer nach seinem Mobiltelefon. Er lebte seit jeher einen offenen Austausch mit seinem Team. Sie gaben alles, um diesen Fall zu lösen. Er war es ihnen schuldig, sie auf dem aktuellen Stand zu halten. *Verflucht, wo ist mein Handy? Das hängt bestimmt noch im Auto am verdammten Ladegerät. Ich muss es in meiner Aufregung liegen lassen haben!*

Ungeduldig trommelte Schäfer mit den Fingerspitzen auf den Wohnzimmertisch. Konnte er hier und jetzt das Rätsel lösen?

Herr Flaschner kehrte mit seinem Notebook zurück. Fragend blickte Schäfer in das von Sorgenfalten zerfurchte Gesicht. „Wir haben vor einem halben Jahr für den vierzigsten Geburtstag meiner Frau einen Großteil der Bilder digitalisiert. Ich denke, so ist es am einfachsten."

Schäfer nickte. Das hörte sich gut an. Die beiden Männer setzten sich in gespannter Erwartung nebeneinander und klickten sich durch das schier endlose Bildmaterial. Draußen war es bereits stockdunkel. Aber Schäfers tiefe Müdigkeit war wie verflogen. Er war zu aufgeregt. Er spürte, dass er dem Täter so nah war wie nie zuvor.

„Haben Sie die Bilder irgendwie sortiert?"

„Sortiert nicht, aber ein bisschen gruppiert."

„Nach welchen Kriterien?"

„Nach Zeit beziehungsweise Lebensphasen. Und über spezielle Ordner für besondere Ereignisse: Schulabschlussfeier, Erstkommunion, Hochzeit, Einschulung, … Solche Dinge."

„Können wir uns im ersten Schritt auf die Phase zwischen dem 15. und 25. Lebensjahr konzentrieren?"

Der Mann nickte eifrig. „Ja, das lässt sich einrichten."

Wie gebannt starrte Schäfer auf den Bildschirm. Im Angesicht der schönen, glücklichen Bilder von seiner verstorbenen Frau wurde der arme Herr Flaschner kreidebleich. Aber Schäfer war wie in einem Tunnel. Angespannt wartete er auf den entscheidenden Moment. War der Unbekannte auch auf diesen Fotos zu finden? Herr Flaschner raste im Eiltempo durch die vielen Unterordner. Es war ein nahezu unendliches Bildmaterial.

Wie vom Blitz getroffen hielt Schäfer inne. „Gehen Sie bitte ein Foto zurück!", rief er aufgeregt.

Der Mann zögerte. Dann drückte er eine Taste. Schäfers Herzschlag setzte einen Moment lang aus. Da war er wieder! Es gab keinen Zweifel. Er sah ein wenig anders aus, zwei bis drei Jahre älter als auf dem Foto von Frau Schütte. Aber Schäfer war sich hundertprozentig sicher: Es war derselbe Mann.

Das konnte kein Zufall sein. Er kam ihm bekannt vor. Sogar vertraut. Und der Kommissar spürte instinktiv, dass er in die von einer dicken Brille umrahmten Augen des Täters blickte.

„Kennen Sie diesen Mann, der auf dem Foto neben Ihrer Frau steht?"

„Nicht persönlich", murmelte der Mann nachdenklich.

Schäfers Herz klopfte ihm bis zum Hals. Das war kein kategorisches Nein gewesen. *Weiß er etwa, wer der Mann ist?*

„Wissen Sie etwas über ihn?"

Herr Flaschner überlegte kurz. „Nur wenig. Es war vor meiner Zeit. Eine kurze Liaison meiner Frau. Nichts Ernstes. Warum fragen Sie?"

Schäfer hatte Mühe, seine Gedanken im Zaum zu halten. „Ich habe diesen Mann auch auf privaten Fotos in den Archiven der anderen Opfer gesehen. Vielleicht ist er der fehlende Zusammenhang."

„Sie denken also, das ist der Mörder?", interpretierte der Mann ungläubig.

„Das wissen wir nicht. Vielleicht ist er auch nur die Verbindung. Aber ausschließen kann man es nicht. Was genau können Sie mir über ihn sagen?"

Der Mann zögerte und dachte nach. „Nicht viel. Er war für ein paar Wochen mit meiner Frau zusammen. Dann hat sie sich von ihm getrennt."

Eine kurze Beziehung. Einseitig von ihr beendet. Es passt alles ins Bild.

„Warum hat Ihre Frau die Beziehung nach so kurzer Zeit beendet?"

„Ich weiß nichts Genaues. Es ist lange her. Aber sie hatte mal erwähnt, dass er viel zu sehr geklammert hat, krankhaft eifersüchtig war."

„Wie hat er die Trennung aufgenommen?"

„Sie fragen Sachen. Darüber muss ich nachdenken." Seine Augen verengten sich zu angestrengten Schlitzen. „Ich glaube, sie hat einmal erwähnt, dass er es nicht verstanden hat. Dass er es nicht wahrhaben wollte. Weiter geklammert hat. Er hätte ihr sogar ein wenig Angst gemacht, wäre er nicht so langweilig und unscheinbar gewesen. Mit der Zeit hat sich der Kontakt aber verlaufen."

War er nach so vielen Jahren zurückgekehrt, um sich blutig an ihr zu rächen? Konnte der Stachel einer kurzen Beziehung wirklich so tief sitzen? *Woher zum Teufel kenne ich den Mann?*

„Sie wissen nicht zufällig, wie er heißt?"

Herr Flaschner rutschte überfordert auf seinem Platz hin und her. „Ich kann mir wirklich keine Namen merken." Unsicher blickte er zu Boden. „Tut mir leid. Ich weiß es nicht."

Diese Augen ... Dieser Blick ... Wo habe ich das schon mal gesehen? ... Schäfers Nackenhaare sträubten sich. Noch einmal starrte er auf das Bild. Dann durchfuhr ihn die Erkenntnis wie ein Blitz. *Warum habe ich ihn nicht gleich erkannt?* Plötzlich wusste er, wer der Mann war.

241

Kapitel 65

Julia saß in ihrem Auto und starrte wartend in die Dunkelheit. Sie fühlte sich beklommen. Der Mord mit der Säge hatte ihr von allen Massakern am meisten zugesetzt. Seitdem war ihre Angst vor dem Killer zur Panik geworden.

Wo bleibt nur Andreas? Sie wusste, dass sie vorerst in Sicherheit war. Es war noch zu früh. Die Sonne war gerade erst am Horizont verschwunden. Der Täter hatte bislang immer erst nach Mitternacht zugeschlagen. Und sie befand sich noch nicht in dem Rohbau, sondern saß in ihrem verriegelten Auto. Julia hatte die Hand locker auf ihre Dienstwaffe gelegt. Es war totenstill. Das offene Gelände verschaffte ihr einen guten Überblick in alle Richtungen. Niemand konnte sich ihr unbemerkt nähern. *Wovor fürchtest du dich so sehr? Reiß dich zusammen! Du bist Polizistin, und kein kleines, wehrloses Mädchen!*

Am Ende der abgelegenen Straße erkannte sie entferntes Scheinwerferlicht. Ein Auto raste auf sie zu. *Na endlich*, dachte sie erleichtert. *Was hat er nur solange gemacht?*

Sie ließ sich tiefer in den Autositz sinken und tastete erneut nach ihrer Waffe. Der kalte Griff beruhigte sie, gab ihr Sicherheit. Eigentlich konnte es nur Weber sein. Aber der Täter war unberechenbar und hatte sie schon das eine oder andere Mal überlistet. *Was, wenn er gerade an diesem Tag früher zuschlägt als sonst?* Julia wollte nicht von ihm überrascht werden und diesem Monster in die Hände fallen. Um nichts in der Welt.

Ihr Herzschlag rauschte in ihren Ohren. All ihre Sinne waren in Alarmbereitschaft. Aufmerksam starrte sie in die Dunkelheit. Das grelle Licht blendete sie. Sie konnte nichts erkennen. Dann endlich erhaschte sie einen Blick auf das Nummernschild.

Andreas. Gott sei Dank!

Weber hielt neben ihrem geparkten Wagen an und kurbelte die Fensterscheibe herunter. „Sorry, hat leider etwas gedauert. Wollen wir unsere Autos woanders parken, damit sie nicht so sichtbar vor dem Rohbau stehen?"

„Weiter unten im Ortskern habe ich Parkplätze gesehen."

„Alles klar."

Weber wendete sein Auto und wartete auf Julia, die in ihren Wagen stieg und den Motor startete. Sie fuhren zurück in den belebten Ortskern und parkten unweit voneinander ihre Fahrzeuge.

Anschließend schlenderten sie gemütlichen Schrittes die verlassene Straße entlang. Webers Anwesenheit gab Julia neuen Mut. Es tat gut, nicht allein zu sein. Sie konnte sich nicht vorstellen, dass der Mörder zwei erfahrene Polizisten überwältigte.

„Es ist wirklich gespenstisch hier draußen. Ich hätte mir vor Angst fast in die Hose gemacht", gestand sie lächelnd.

„Ja, das kann ich mir vorstellen. So ganz allein ist es echt unheimlich in dieser verlassenen Gegend."

„Also ich möchte hier nicht bauen."

„Warum? Ist doch eine super Lage …"

„Der bloße Gedanke, nachts allein vom Ort in diese abgelegene Siedlung zu laufen …"

„Naja, die Lücken werden bestimmt schnell geschlossen. Bauplätze in dieser Gegend sind teuer, aber begehrt."

Julia nickte nachdenklich. Schon bald würde die neue Siedlung mit dem Ortskern verschmelzen.

Nach einem fünfminütigen Fußmarsch standen die beiden schließlich vor dem Rohbau. Zögerlich starrte Julia auf den Eingang. Es war düster. Sie konnte den Geruch nach frischem Beton und Staub riechen. Alles in ihr widerstrebte sich, den nächsten Schritt zu wagen.

„Dann legen wir uns mal auf die Lauer", ermutigte Weber sie enthusiastisch. Julia glaubte, ein erwartungsvolles Funkeln in seinen Augen zu erkennen. *Hofft er denn darauf, dass der Mörder hier und heute zuschlägt? Will er seine offene Rechnung mit ihm begleichen, weil er ihn damals niedergeschlagen und überwältigt hat?* Julia teilte diese Hoffnung nicht. Sie schickte ein stilles Stoßgebet zum Himmel, dass sie dem Killer nie begegnete. Und sie sehnte den nächsten Tag herbei, der ihr laut dem neuen Einsatzplan eine kurze Pause von den nächtlichen Überwachungen gönnte.

Wachsam betraten die beiden Polizisten den düsteren Rohbau.

Kapitel 66

Fassungslos saß Schäfer im Auto und drosch auf das Lenkrad seines Dienstwagens ein. Er konnte es nicht glauben. Wie hatte er so blind sein können?

Das Herz klopfte ihm bis zum Hals. Er konnte die vielen Gefühle gar nicht beschreiben, die wie ein Wirbelsturm durch seinen Körper fegten. Wut, Hass, Enttäuschung. Und immer wieder meldete sich sein Unterbewusstsein zu Wort. *Es ist nicht möglich. Du musst dich täuschen. Es muss eine andere Erklärung dafür geben.*

Schäfer zwang sich, dreimal tief durchzuatmen. Er wusste, dass ihm die Emotionen nicht weiterhalfen. Er musste kühlen Kopf bewahren. Nur so konnte er die verwirrenden Gedanken ordnen.

Warum in Gottes Namen ist dieser Groschen nicht früher gefallen? Wie konnten wir die ganze Zeit über so blind sein? Tausendmal hatte er die Bilder durchgeblättert. Und erst jetzt hatten sie diese Übereinstimmung bemerkt. Aber was bedeutete das? Konnte es wirklich sein? Das alles ergab keinerlei Sinn! Es musste ganz einfach eine logische Erklärung dafür geben. Doch an Zufälle glaubte er schon lange nicht mehr.

Schäfer war ratlos. Manchmal waren die Dinge anders, als sie auf den ersten Blick aussahen. Und doch ließ die neue Erkenntnis nur einen plausiblen Schluss zu. Aber er weigerte sich, das zu glauben.

Ich muss die Kollegen informieren, schoss es ihm urplötzlich in den Kopf. Doch er zögerte. *Bist du dir wirklich sicher? Sind alle Zweifel ausgeräumt? Du glaubst doch noch nicht einmal selbst an diese Theorie! Zuerst brauchst du Gewissheit! Der Vorwurf ist viel zu weitreichend.*

Seine Gedanken rasten. Konnte er das Risiko wirklich eingehen, noch ein oder zwei weitere Stunden abzuwarten, bis er sich absolut sicher war?

Wenn ich ihn jetzt zur Fahndung ausschreibe, gibt es kein Zurück mehr! Und falls er gerade dabei ist, seinen nächsten Mord in die Tat umzusetzen, dann wissen wir ohnehin nicht, wo er sich befindet.

Schäfer rang sich zu einem Entschluss durch. *Ich suche ihn zuhause auf. Vielleicht sitzt er gerade auf dem Sofa. Dann werde ich improvisieren. Ich muss herausfinden, ob er der Täter ist oder ob ich mich gerade total verrenne! Er ahnt nichts von dem Verdacht, vergiss das nicht! Diesmal hast du den Überraschungseffekt auf deiner Seite.*

Schäfer fasste in seine Jackentasche und kramte noch einmal die Bilder hervor. *Er ist es, gottverdammt!* Schäfer musste ihn mit den Fotos konfrontieren, seine Reaktion abwarten. Und dann im schlimmsten Fall schnell genug sein, um seine Waffe als Erster zu ziehen.

Schäfer wusste, dass er sich in große Gefahr begab. Aber er hatte sich entschieden. Er brauchte Gewissheit. Das war der Weg, den er gehen wollte.

Seufzend startete er den Motor. Die Stunde der Wahrheit war gekommen.

Kapitel 67

Der Druck lastete schwer auf Götz. Diese Nächte waren schon ein ungeliebter Nervenkitzel, wenn man nur im Rohbau auf der Lauer lag. Doch diesmal hatte er noch mehr Verantwortung. Ihrem rotierenden Dienstplan entsprechend hatte Schäfer heute seinen freien Abend, den er gewiss brauchte. Somit ging die Einsatzleitung an Götz.

Voll angespannter Erwartung starrte er aus dem Fenster in die Dunkelheit. Wenigstens regnete es diesmal nicht. Er hatte freie Sicht. Nachdenklich blickte er zu seinem Kollegen Adam. Ein harter Bursche, der ruhig auf dem Boden saß und schweigsam die Wand anstarrte. *Anderer Rohbau, anderer Partner,* dachte Götz grimmig. *Hoffentlich endet es diesmal nicht in so einem Fiasko wie beim letzten Mal.*

Götz begann den Killer mit jedem Mord mehr zu hassen. Er hoffte, dass er heute bei ihnen auftauchte. *Dann kann ich den Blutdurst höchstpersönlich aus diesem Schwein herausprügeln!* Die stille, klare Nacht war ideal, um ihn auch wirklich kommen zu sehen. Er wusste, dass er seine Emotionen im Zaum halten musste. Sie konnten sich keine Fehler erlauben. Professionalität bedeutete, Wut und Hass zu beherrschen. Es fühlte sich gut an, einen kampferprobten Kollegen an seiner Seite zu wissen. Er hatte Winkler in Aktion erlebt und war von der kontrollierten, gewandten Wucht des Bereitschaftspolizisten beeindruckt gewesen. Und Adam stand Winkler in nichts nach.

Nervös warf Götz einen Blick auf seine Armbanduhr. *Zeit für den Status-Check.*

„Einsatzleitung an Adler 1. Bitte kommen."

„Hier Adler 1. Bei uns ist alles in Ordnung. Bisher ist alles ruhig."

„Alles klar, Adler 1. Verstanden."

Schritt für Schritt kontaktierte Götz die fünf Einsatzteams. Dann widmete er sich den vier mobilen Teams, die nicht in einem Rohbau auf der Lauer lagen, sondern immer wieder rollierend den erweiterten Kreis abfuhren, um so die Anzahl der überwachten Objekte zu vergrößern.

Noch war alles ruhig. Alle Kollegen waren wohlauf. Götz seufzte erleichtert.

Aber als er schweigend in die Dunkelheit starrte und dem nächsten Status-Check entgegenfieberte, wurde er das düstere Gefühl nicht los, dass ihnen eine nervenaufreibende Nacht bevorstand.

Kapitel 68

Schäfers Gedanken überschlugen sich. Die dunkle Straße flog vor seinen Augen dahin. Doch er nahm sie nicht wahr. *Ist das wirklich möglich?*, grübelte er. *Hatte er die Gelegenheit gehabt, alle fünf Morde zu begehen?*

Akribisch zwang er sich, jeden Moment Revue passieren zu lassen und neu zu bewerten. Steckte hinter jeder Handlung ein perfider Hintergedanke?

Noch immer fiel es ihm schwer, die Bedeutung seines Funds richtig einzuordnen. Ja, er war auf zwei Fotos gemeinsam mit einem der Mordopfer zu sehen. Doch das allein hieß noch gar nichts! Es konnte tausende Erklärungen dafür geben, warum er auf diesen Bildern war. Ein neuer Verdacht raste durch Schäfers auf Hochtouren rotierendes Gehirn. *Vielleicht geht es gar nicht um ihn! Ist er womöglich nur die fehlende Verbindung? Kennt er den Mörder und steht ihm nahe? Versucht er, jemanden zu decken?*

Es war ein tröstender Gedanke, dem sich Schäfer einen Moment lang hingab. Alles andere konnte und wollte er nicht glauben. Doch die Zweifel nagten an diesem Hoffnungsschimmer. Der unerwartet schnelle Mord, einen Tag bevor sie die Überwachung ausweiten wollten, kam ihm wieder in den Sinn. Nur ein erlesener Kreis hatte davon gewusst. *Zufall? Oder Kalkül?*

Eine bittere Übelkeit kroch Schäfers Magen hoch. Er hatte das Gefühl, sich übergeben zu müssen. Es passte einfach alles so gut zusammen. Vielleicht sogar zu gut? *Sei stark. Du wirst es brauchen!*

Wenige Minuten später stand Schäfer vor dem Haus. Im Zwielicht der Nacht wirkte es düster und bedrohlich. Wachsam beobachtete er die Fenster. Die Lichter waren aus. Es war gespenstisch still. *Ist er nicht zuhause? Oder wartet er im Dunkeln auf mich?*

Zur Beruhigung tastete er nach seiner Waffe. Er war bereit. Jetzt musste er es zu Ende bringen. Mit pochendem Herzen drückte er auf den Klingelknopf.

Nichts passierte. Kein Laut drang aus dem verlassenen Haus. Ein letztes Mal atmete Schäfer tief durch. Dann drückte er die Klingel noch zwei weitere Male. Niemand regte sich.

Ist er bereits unterwegs zu seinem nächsten Opfer? Oder lauert er mir in meinem Rücken auf? Soll ich die Kollegen alarmieren? Schäfer wusste, dass es der nötige nächste Schritt war. Es war zu gefährlich, allein weiter zu ermitteln. Und gegen die Vorschriften. *Nein, ich brauche zuerst Gewissheit. Ich kann diesen Mann nicht beschuldigen, wenn ich mir nicht hundertprozentig sicher bin!*

Zögernd rang sich Schäfer zu einem folgenschweren Entschluss durch. Mit zitternden Händen zückte er seinen Dietrich und brach die Tür auf. *Nun gibt es kein Zurück mehr*, dachte er verbittert und betrat die finstere Wohnung.

Kapitel 69

Er konnte nicht beschreiben, was es war. Götz hatte ein ungutes Gefühl. Immer wieder wechselte sein Blick zwischen der finsteren Straße und der Armbanduhr hin und her. *Was ist nur los mit dir?* Es war ruhig. *Zu ruhig?* Lag es an der Einsatzleitung? Oder war da mehr? Eine düstere Vorahnung? Der Instinkt des erfahrenen Polizisten, der ihn vor einer Gefahr warnte, die er noch nicht zu greifen vermochte?

Unruhig schlenderte er auf und ab. Adam beobachtete ihn mit fragender Miene.

„Zeit für den nächsten Status-Check", murmelte Götz zu sich selbst. *Seit wann bist du so ein Nervenbündel?*

„Einsatzleitung an Adler 1. Bitte kommen."

„Hier Adler 1. Bei uns ist immer noch alles ruhig. Keine Vorkommnisse."

„Verstanden, Adler 1."

„Einsatzleitung an Adler 2. Bitte kommen."

…

„Adler 2, bitte kommen!"

Götz schluckte. Adler 2 waren Julia und Weber! Das Herz schlug ihm mit einem Mal bis zum Hals.

„Was ist denn los?", erkundigte sich Adam besorgt.

„Adler 2 antwortet nicht."

Alle Farbe war aus seinem Gesicht gewichen, als er sich der Tragweite seiner Worte bewusst wurde. Götz' Kehle schnürte sich zusammen, als die Panik mit eiserner Klaue von ihm Besitz ergriff. Seine Gedanken rasten. *Was würde Michael tun?* Götz atmete noch einmal tief durch. *Er würde Ruhe bewahren.*

Götz schloss die Augen und schickte ein stummes Stoßgebet zum Himmel.

„Einsatzleitung an Adler 2", wiederholte er langsam. „Bitte kommen!"

Stille! Mit grimmigem Gesicht starrte Götz auf das Funkgerät in seinen zitternden Händen. Er bekam es gar nicht mit, wie Adam neben ihm auf die Füße sprang und an seine Seite eilte.

„Wir müssen den Einsatz abbrechen!"

Götz starrte Adam an. Dann nickte er stumm. Sie mussten zu ihnen. Das war ihre einzige Chance.

„Einsatzleitung an alle Einheiten! Zwischenfall bei Adler 2. Einsatz abbrechen! Alle Teams zur Unterstützung zu Adler 2. Ich wiederhole. Alle Teams zur Unterstützung zu Adler 2! Bitte bestätigen."

„Adler 1 verstanden."

„Adler 3 verstanden."

„Adler 4 verstanden."

Plötzlich drang Julias gehetzte Stimme knackend aus dem Funkgerät. „Hier Adler 2. Bei uns ist alles in Ordnung! Ich wiederhole: Bei Adler 2 ist alles in Ordnung."

Erleichtert und wütend zugleich sank Götz in die Knie und starrte wie gebannt auf sein Funkgerät. Nachdem er sich wieder gesammelt hatte, brummte er mit belegter Stimme: „Adler 2, was war denn los mit euch? Wir waren kurz davor, den Einsatz abzubrechen!"

„Es tut mir leid, Rainer. Die Batterien des Funkgeräts waren leer. Andreas musste im Auto neue holen."

Erschöpft schüttelte Götz den Kopf. „Reißt euch zusammen, Leute! Einsatz fortführen. Nächster Status-Check in 15 Minuten."

Schwer atmend lehnte er sich mit dem Rücken an die Wand und ließ sich auf zittrigen Knien zu Boden gleiten. „Ich hab ein Scheißgefühl!"

Adam legte ihm beruhigend die Hand auf die Schulter. „Ist doch alles gut ausgegangen."

Aber Götz wurde das dumpfe Gefühl nicht los, dass das erst der Anfang einer unruhigen Nacht war.

Kapitel 70

Vorsichtig tastete sich Schäfer durch das Haus. Immer wieder hielt er inne und lauschte. Er wusste, dass er sich in großer Gefahr befand. Wenn sein Verdacht richtig war, würde der Killer nicht lange fackeln.

Die Dienstwaffe mit beiden Händen umklammernd, drang Schäfer in das erste Zimmer ein. Wachsam durchsuchten seine Augen das düstere Zwielicht. Es war niemand hier. Angespannt wartete er darauf, Schritte zu hören. Einen nervösen Atemzug. Oder eine Stimme hinter seinem Rücken, wenn sich der Lauf einer Pistole an seinen Hinterkopf legte. Seine Gänsehaut ließ ihn frösteln.

Akribisch arbeitete sich der Kommissar durch die Räume. Schäfer saugte jeden Eindruck auf wie ein Schwamm. Die Wohnung war penibel aufgeräumt. Es war mucksmäuschenstill.

Hier im Erdgeschoss wäre es zu offensichtlich, überlegte Schäfer. *Wo kann ich am wahrscheinlichsten Indizien finden?* Sein Blick fiel auf eine alt aussehende Tür. Der bloße Anblick jagte ihm einen eisigen Schauder über den Rücken. *Im Keller*, schoss es dem Polizisten in den Kopf.

Die Tür knarrte verheißungsvoll. Das Geräusch fuhr ihm durch Mark und Bein. *Wie in einem Horrorfilm!*, dachte Schäfer. *Wenn er hier auf der Lauer liegt, dann weiß er jetzt auf jeden Fall, dass ich da bin.* Ein modriger Geruch nach altem, feuchtem Gemäuer schlug ihm entgegen. Vorsichtig tastete er sich durch die Finsternis. Die steilen, unebenen Steinstufen waren eine Herausforderung. Aber er wagte es nicht, das Licht einzuschalten. Sollte der Mörder mal wieder lange gearbeitet haben und erst jetzt nachhause kommen, würde die aufgebrochene Haustür ihn sofort alarmieren. Dann war es entscheidend, dass er nicht wusste, wo genau sich Schäfer aufhielt.

Der Gang im Keller war schmal. Zu Schäfers Linken befand sich eine kleine Waschküche mit einer Waschmaschine und einem Wäschetrockner. Der Kommissar tastete sich weiter. Drang mit erhobener Waffe in den ersten Raum ein. Der Heizungsraum. Neugierig nahm Schäfer auch die nächsten vier Räume unter die Lupe.

Es waren Abstellkammern. Ohne jeglichen Hinweis auf Folterwerkzeuge oder andere Indizien. *Liege ich komplett falsch? Habe ich mich total verrannt, während der wahre Mörder bereits seine nächste Tat vorbereitet?*

Mühsam stieg Schäfer wieder die Treppe hinauf. Ratlos blickte er sich um. Als er am Bücherregal vorbei schritt, beschlich ihn ein eigenartiges Gefühl. Alle Alarmglocken seines Unterbewusstseins schrillten. Er hatte etwas übersehen! Aber erneut konnte er nicht greifen, was ihn störte. Nachdenklich strich er mit der Hand über das hölzerne Regal. Betrachtete die Bücher, deren Titel er in der Dunkelheit nicht zu erkennen vermochte.

Plötzlich überschlugen sich seine Gedanken. Die Erkenntnis durchfuhr ihn wie ein Blitz. *Mittelalterliche Morde. Historische Romane. Die Säulen der Erde. Der Medicus. Das Mittelalter. „Sie sind nicht zufällig ein Experte für mittelalterliche Geschichte?" „Nein, Geschichte und Mittelalter sind nicht gerade mein Metier."* Warum hatte er das gesagt, wenn er doch ein ganzes Regal voll mittelalterlicher Bücher zuhause hatte?

Die Zufälle häuften sich. Und Schäfer glaubte nicht an Zufälle. Warum diese ganzen Lügen? *Welche andere Erklärung kann es dafür geben, als dass er der Täter ist?*

Aber Schäfer hatte keine Spuren gefunden. Irgendwo musste er doch die Folterwerkzeuge zusammenbauen und lagern. Ein kalter Schauder lief ihm über den Rücken. Sein stechender Blick wirbelte herum. Zur gegenüberliegenden Wand des langen Flurs.

Mit klopfendem Herzen starrte er auf den Rahmen des Bildes. In der Dunkelheit konnte er nur die Konturen erkennen. Doch in seiner Erinnerung sah er das Foto genau vor sich. Der Schrebergarten mit dem Holzschuppen. *„Ich schnitze gern. Dabei kann ich am besten abschalten",* hallte es in Schäfers Kopf wieder.

Kapitel 71

Hastig löste Schäfer das Bild von der Wand und stürmte aus dem Haus. Nachdenklich blickte er auf seine Armbanduhr. Es war schon spät. Er war nicht zuhause. Auf der Arbeit war er um diese Zeit vermutlich auch nicht mehr. Aber wo konnte er sein? War er vielleicht in dem Schrebergarten? Bastelte er dort an den nächsten Folterwerkzeugen? Oder hielt er das nächste Opfer dort gefangen, um die arme Frau wenige Stunden später in einen unüberwachten Rohbau zu verschleppen und dort zu töten?

Wild entschlossen startete Schäfer seinen Motor. Er wusste, wo in Bamberg sich diese Art von Gärten befand. Anhand des Bildes konnte er das Grundstück ausfindig machen! Würde er ihn dort auf frischer Tat ertappen? Oder zumindest Indizien finden, die seine Schuld eindeutig bewiesen?

Aufgeregt fuhr er los. Mit quietschenden Reifen erreichte er wenige Minuten später den Parkplatz, der an die Schrebergärten angrenzenden Gaststätte. Schäfer löste die Waffe aus dem Holster. Nun musste er mit allem rechnen. Nervös stieg er aus dem Auto und warf einen letzten Blick auf das Foto. Der Kommissar prägte sich alle Einzelheiten des Bildes ein. Er musste sicher sein, dass er die Hütte erkannte, wenn er sie sah.

Es war totenstill. Die Gärten waren um diese Zeit einsam und verlassen. Der einzige Laut war das angestrengte Atmen des Kommissars, der suchend über die gepflasterten Wege zwischen den Gärten hastete.

Plötzlich setzte sein Herzschlag einen Augenblick lang aus. Hier musste es sein! Sein stechender Blick durchdrang die Dunkelheit. *Ja, das ist die Hütte. Sei vorsichtig!*

Schäfer drückte die Klinke des Gartentürchens nach unten. Erschrocken fuhr er zusammen, als das ungeölte Gelenk leise quietschte. Der Eingang öffnete sich nicht. Ein dickes Fahrradschloss verband die Tür mit dem Gartenzaun.

Schäfer überlegte kurz. Er konnte das Schloss mit seiner Dienstwaffe aufschießen. Aber dann wäre der Killer gewarnt. Der Überraschungsmoment war seine einzige Chance, ihn in der Hütte zu überwältigen. Mühsam kletterte Schäfer über den Drahtzaun. Schwer atmend erreichte er die andere Seite. Erschöpft kniete er sich in das weiche Gras und wartete, bis sich sein Herzschlag etwas beruhigt hatte. Aufmerksam lauschte er in die Finsternis. Kein Laut drang aus der Hütte. *Ist er nicht hier, oder hat er mich bemerkt und erwartet mich bereits?*

Schäfer wischte den beängstigenden Gedanken beiseite. Er musste es zu Ende bringen. Mit langsamen Schritten pirschte er sich an den Schuppen heran. Immer wieder hielt er inne und horchte. Als er an dem Gartenhäuschen angelangt war, lehnte er sich mit dem Rücken gegen die Holzbretter. Mit kleinen Schritten schob er sich nach links, bis er unmittelbar neben dem alten Fenster stand. Er riskierte einen kurzen Blick. Es war stockfinster in der Hütte. Schäfer konnte nichts erkennen.

Der Angstschweiß schimmerte auf seiner Stirn. Aber jetzt war nicht der Augenblick, Schwäche zu zeigen. Lautlos näherte er sich der Tür. Schäfers Gedanken rasten. Er konnte es nicht riskieren, den Mörder durch das Rütteln an einer verschlossenen Türklinke auf sich aufmerksam zu machen.

Ein letzter tiefer Atemzug. Dann trat er wild entschlossen die Tür ein.

Kapitel 72

„Es ist schon seltsam, dass es nun uns beide in diesen Rohbau verschlagen hat."

Neugierig betrachtete Julia ihren Kollegen: „Was genau meinst du?"

„Naja, immerhin kennen wir uns noch aus der Schule. Und dann haben wir uns komplett aus den Augen verloren. Ich bin hunderte Kilometer weggezogen. Und nach meiner Rückkehr schließt sich der Kreis. Wir landen zufällig im selben Team in der Bamberger Polizei. Und jetzt sitzen wir hier auf dem kalten Boden in einem Rohbau und schlagen die Zeit tot."

„Ja, da hast du recht. Man begegnet sich eben immer zweimal im Leben."

Julia war froh, dass Andreas bei ihr war. Das lange Warten im Auto war wirklich gespenstisch gewesen. Aber jetzt fühlte sie sich sicher. Sie waren zwei erfahrene Polizisten. Nebeneinander saßen sie auf dem kühlen Boden der Baustelle. Von hier hatten sie gute Sicht nach draußen, konnten die Straße stets im Blick behalten. Es war schön, mit einem alten Vertrauten hier zu sein und nicht mit einem wildfremden Kollegen aus der Bereitschaftspolizei. Es tat gut, ein wenig über alte Zeiten zu plaudern. Denn die Nacht war noch lang. Und unheimlich.

„Warum hast du eigentlich nicht geheiratet?"

Mit einem gequälten Lächeln stieß Julia die Luft aus ihren Lungen. „Anscheinend will mich halt niemand."

„Ach komm. Früher in der Schule waren doch alle Jungs ganz verrückt nach dir."

„Das sind sie auch heute noch. Aber eben nur für eine Nacht."

Weber nickte verständnisvoll. Es war nicht schwer, zu erkennen, dass Julia mit ihrer privaten Situation unzufrieden war.

„Also ich hätte dich damals auf Händen getragen."

„Ja, das glaub ich. Du warst schon damals ein herzensguter Mensch." Julia lächelte Weber zu, während sie sich an die alten Tage zurückerinnerte. „Aber das mit uns damals hat einfach nicht funktioniert. In meiner wilden Jugend wusste ich jemanden wie dich noch gar nicht richtig zu schätzen. Da mussten es immer nur die besonders coolen Typen sein."

„Na da habe ich sicher nicht dazu gehört", erwiderte Weber trocken. Julia wunderte sich, einen frustrierten Unterton in seiner sonst so freundlichen Stimme gehört zu haben. Sie wollte ihn nicht verletzen. Ganz im Gegenteil. Ihre Worte waren als Kompliment gemeint.

Unvermittelt stand Weber auf und schüttelte seine vom langen, unbequemen Sitzen steifen Beine aus. „Ich geh mal kurz für kleine Jungs."

Julia nickte ihm zu. Auch sie streckte ihre Glieder von sich, erhob sich von ihrem Platz und schlenderte gähnend durch den finsteren Raum. So ganz allein in dem Rohbau fühlte sie sich unsicher und ängstlich. Sie wusste, dass Andreas nicht weit sein konnte. Es war ruhig. Keine Spur von dem brutalen Killer. Nichts, wovor Julia sich fürchten musste.

Gedankenverloren lehnte sie sich auf die gemauerte Öffnung für das künftige Fenster und starrte hinaus in die Dunkelheit.

Plötzlich hörte sie ein leises schlürfendes Geräusch in ihrem Rücken.

„Andreas?"

Kapitel 73

Blitzschnell stürmte Schäfer in die Hütte. Mit gezogener Waffe suchte er den Raum ab. All seine Sinne waren geschärft. Der Duft nach altem Holz stieg ihm in die Nase. Es war totenstill. Das einzige Geräusch war sein eigener, stoßweiser Atem.

Es war niemand hier. Erleichtert blickte er sich um. Die vielen Eindrücke erschlugen ihn mit einer Wucht, die er nie für möglich gehalten hätte. Schäfer stockte der Atem.

Die gespenstischen Silhouetten in der finsteren Hütte waren schreckliche Vorboten. Mit einem mulmigen Gefühl tastete er nach dem Lichtschalter. Das grelle Leuchten schmerzte in seinen Augen. Aber das war ihm egal. Sein versteinerter Blick wanderte durch den kleinen Raum. Und was er sah, ließ ihm das Blut in den Adern gefrieren.

Das enge, aus Holz gezimmerte Zimmer war prall gefüllt mit Folterwerkzeugen. Ein Pfahl hing an der Wand wie eine stolze Trophäe. Die Bilder von der in grotesker Körperhaltung gepfählten Frau schossen Schäfer in den Kopf. Ihr gequältes Gesicht würde er sein Leben lang nicht vergessen.

In der Ecke stand eine selbst zusammengebaute eiserne Jungfrau, ein Foltergerät, bei dem ein Mensch in eine kleine eiserne Kammer eingeschlossen wurde. Mit dem Schließen der Kammer wurden rasierklingenscharfe stählerne Stacheln in seinen Körper getrieben, bis er jämmerlich verblutete.

Ein aufgeschlagenes Buch lag auf dem Tisch. Mit klopfendem Herzen trat Schäfer näher. Die abgebildete Konstruktion sah aus wie ein Turngerät, das er noch aus seiner eigenen Schulzeit kannte. Was wollte diese Bestie damit?

Schäfer hatte genug gesehen. Er hatte keine Zeit, die vielen anderen Folterinstrumente genauer in Augenschein zu nehmen. Wenn der Killer nicht in seinem Haus war, und auch nicht hier in diesem Schuppen, dann konnte das nur eins bedeuten: Der nächste Mord stand ihnen kurz bevor! Es war ein Wettlauf gegen die Zeit. Schäfer musste jetzt handeln.

Wild entschlossen wirbelte er herum und stürmte aus der Hütte. Mit zitternden Händen tastete er in der Jackentasche nach seinem Mobiltelefon. *Verdammt, es hängt immer noch am Ladegerät*, verfluchte er sich selbst.

Eilig kletterte Schäfer aus dem Grundstück und sprintete so schnell er konnte zurück zu seinem Auto. *Er hat uns die ganze Zeit an der Nase herum geführt! Jetzt gibt es keinen Zweifel mehr. Er ist der Mörder! Wir müssen ihn stoppen! Darum war uns der Täter immer einen Schritt voraus. Ganz schön clever, wie er uns immer wieder auf falsche Fährten geschickt hat und mit all seinem Wissen alle Spuren verwischt hat. Aber was ist sein Motiv? Und was genau hat er noch vor?*

Endlich erreichte Schäfer sein Auto. Schwer atmend schloss er den Wagen auf und griff nach dem Telefon. Fluchend fuhr er das Handy hoch und gab seinen PIN ein. Zahlreiche Pieptöne informierten ihn über eine ganze Reihe versäumter Anrufe. Er ignorierte sie, entsperrte den Bildschirmschoner und wählte die Nummer von Rainer Götz.

Kapitel 74

„Michael, gut dass du anrufst. Wir versuchen schon die ganze Zeit verzweifelt, dich zu erreichen!"

„Hallo, Rainer."

„Wir wollten dich noch informieren, dass ..."

„Jetzt nicht, Rainer. Ich muss dir dringend etwas erzählen!"

„Aber ich denke, du solltest schon wissen, dass ..."

„Rainer, ich weiß, wer der Täter ist!"

Stille. Beide Männer wagten kaum, zu atmen.

„Es ist Andreas."

„Was redest du da? Welcher Andreas?"

„Andreas Weber. Unser neuer Kollege."

„Mach dich nicht lächerlich!"

„Rainer, ich bin mir ganz sicher."

„Aber warum sollte Andreas ..." Götz wirkte verwirrt und überfordert. „Das kann doch nicht sein", stammelte er ungläubig. „Wir haben herausgefunden, dass dieser Pavel Smintek ..."

Schäfer schnitt ihm aufgeregt das Wort ab. „Es ist Andreas, Rainer! Ich wollte es auch nicht glauben. Aber ich war nochmal bei den Angehörigen der Opfer. Habe mir mit ihnen alte Bilder angesehen. Dabei ist mir ein Mann bekannt vorgekommen. Ich habe Andreas nicht sofort erkannt. Aber er war vermutlich mit allen fünf Opfern in einer kurzen Beziehung gewesen, die einseitig von den Frauen beendet wurde."

„Michael, meinst du nicht, dass ..."

„Andreas ist die fehlende Verbindung! Bei Herrn Flaschner hat es bei mir geklingelt. Plötzlich habe ich ihn auf den Fotos wiedererkannt!"

„Das klingt in der Tat seltsam. Aber Michael, das beweist doch noch nichts!"

„Ich war in Webers Haus und dann in der Hütte im Schrebergarten", erklärte Schäfer. Die Gänsehaut prickelte noch immer auf seinem Körper. „Die Hütte ist vollgestopft mit Folterwerkzeugen!"

Gespenstische Stille. Schäfer hörte, dass Götz am anderen Ende der Leitung schwer schluckte. Er wusste aus eigener Erfahrung, wie sehr die bittere Erkenntnis schmerzte.

„Ihr müsst bei der nächtlichen Überwachung vorsichtig sein. Andreas war nicht zuhause. Keine Ahnung, wo er sich rumtreibt."

„Michael", krächzte Götz. „Ich weiß, wo Andreas steckt."

Das Zittern der sonst so kraftvollen Stimme jagte Schäfer einen eisigen Schauder über den Rücken.

„Wo ist er?"

„Ein Kollege von der Bereitschaftspolizei ist kurzfristig ausgefallen. Weber hat sich bereiterklärt, für ihn einzuspringen."

„Verdammt nochmal, ich habe doch klar gesagt, dass ..." Schäfer brach mitten im Satz ab. Es war nicht wichtig, was er entschieden hatte. Es zählte nur noch, Weber schnellstmöglich aus dem Verkehr zu ziehen. „In welchem Rohbau ist er?"

Ein ungutes Gefühl breitete sich in Schäfers Magengegend aus, als Götz seine Antwort hinauszögerte. Er war ein Mann der klaren Worte. Aber diesmal machte er den Eindruck, als fürchtete er sich davor, die Wahrheit auszusprechen.

„Er ist bei Julia", beichtete Götz schließlich voll Verzweiflung.

Entsetzt starrte Schäfer auf das Armaturenbrett seines Wagens. Er war kreidebleich. *Bei Julia?* Das war eine Katastrophe. Er konnte es nicht fassen. Seine Gedanken überschlugen sich.

„Wann hat sich Julia zuletzt gemeldet?"

„Bei den vergangenen beiden Status-Checks war Andreas am Funkgerät gewesen."

„Wir müssen sie anfunken und warnen!"

„Denk nach, Michael. Wenn wir sie jetzt außerplanmäßig anfunken und dann auch noch Julia verlangen, wird Andreas Verdacht schöpfen. Er weiß nicht, dass du ihm auf der Spur bist. Er wiegt sich in Sicherheit. Und darin liegt unsere große Chance. Aber wenn wir Weber jetzt unter Druck setzen, dann tötet er sie sofort und verschwindet!"

Schäfer seufzte. „Du hast recht, Rainer." *Seit wann fällt es mir so schwer, einen kühlen Kopf zu bewahren?*

„Wusstest du, dass die beiden in der Schulzeit mal für ein paar Wochen ein Paar waren?"

„Ja, sie hat es erwähnt", stellte Schäfer grimmig fest. „Wir müssen sofort zu ihr, Rainer!"

Kapitel 75

Das Erste, was Julia hörte, als sie wieder zu sich kam, waren ihre eigenen Schreie. *Wo bin ich? Was ist passiert?*

Zwischen ihren Beinen brannte alles wie Feuer. Tränen stiegen ihr in die Augen. Julia konnte den nächsten gequälten Schmerzensschrei nicht unterdrücken.

Panisch sah sie sich um. Sie befand sich noch immer in dem Rohbau. Es war finster. Einzig das fahle Licht des Mondes tauchte die Baustelle in ein düsteres Zwielicht. Der staubige Duft nach feuchtem Beton vermischte sich mit dem beißenden Geruch ihres Angstschweißes.

Sie schüttelte sich vor Furcht. Und die Schmerzen raubten ihr beinahe die Sinne. Langsam blickte sie an sich hinab. Sie war nackt. Und saß auf einem hölzernen Bock. Ein weiterer Schrei drang aus ihrer ausgetrockneten Kehle. *Warum tut das so weh? Was macht er mit mir?* Es war so schwer, einen klaren Gedanken zu fassen. *Und wo bleibt Andreas? Warum hilft er mir nicht? Hat der Killer auch ihn überwältigt?*

Sie versuchte, sich zu bewegen, den Schmerzen durch eine Positionsänderung zu entrinnen. Aber es war nicht möglich. Sie war fest verschnürt. Der Mörder hatte sie an den Bock gefesselt. Julia spürte die Last der Gewichte, die an ihre Beine gebunden waren.

Schluchzend blickte sie weiter an sich hinab. Erblickte die eiserne Kante, die auf die Oberfläche des Bocks montiert worden war. Das sadistische Schwein hatte sie genau auf diese Kante gesetzt. Sie bohrte sich unaufhaltsam in ihre brennenden Geschlechtsteile. Es war unerträglich. Wie von Sinnen heulte sie auf.

Da trat Weber aus den Schatten hervor und musterte seine alte Freundin lächelnd.

„Andreas, hilf mir", wisperte sie flehend.

Doch seine Augen weideten sich an ihrer Verzweiflung.

Verwirrt starrte sie ihn an. Dann aber wich ihr Gesichtsausdruck der schockierten Erkenntnis. *Er ist es! Er ist der Mörder!*

„Ja, genau", prahlte er stolz. „Damit habt ihr alle nicht gerechnet, nicht wahr?" Sein überhebliches Grinsen war wie ein Schlag ins Gesicht. „Die ganze Zeit über wart ihr mir so nah. Ein vorgetäuschter Niederschlag, und schon bin ich über jeden Zweifel erhaben und kann ungestört mein Werk vollenden, während ihr euch nachts auf die Lauer legt, um Gespenster zu jagen. Wie dumm und naiv seid ihr eigentlich?"

Geräuschvoll atmete er den Duft nach Blut und Angst ein. Sein Blick ruhte zufrieden auf seiner alten Freundin, die sich mit zusammengekniffenen Augen die Unterlippe blutig biss.

„Du ahnst ja gar nicht, wie lange ich auf diese einmalige Gelegenheit gewartet habe. Doch meine Geduld hat sich ausgezahlt. Was habe ich für Pläne geschmiedet. Und da fällt plötzlich genau dein Partner aus, und du läufst in deiner Verzweiflung ausgerechnet mir in die Arme." Er grinste sie selbstherrlich an. „Ich hätte dich auch so erwischt. In einer Woche. Vielleicht in zwei. Aber ein spontanes Blutbad ist doch so viel schöner, meinst du nicht?"

Julia zitterte vor Schmerzen.

„Warum, Andreas?", zischte sie aus zusammengepressten Zähnen hervor. Sie wollte ihm die Genugtuung nicht gönnen, sie leiden zu sehen und schreien zu hören. Sie musste stark sein.

„Ihr Weiber habt zwanzig Jahre lang geglaubt, dass ihr auf mir herumtrampeln könnt!" Seine wutverzerrte Fratze jagte Julia eine Gänsehaut über den Rücken. „Aber damit ist jetzt Schluss!"

„Was hast du mit mir vor?"

„Das ist der spanische Bock, meine Süße. Ein spezielles Folterwerkzeug für besonders abtrünnige Frauen. Schließlich warst du es, die mir als Erste das Herz gebrochen hat. Ohne Grund. Aus Langeweile. Weil ich nicht cool genug war."

Weber machte eine kurze Pause und trat näher. Zärtlich streichelten seine Finger über den Bock. Dann blickte er Julia mit einem wahnsinnigen Funkeln in den Augen an.

„Man erzählt sich, dass es im Mittelalter einmal eine Hexe gab, an der die Folterknechte selbst mit den schmerzhaftesten Foltermethoden gescheitert waren. Sie wollte einfach nicht gestehen. Bis man sie auf den spanischen Bock gesetzt hat. Nach wenigen Minuten war sie gebrochen. Aber dennoch ließ man sie noch zwei Stunden auf dem spanischen Bock festgeschnallt, ehe man die geständige Hexe hinrichtete. Wie gefällt dir diese Geschichte?"

Verzweifelt kämpfte Julia gegen die Tränen. Sie konnte sich nicht länger zusammenreißen. Ihr ganzer Körper stand in Flammen.

Du musst mit ihm reden! Fragen stellen. Zeit gewinnen. Es ist deine einzige Chance, am Leben zu bleiben.

„Warum tust du das?", stöhnte sie.

„Meine Frau hat mir die Augen geöffnet. Ihr seid alle gleich. Warum soll ich immer wieder die Seelenqualen erleiden, und ihr führt euer schönes Leben weiter, nachdem ihr mich abserviert habt? Nicht mit mir! Ich werde das nicht länger hinnehmen! Der Tag der Abrechnung ist gekommen. Rache fühlt sich ja so gut an!"

„Und warum bringst du reihenweise Frauen um?", kreischte Julia. „Wegen deinem angekratzten Ego? Was zur Hölle ist nur los mit dir?"

Webers Lachen hallte durch den düsteren Rohbau. „Ich verschaffe mir Genugtuung. Und es fühlt sich richtig an. Wir werden heute noch viel Spaß zusammen haben, meine Süße!"

„Und was hast du dann vor? Spätestens, wenn du mich umgebracht hast, werden sie dir auf die Spur kommen. Dann werden dich Michael und Rainer schnappen!"

„Du bist meine letzte Ex-Freundin hier in Bamberg", antwortete Weber gelassen. „Dann bleibt nur noch eins zu tun, um mein Werk zu vollenden."

„Deine Ex-Frau in Bremen?", fragte Julia, um weitere Zeit zu schinden.

Weber nickte voll unverhohlener Vorfreude. „Die Hexe wird auf dem Scheiterhaufen verbrennen und sich wünschen, mich nie verstoßen zu haben!"

Frag weiter! Lass ihn reden!

„Was ist mir deiner Frau vorgefallen?", stöhnte sie.

„Das gleiche wie mit den anderen Weibern. Lug, Trug, Verrat! Sie hat mich genauso hintergangen wie du. Hat mich abserviert! Und das, obwohl wir verheiratet sind. Ich habe schon viel ertragen, Julia. Zu viel!"

Hat die Scheidung den ganzen Frust der vergangenen gescheiterten Beziehungen an die Oberfläche gekehrt? Das Fass zum Überlaufen gebracht? Was kannst du ihn noch fragen? Du musst Zeit gewinnen! Bald funken uns wieder die Kollegen an.

„Warum in einem Rohbau, Andreas?"

Er lachte stolz, sonnte sich in seiner eigenen Genialität. „Das war gut, oder? Eigentlich war es sogar Zufall. Bei der Suche nach einem geeigneten Ort hat mir die Abgelegenheit des Rohbaus imponiert. Und dann hab ich gemerkt, wie praktisch das ist. Die Bauarbeiter hinterlassen ja so viele Spuren …" Plötzlich bekam sein Blick etwas Trauriges. „Und mit meiner Frau wollte ich auch ein Haus bauen. Wir hatten sogar schon den Bauplatz gekauft und die Grube für das Fundament ausbaggern lassen, als sie mich aus heiterem Himmel verlassen hat." Seine Augen bekamen einen wahnsinnigen Glanz. „Hat es dann nicht etwas Poetisches, die verflossenen Lieben meines Lebens in einem Rohbau zu begraben?"

Das Knacken des Funkgeräts riss ihn aus seinen Gedanken. Hoffnung keimte in Julia auf. *Die Kollegen!*

Mit einem genervten Augenrollen befestigte Weber ein Klebeband über Julias Mund.

„Entschuldige mich einen Augenblick. Ich muss kurz nach draußen gehen, wo man dich nicht hören kann. Die Kollegen wollen sich schließlich vergewissern, dass es uns beiden gut geht", grinste Weber mit hämischem Sarkasmus. „Aber keine Angst. Gleich nehme ich das Klebeband wieder ab. Schließlich möchte ich deine süßen Schreie hören."

Weinend schloss Julia die Augen. Sie wusste, dass sie sterben würde. *Du musst ihn weiter ausfragen. Nur so wird er dich länger am Leben lassen. Aber wie lange kann ich diese Schmerzen noch ertragen?*

Kapitel 76

Wie von Sinnen drückte Schäfer das Gaspedal bis zum Anschlag durch. Er konnte es nicht glauben. Julia in den Fängen des Mörders! Wie hatten sie es so weit kommen lassen können?

Ohne Rücksicht auf Verluste raste er durch die Dunkelheit. Schäfer wollte sich gar nicht vorstellen, was seine alte Freundin gerade durchmachen musste. Die blutigen Bilder der fünf bisherigen Opfer schossen ihm immer wieder durch den Kopf. Es würde ihm das Herz brechen, Julia so zu sehen!

Komme ich wieder zu spät?, grübelte der Kommissar verbissen. *Wird das das dritte große Versagen in meinem Leben?* Unwillkürlich dachte Schäfer an die beiden Zeitungsartikel, die in der Nachttischschublade auf ihn warteten. Beklemmende Erinnerungen. *Werde ich dieser unrühmlichen Sammlung noch ein drittes Kapitel hinzufügen?*

Es verging kein Tag, an dem Schäfer nicht bereute, damals auf der Kirchweih so eine große Klappe gehabt zu haben. Der Alkohol hatte seine Zunge gelockert. Er hatte sich in Gefahr gebracht. Und damit auch seinen Vater, der ihn aus der Situation herausgeboxt hatte. Und dann der Tod seiner Frau, der ihm vollends den Boden unter den Füßen weggezogen hatte. Hilflos. Machtlos. Und schuldig, weil er die Anzeichen der schweren Erkrankung zu spät bemerkt hatte!

Julia war für ihn wie eine Schwester, der einzige Mensch, der ihm wirklich etwas bedeutete. *Kann ich noch einen weiteren Tod ertragen?*

Mit quietschenden Reifen schoss Schäfer um die nächste Kurve. Dann drosselte er die Geschwindigkeit. Er hatte das Ortsschild passiert. Nun war Geduld gefragt. Er musste sich der Baustelle langsam und vorsichtig nähern. Schließlich wollte er Weber nicht vorwarnen.

Halt durch, Julia!

Kapitel 77

Julia war völlig verzweifelt. Sie hatte sich vorgenommen, Weber in ein Gespräch zu verwickeln, mit Fragen über sein blutiges Werk zu bombardieren, um am Leben zu bleiben. Um Zeit zu gewinnen, auch wenn es unwahrscheinlich war, dass ihr jemand zu Hilfe kam. Aber in den wenigen Minuten, als Weber nach draußen gegangen war, um einen Status-Bericht an die anderen Polizisten zu funken, hatten sich all ihre Pläne zerschlagen. Die Schmerzen waren unerträglich. Julia spürte das Blut zwischen ihren Beinen hervorquellen. Ihre Kräfte schwanden.

„Bring es endlich zu Ende, du Verräter!", rief sie Weber hasserfüllt zu.

Aber er stand nur da und lächelte sie an. Es war das glückliche Lächeln eines Gewinners, der sich am Ziel seiner Träume sah. Er genoss das schmerzverzerrte Gesicht. Die Tränen in ihren Augen. Das Blut, das über den spanischen Bock rann und zu Boden tropfte.

„Töte mich!", kreischte Julia panisch. „Bring es endlich zu Ende! Worauf wartest du?"

Sein Blick war eine gnadenlose Maske der unerbittlichen Rache. „Warum sollte ich dich jetzt schon töten, wenn es gerade so viel Spaß macht? Deine zwei Stunden sind noch nicht vorbei. Du hast noch einiges vor dir, meine Süße."

Ein lauter, gequälter Schrei hallte durch die Baustelle. *Ich will nicht mehr leben! Nur Erlösung. Wie zum Teufel bringe ich ihn dazu, es endlich zu beenden? Will er mich betteln sehen? Oder muss ich ihn provozieren?*

Julia biss die Zähne zusammen. Tief in ihrem Herzen wusste sie, dass niemand kommen würde, um sie zu retten. Weber hatte alle Trümpfe in der Hand. Die Einsatzkräfte wähnten Julia in Sicherheit bei einem vertrauenswürdigen Kollegen. Und Weber hatte das Funkgerät. Er versicherte ihnen alle 15 Minuten, dass alles in bester Ordnung war.

Es war aussichtslos. Sie zitterte gequält, als sich ihr Körper vor Schmerzen aufbäumte. Mit einem verzweifelten Anflug unbändiger Wut spie sie Weber noch einmal hasserfüllte Worte ins Gesicht: „Was lässt du deinen Frust an uns Frauen aus? Nur weil du ein unattraktiver, langweiliger Kerl bist, der nicht weiß, wie er seinen kleinen Schwanz gebraucht!"

Weber lächelte Julia überlegen an. „Glaubst du, ich weiß nicht, was du vorhast? Denkst du wirklich, du kannst mich provozieren? Diesen Gefallen werde ich dir nicht tun. Du hast mich zwanzig Jahre in meinen Gedanken gequält. Jetzt möchte ich dich wenigstens für zwei Stunden leiden sehen."

„Erschieß mich doch endlich!", winselte Julia und brach schluchzend in Tränen aus.

„Erschießen?", erwiderte Weber ruhig. Mit einem beängstigenden Glanz in den Augen lief er in eine dunkle Ecke des Rohbaus und griff nach einem Gegenstand. Triumphierend zeigte er Julia eine schwere Axt.

„Hast du schon einmal davon gehört, dass im Mittelalter jemand nach einer Folter erschossen wurde?"

Julias gequälter Blick ruhte auf der Axt. Dann übermannten sie ihre Furcht und die entsetzlichen Schmerzen. Sie weinte wie ein verängstigtes Kind. Weber hatte sie endgültig gebrochen.

Kapitel 78

Endlich hatte Schäfer die dunkle Straße erreicht, die zu dem einsamen Rohbau führte. Ungeduldig parkte er sein Auto am Straßenrand und öffnete die Wagentür. Der Kommissar lauschte. Kein Laut drang an seine Ohren. Kam er bereits zu spät? *Hoffentlich spielt Weber Julia noch immer den netten Kollegen vor und wartet auf den passenden Moment*, betete er still.

Schäfer rannte so schnell er konnte auf die Baustelle zu. Keuchend kam er zwanzig Meter vor dem Haus zum Stehen. Er musste wieder zu Atem kommen. Es gab noch keine Spur von Götz oder anderen Kollegen. Sollte er wirklich allein den Rohbau stürmen? So würde er Julia nur unnötig in Gefahr bringen.

Ein herzzerreißender, gequälter Schrei ließ Schäfer das Blut in den Adern gefrieren. Es war Julia! Weber hatte bereits begonnen.

Besorgt tastete Schäfer nach seiner Waffe. Er konnte nicht länger warten. Die verzweifelten Schreie fuhren ihm durch Mark und Bein.

Ohne einen Gedanken an die eigene Sicherheit zu verschwenden, drang Schäfer in die Baustelle ein. Mit kleinen Schritten arbeitete er sich durch den ersten Raum. Immer wieder lauschte er, blickte sich wachsam um. Wo war Weber? Schöpfte er Verdacht? Lauerte er ihm in der nächsten Ecke auf? Oder konnte er Schäfers Schritte wegen der lauten Schmerzensschreie nicht hören?

Wachsam tastete er sich weiter durch die Dunkelheit. Das fahle Mondlicht warf düstere Schatten in den Raum. Schwer atmend zuckte Schäfer zusammen. Ein eisiger Schauder lief ihm über den Rücken. *Wo in Gottes Namen bist du?*

Julias Schreie waren nun sehr nah. Sie musste sich im nächsten Raum befinden. Das weinerliche Wimmern zerriss ihm das hämmernde Herz. Ein letztes Mal atmete er tief durch.

Dann schoss er um die Ecke. Blitzartig erfassten seine suchenden Augen die Situation. Er sah Julia schluchzend auf dem spanischen Bock sitzen. Dann fokussierte er Weber, der wie vom

Donner gerührt in der Ecke stand. Er hielt eine Axt in der Hand. Das mordlüsterne Lächeln gefror auf seinem Gesicht. Dann wandelten sich Überraschung und Enttäuschung in hasserfüllte Wut.

„Beweg dich nicht, du Schwein!", rief Schäfer dem Verräter zu und richtete den Lauf der Pistole auf ihn.

Weber rührte sich nicht vom Fleck. Er stand wie angewurzelt da und funkelte Schäfer feindselig an. Die Sekunden verstrichen. Die beiden Männer starrten sich an. Wilde Entschlossenheit verzerrte ihre Mienen.

Julias verzweifelte Schreie zerrissen die angespannte Stille. Das Blut rauschte in Schäfers Ohren. Seine zitternden Finger verkrampften sich um den kalten Griff der Dienstwaffe.

Plötzlich bewegte sich Weber. Mit der linken Hand schleuderte er die Axt in Schäfers Richtung. Die Rechte griff blitzartig nach seiner Pistole.

Mit grimmiger Miene nahm Schäfer wahr, wie die schwere Axt geradewegs auf ihn zuschoss. Wild entschlossen eröffnete er das Feuer.

Kapitel 79

Nachdenklich ruhte Schäfers blutunterlaufener Blick auf der schlafenden Julia. Sie sah blass aus. Der Blutverlust hatte ihr sichtlich zugesetzt. *Aber sie lebt!* Schäfer atmete tief durch. *Das ist die Hauptsache! Die Ärzte haben zwar gesagt, dass ihr Unterleib schwer verletzt wurde. Sie wird nie Kinder bekommen können. Vielleicht nie wieder ohne Schmerzen Sex haben. Aber sie lebt.*

Sanft strich Schäfer mit seinen Fingern über ihre Hand. „Beinahe hätte ich auch dich verloren", murmelte er mehr zu sich selbst. Julia schlief noch immer tief und fest. „Du bist der einzig verbliebene Mensch, der mir etwas bedeutet. Alle anderen haben mich schon längst verlassen. Ich bin froh, dass wir noch rechtzeitig gekommen sind. Einen dritten Zeitungsartikel hätte ich nicht verkraftet."

Schäfer schloss die Augen und gab sich den Erinnerungen an die vergangene Nacht hin. Die auf ihn zu wirbelnde Axt. Der ohrenbetäubende Knall seiner Pistole. Webers Schmerzensschreie. Der panisch in den Rohbau stürzende Götz. Julias schrille Schreie. Alles war so schnell gegangen.

Er schloss einen Moment lang die Augen. Doch das viele Blut ließ sich auch mit geschlossenen Augen nicht vergessen. Die Axt war nur einen Finger breit an seinem Gesicht vorbeigeschossen. Er wiederum hatte Weber voll erwischt. Götz hatte schnell reagiert und zwei Krankenwagen angefordert, ehe er Schäfer aus seiner Schockstarre holte.

Die Bilder der blutigen Nacht zogen vor seinem geistigen Auge vorüber wie ein Film. Mit vereinten Kräften erlösten sie Julia aus ihrer Tortur. Sie weinte, brüllte, schlug vor Schmerzen wild um sich. Es war ein grausamer Anblick, der sich Schäfer auf ewig in sein Gehirn einbrannte.

Dann sahen sie nach Weber. Er verlor viel zu viel Blut. Der Blick des abtrünnigen Kollegen wurde glasig. Er murmelte etwas Unverständliches. „Wo bleiben verdammt nochmal die Sanitäter?", brüllte Schäfer verzweifelt, während Weber der kalte Schweiß auf der Stirn stand. Dann erstarrte sein flehender Blick.

„Ich bereue es nicht, Weber erschossen zu haben", murmelte Schäfer. „Aber seine schmerzerfüllten Augen werden mich trotzdem im Schlaf verfolgen. Wie die Geister der Vergangenheit. Sie rufen nach mir, Julia. Jeden Tag."

Schäfer hatte noch nie mit jemanden darüber gesprochen. Doch Julia schlief. Sie konnte ihn nicht hören. Aber sie war da. Und lebte. Die Erleichterung trieb ihm die Tränen in die Augen. Nicht auszudenken, wenn er sie auch noch verloren hätte. All der Schmerz der vergangenen Jahre brach plötzlich aus ihm hervor. Die Erinnerungen an den Tod seiner Eltern überwältigten ihn. Er hatte seine Schuldgefühle nie überwunden. Und der Anblick der friedlich schlafenden Julia, die beinahe auch durch sein Unvermögen gestorben wäre, löste ihm die Zunge. „Mein Gott. Ich war jung. Aber trotzdem hätte ich wissen müssen, dass mit diesem zwielichtigen Kerl, der mir die Drogen angeboten hatte, nicht gut Kirschen essen war."

Er schluckte gequält. „Ich hätte einfach weglaufen sollen. Aber durch den Alkohol habe ich mich unbesiegbar gefühlt. Warum hab ich meine Klappe nicht einfach gehalten? Und ihn nicht auch noch provoziert. Hätte mich mein Vater an dem Abend nicht von der Kirchweih abgeholt, wäre es mir schlecht ergangen. Aber wie immer hat er mich da herausgeboxt. Er hat mich nie im Stich gelassen. Niemals. Doch wäre er nicht dort gewesen, um mir zu helfen, dann hätte er am nächsten Abend einfach mit meiner Mutter in die Stadt spazieren können. Niemand hätte ihnen in den Büschen am Ufer des Kanals aufgelauert."

Später hatten die Jugendlichen beteuert, dass sie seinen Vater nur einschüchtern wollten. Aber er war ein unbeugsamer Mann gewesen, geradlinig und konsequent. Er hatte sich zur Wehr gesetzt. Und dann hatten die Jungs ihre Messer gezogen.

„Es ist alles meine Schuld!"

Mit schmerzverzerrtem Gesicht schloss der Kommissar die Augen. Wie immer trafen ihn die Erinnerungen mit voller Wucht.

„Meiner Frau war es schon seit Wochen schlecht gegangen. Wir haben dem keine große Bedeutung beigemessen. Waren beide der Meinung, sie sei einfach überarbeitet. Aber ich war wieder einmal so besessen davon, einen Mord aufzuklären. War ich zu sehr mit meinen Toten beschäftigt, um meiner eigenen Frau anzusehen, dass sie schwer krank war? Einige Wochen früher, und sie hätten den Krebs noch behandeln können. Aber ich war blind. Unaufmerksam. Bis es zu spät war." Mit grimmigem Gesicht starrte er aus dem Fenster, als wäre es ein Spiegel in die schreckliche Vergangenheit.

„Gestern bin ich zum ersten Mal nicht zu spät gekommen, als es um das Leben eines geliebten Menschen ging. Ich bin so erleichtert, Julia. So froh, dass Rainer und ich noch rechtzeitig da waren."

Als Schäfer die Augen wieder öffnete, sah er, wie Julia ihn mit einem schwachen Lächeln auf den Lippen beobachtete. „Ich war schon immer neugierig, was dich so sehr bedrückt", flüsterte sie. Betreten senkte Schäfer den Kopf. Wie viel hatte sie gehört? Er konnte ihr nicht in die Augen sehen. Es war ihm peinlich, einen Blick in sein tiefstes Inneres gewährt zu haben. Aber böse sein konnte er Julia nicht. Nicht an diesem Tag.

Schweigend blieb Schäfer noch eine Zeit bei seiner alten Freundin sitzen. Und hielt beschützend ihre kraftlose Hand.

„Ich bin wirklich sehr froh, dass du nicht sein nächstes Opfer geworden bist", sagte er ergriffen zum Abschied.

„Ich auch", murmelte Julia schläfrig. „Ich danke dir so sehr, Michael."

Schäfer drückte ihre Hand und nickte ihr wissend zu. „Bis morgen, Julia."

Auf dem Krankenhausflur begegnete er Frederick Wolf, der mit einem riesigen Blumenstrauß in den Händen suchend über den Flur eilte. Als er am Morgen auf dem Weg ins Krankenhaus gewesen war, hatte Schäfer Falke angerufen und ihm alles erzählt. Wolf hatte bereits geahnt, dass die angebliche Vergewaltigung ein Vorwand gewesen war, dass Schäfers Vernehmung irgendwie mit seinem Chat mit der sympathischen Polizistin zusammenhing.

Und nun war er hier. Er war gekommen, um Julia zu besuchen. Ihre auf E-Mails und Chat-Nachrichten basierende Zuneigung schien tatsächlich eine Tiefe erreicht zu haben, die Schäfer nie für möglich gehalten hatte. Ein Krankenhausbesuch war gewiss ein eigenartiges erstes Date. Aber besser als gar keines. Vielleicht konnte der einfühlsame Falke Julia dabei helfen, ihre eigenen seelischen Wunden aufzuarbeiten, die die vergangene Nacht zweifellos hinterlassen hatte.

Kapitel 80

Schäfer schloss die Tür zu seiner Wohnung auf. Sofort umfing ihn die vertraute Einsamkeit. Doch zum ersten Mal seit vielen Jahren hatte er das Gefühl, dass ihm in dieser Einsamkeit etwas fehlte. Er fühlte sich erschöpft und allein.

Das Schlafzimmer zog ihn wie magisch an. Seufzend setzte er sich auf das Bett. Er griff nach dem Knauf der Schreibtischschublade, wie er es so viele Male getan hatte. Es war sein Ritual, seine Seelenqual, sein düsteres Geheimnis.

Mit zitternden Händen tastete er nach den beiden Zeitungsausschnitten. Behutsam nahm er sie aus der Schublade. Seine Augen starrten auf die Überschriften:

Ehepaar bei Spaziergang von drei Jugendlichen erstochen

Stefanie Schäfer, geboren am 26.4.1972, gestorben am 27.6.2005

Mit einem tiefen Atemzug blinzelte er die Tränen in seinen Augen weg. Dann begann er noch einmal zu lesen.

Als er den Bericht über den Tod seiner Eltern und die Sterbeanzeige seiner Frau zu Ende gelesen hatte, stand er plötzlich auf. Schäfer dachte nicht lange darüber nach. Er folgte seinem Instinkt, der ihn in seiner Rolle als Kommissar noch nie im Stich gelassen hatte.

Er legte die Zeitungsartikel nicht zurück in die Schublade, wie er es sonst stets getan hatte. Stattdessen trug er die Ausschnitte mit schweren Schritten in die Küche. Ein letztes Mal überflogen seine Augen die beiden Überschriften:

Ehepaar bei Spaziergang von drei Jugendlichen erstochen

Stefanie Schäfer, geboren am 26.4.1972, gestorben am 27.6.2005

Dann griff er entschlossen nach dem Feuerzeug. Es war ein eigenartiges Gefühl zuzusehen, wie die Relikte seiner Vergangenheit in der Spüle zu Asche verbrannten. Aber Schäfer fühlte sich befreit.

Erleichtert schlenderte er in das Wohnzimmer. *Vielleicht komme ich heute endlich mal wieder dazu, in Ruhe ein Buch zu lesen. Ohne über diesen brutalen Fall nachzudenken. Einfach abschalten.* Voller Vorfreude setzte er sich in seinen gemütlichen Sessel und griff nach dem Buch. Aber irgendwie fühlte es sich falsch an. Die bedrückende Stille in seiner Wohnung. Die Einsamkeit. Das fehlende Pulsieren des Lebens.

Dem lange nicht gekannten Impuls folgend, erhob sich Schäfer aus dem Sessel. Er holte eine leichte Herbstjacke aus dem Schrank, zog seine Schuhe an und verließ die einsame Wohnung.

Schlusswort & Danksagung

Zunächst einmal möchte ich mich bei allen Lesern herzlich bedanken. Ich hoffe, „Folterknecht" hat euch gut unterhalten und einige spannende Lesestunden beschert.

Wenn euch das Buch gefallen hat, wäre ich euch sehr dankbar, wenn ihr das Buch an eure Freunde, Verwandten und Bekannten weiterempfehlt.

Auch eine positive Bewertung bei Internet-Shops kann helfen, den Bekanntheitsgrad des Thrillers zu steigern. Als unabhängiger Autor habe ich nicht die Marketingmacht eines großen Verlages und bin auf eure Bewertungen, Rezensionen und Weiterempfehlungen angewiesen. Ein paar wenige Klicks von euch können somit einen großen Unterschied machen!

Besonders wichtig für ein gelungenes Buch ist das Feedback von Testlesern, das auch bei „Folterknecht" eine enorm hilfreiche Basis für die finale Überarbeitung des Manuskripts war.

Sehr wertvoll ist dabei stets die konstruktive Kritik von Autorenkollegen. Aus unserer Manuskript-Feedbackrunde des Autorenverbands Franken habe ich hier sehr nützliche Impulse von Ingo Stauch alias Bruno Busch und Sylvi Amthor erhalten. Herzlichen Dank für eure großartige Unterstützung!

Um auch Feedback aus Leserperspektive zu erhalten, hatte ich auch über meine Social Media Kanäle die Möglichkeit gegeben, eine erste Rohfassung des Thrillers zu lesen. Hier hat sich Thorsten Roggenbuck gemeldet und mir ebenfalls sehr aufschlussreiches Feedback gesendet, das mir bei der finalen Überarbeitung des Romans sehr geholfen hat.

Entscheidend beim ersten Thriller ist natürlich ein kritischer Experten-Review. Für die sehr wertvollen Rückmeldungen zur im Roman geschilderten Polizeiarbeit möchte ich mich ganz herzlich bei den beiden Polizistinnen Silvia Zeh und Juliane bedanken. Als Autor muss ich manchmal die richtige Balance zwischen

Spannung und Realitätsnähe finden – eure Einblicke haben mir dabei sehr geholfen, den Thriller so realistisch wie möglich zu gestalten.

Und natürlich hatte ich auch sehr motivierendes Feedback aus der Familie, vor allem von meiner Frau Sabine und von meiner Schwester Simone. Vielen Dank für eure Unterstützung!

Zu einem guten Buch gehört natürlich auch ein tolles Cover. Das hat, wie so oft bei meinen Büchern, wieder Tanja Müller gezaubert. Herzlichen Dank für die erneut sehr gute Zusammenarbeit!

Mein finaler Dank gilt meiner Familie, allen voran meiner Frau Sabine, meinen Söhnen Jonas und Philipp, meinen Eltern, meinen Schwestern, Schwagern, Nichten und Neffen und meinen Schwiegereltern, für die Geduld mit meinen vielen Schreibprojekten.

Eine witzige Anekdote am Rande: Von einer Zeitungsredakteurin wurde ich im Gespräch zum Projekt „Folterknecht" gefragt, ob meine Frau noch ruhig neben mir schlafen kann, wenn ich solche Geschichten schreibe. Vielleicht ist es an der Stelle gut zu erwähnen, dass „Folterknecht" nicht auf eigenen Gewaltvorstellungen basiert. Geschichte hat schon immer mein Interesse geweckt, und so war es ein eher zufälliger Besuch im mittelalterlichen Foltermuseum in Prag, der mich zu der Idee inspiriert hat, einen Thriller über dieses dunkle und brutale Kapitel der Menschheitsgeschichte zu schreiben.

Mehr Informationen über den Schriftsteller Tom Davids gibt es im Internet unter www.tom-davids.de.

Abonnieren Sie gerne meinen Newsletter, um über aktuelle Projekte, Lesungen und Neuerscheinungen auf dem Laufenden zu bleiben.

Natürlich freue ich mich auch auf jedes Feedback in Form einer E-Mail über das Kontaktformular auf meiner Homepage.

Leseempfehlungen für gute Unterhaltung

Steht Ihnen nach diesem blutigen Thrillererlebnis der Sinn nach einem lustigen Unterhaltungsroman?

Unter seinem Pseudonym Jonas Philipps hat Tom Davids auch witzige Romane veröffentlicht.

Sonntagsschüsse
Fußballfieber in der Kreisklasse
Juli 2017, Autor: Jonas Philipps, Verlag: Books on Demand
ISBN: 978-3744819442

Rassige Derbys, feierwütige Fußballspieler, cholerische Spielleiter und einfältige Zuschauer der Kreisklasse – „Sonntagsschüsse" ist ein Buch über die Liebe zum Fußball! Ein Muss für alle Fußballfans!

Der junge Amateurfußballer Marco Tanner zieht mit seinen Eltern von Hamburg nach Oberfranken. In seinem neuen Heimatort Weiherfelden macht er sich nicht nur wegen des fußballerischen Talents einen Namen. Während Marco in der schrulligen Kreisklasse Nord die zünftigen Untiefen des fränkischen Wesens erkundet, stolpert er mit sympathischer Naivität von einem Fettnäpfchen ins nächste.

Doch plötzlich wird es ernst! Die hoch gehandelte Mannschaft steckt mitten im Abstiegskampf. Marco muss sich entscheiden, was er nach dem Zivildienst mit seinem Leben anfangen möchte. Und die komplizierte Hassliebe zur süßen Annika bringt Marco beinahe um den Verstand. Der Auftakt zu einem turbulenten Saisonfinale!

Die episodenhaften Geschichten über den TSV Weiherfelden werden eingefleischte Amateurfußballer mit einem wissenden Schmunzeln an die eine oder andere legendäre Anekdote aus dem eigenen Verein erinnern.

„Eine Liebeserklärung an den Dorfverein und die eigene Jugend"
(Nordbayerische Nachrichten, 16.08.2017)

„Selten hat mich ein Buch so positiv überrascht wie Sonntagsschüsse ... Ich bin absolut begeistert und habe mich königlich amüsiert."
(Sandra Ljamsin, Buch-Blog Hörnchens Büchernest, 03.03.2019)

„Ein Buch, das mit Witz und Charme den Sport in seiner pursten Form aufzeigt."
(www.inFranken.de, 01.12.2017)

„... ein heiteres Buch, in dem sich wohl jeder, der selbst schon mal die Fußballschuhe geschnürt hat oder als Zuschauer am Spielfeldrand stand, wiederfinden kann"
(Claudia Wunder, Nürnberger Stadtanzeiger, 10.04.2019)

Fortsetzung: Sonntagsschüsse II
Das Bierdeckel-Dilemma
Juli 2021, Autor: Jonas Philipps, Verlag: Books on Demand
ISBN: 978-3753453187

In seiner vierten Saison in Oberfranken wartet das nächste turbulente Jahr auf Marco.

Er möchte Annika einen Heiratsantrag machen. Seine Baustelle bringt ihn an den Rand des Wahnsinns. Und mit neuem Trainer und legendären Neuzugängen peilt seine Mannschaft den Meistertitel der Kreisklasse Nord an. Als dann noch eine naive Wette hinzukommt, ist alles angerichtet für eine unvergessliche Saison.

Wird dem TSV Weiherfelden der ersehnte Aufstieg gelingen?

Wer probt hat´s nötig
Die Geschichte der schlechtesten Band der Welt
November 2018, Autor: Jonas Philipps, Verlag: Books on Demand
ISBN: 9 783752 854299

Es ist ein Meilenstein der Musikgeschichte, als Paul und Mario ihre Band Biersaufesel gründen.
Die selbsternannte schlechteste Band der Welt begeistert nicht mit musikalischer Qualität. Doch mit wenig Talent, viel Herz und durchgeknallten Songtexten genießen sie in ihrem Heimatort Kultstatus.
Aber reicht das auch für den Sprung auf die große Bühne?
Begleiten Sie die vier jungen Männer auf ihrer mitreißenden Reise durch die Welt der Musik, den Anekdoten einer wilden Jugend und der Jagd nach den eigenen Träumen.

„Eine herrlich komische musikalische Reise, auf die man sich als Hard Rock- und Metal-Liebhaber besten Gewissens mitnehmen lassen kann"
(Heidi Skrobanski, Metal-Magazin Metal Hammer, Ausgabe Februar 2019)

„Ein Buch mit Charakter und verdammt viel guter Laune"
(Christoph Speidel, Metalglory.com, 06.01.2019)

„Diese Lektüre hat mir doch tatsächlich oft ein breites Grinsen ins Gesicht gezaubert" ...
„Ein ausgesprochen kurzweiliges Buch, das beim Lesen einen Riesenspaß bereitet"
(Markus Kerren, Online-Rockmusikmagazin RockTimes, 18.01.2019)

Übersicht Veröffentlichungen von Tom Davids

Folterknecht
   Roman (Thriller)
   Februar 2024
   ISBN: 9 783758 314216

Die Hände des friedfertigen Mannes
   Kurzgeschichte
   Juni 2023
   Anthologie Wundern
   ISBN: 978 3944897295

Die Außenseiterin & Ein fränkischer Bier Thriller
   Kurzgeschichten
   Juli 2021
   Kurzgeschichten gegen Krebs
   ISBN: 978 3753479750 / E-Book-ISBN 978 3754310113

Der Luftballon
   Kurzgeschichte
   Februar 2021
   Touche und andere Generationengeschichten
   ISBN: 978 3 753167 43 5 / E-Book-ISBN 978 3 753167 44 2

Der Preis der Freiheit
   Kurzgeschichte
   Januar 2016
   Literaturzeitschrift HALLER 12 - DAS STAUNEN DER WELT - Visionen
   ISBN: 978 3 942533 65 2 / E-Book-ISBN 978 3 7396 3204 9